王海雪是生活在海南岛的青年作家，她的文字里有一种迷人的、令人惊喜的海洋气质。她笔下的人物总让人想到连绵不断的海浪，喧哗、骚动、明亮，生气勃勃但又神秘莫测。现实生活的疏离、困窘与精神世界的清醒与独异在这些人物身上混杂呈现。王海雪的作品里，有着独属于新一代南方写作者的敏锐感与当代性。

文学评论家　张莉

白日月光

王海雪 —— 著

济南出版社

图书在版编目（CIP）数据

白日月光 / 王海雪著. —— 济南：济南出版社，2024.1
（文学新势力. 第二辑）
ISBN 978-7-5488-6078-5

Ⅰ.①白… Ⅱ.①王… Ⅲ.①中篇小说—小说集—中国—当代②短篇小说—小说集—中国—当代 Ⅳ.① I247.7

中国国家版本馆 CIP 数据核字(2024) 第 032039 号

白日月光
BAIRI YUEGUANG
王海雪 著

出 版 人　谢金岭
责任编辑　姜天一
装帧设计　焦萍萍　刘梦诗

出版发行　济南出版社
地　　址　山东省济南市二环南路1号（250002）
总 编 室　0531-86131715
印　　刷　济南新先锋彩印有限公司
版　　次　2024年1月第1版
印　　次　2024年2月第1次印刷
开　　本　145 mm×210 mm 32开
印　　张　8
字　　数　172 千字
书　　号　ISBN 978-7-5488-6078-5
定　　价　39.80 元

如有印装质量问题 请与出版社出版部联系调换
电话：0531-86131736

版权所有　盗版必究

| 学术筹划 | 中国作家协会鲁迅文学院
北京师范大学国际写作中心 |

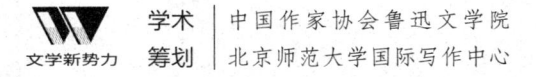

编委会

顾　　问	莫　言　吉狄马加　吴义勤
文学导师	余　华　苏　童　欧阳江河　西　川
主　　编	邱华栋　张清华　徐　可
编　　委	王立军　周云磊　李东华　周长超
	刘　勇　张　柠　张　莉　沈庆利
	梁振华　张国龙　翟文铖　张晓琴

总　序

张清华　邱华栋

　　2012年10月，莫言荣膺诺贝尔文学奖，再度激发了国人的文学激情，也唤醒了高校在文学教育方面的旧梦，其中就包括北京师范大学。因为一段至关重要的学缘，莫言曾于1991年获得了北师大授予的文学硕士学位，而此刻，作为母校的师大自然倍感荣耀，遂立刻决定成立北京师范大学国际写作中心，并邀请莫言前来担任主任。中心成立之初，其核心职能——文学教育和创作人才的培养便被提上了议事日程。

　　需要稍加追溯前缘，才能说明这套文丛的来历。1988年，由当时在研究生院任职的童庆炳教授牵头，由北京师范大学提供学制条件，牵手中国作家协会直属的鲁迅文学院，共同招收了首届作家研究生班学员。那时的学位制度还相对处于比较早期的阶段，各种规章还没有现在这样严苛和完善，所以运作相对容易，招生考试环节也相对宽松。由此，一批在文坛已崭露头角的青年作家，便被不拘一格，悉数收罗。之前，他们中的很多人——除刘震云作为北京大学中文系77级的本科毕业生外——并未受过太正规的教育,他几乎是唯一一个出自正宗名门。余华只是在浙江海盐上过中学;莫言之前虽有两年解放军艺术学院文学系的学习经历,但更早先却是连中学教育未受完整;严歌苓、迟子建等差不多都只是受过中等专业教育。其他人我们未做过严格的统计,但可以肯定,其中大多数未曾上过大学。然而不容置疑的是,这些人是那时中国文学最具希望的一批,是青年作家中的翘楚,是未来文坛的半壁江山。从这里出发,二十年过后,他们的确未负众望,为中国文学争得了至高荣誉,也几乎成为一代作家的代言人。

很显然,这成为北师大和鲁迅文学院一个共同的记忆,一笔不可多得的财富,无论从哪个角度看,他们都是两所学校引以为豪的历史。在这样一个背景下,重拾昔日文学教育的前缘,找回这一无双的荣耀,也就是很自然的事情了。

因了以上的缘由,2016年,北师大校方经过认真研究,参考过去的合作模式,从全校不多的单招单考的硕士名额中拿出了20个,交由文学院和国际写作中心,来寻求与鲁迅文学院合作,并在中国作家协会的大力支持下,于2017年秋季正式招收了"非全日制"学术型文学创作硕士研究生。为了省却过于烦琐的学科规制,我们在"中国现当代文学"专业的二级学科下,设立了"文学创作方向",并采用了"学术导师"加"创作导师"联合授课的培养模式,以给学员创造更为合适和充分的学习条件。鲁迅文学院则为他们提供居住和学习的物质条件,以及日常的管理,并拟在培养方案中结合鲁院的讲座制培养模式,两相结合,尽显特色互补的优势。

同时还必须指出,有几位至关重要的人物支持了这项事业:时任北师大的校领导,特别是董奇校长,对推助写作中心的文学教育工作给予了大力支持,在制定相关体制机制方面也给予了诸多指导。晚年在病中的童庆炳教授,多次勉励我们,要传承好过去的经验,大胆探索,争取把工作尽早落到实处。中国作家协会,作协党组,特别是铁凝主席,也给予了热诚关怀,时任书记处书记、分管鲁迅文学院工作的吉狄马加同志,则在工作中给予了非常具体的关心和指导。

参与该项工作,制定合作规划、培养方案、课程体系,以及日常服务管理等诸项事务的,便是本文的两位作者:时任鲁迅文学院常务副院长的邱华栋和北师大文学院负责研究生教育的副院长兼国际写作中心执行主任张清华。整个过程中,要想实现两个职能完全不同的单位之间的密切合作,在所有培养工作的环节上都无缝对接,是一个至为琐细的工作,难以尽述。好在这不是一个"工作汇报",我们在此也就从略了。主要想说明的是,两校之间目前的合作进行得非常顺利,一切都在愿景之中。

迄今为止,该方向的研究生已经招收了三届,共56人。从总体情况看,达到了预期的要求。在学员中,有鲁迅文学奖获得者乔叶、鲁敏,有多位全国少数民族文学奖获得者,有"70后""80后"广有影响的青年作家,像东紫、杨遥、朱山坡、林森、马笑泉、高满航、闫文盛、曹谁、曾剑、王小王,等等,他们在文学创作上都已经有了相当出众的成绩,或是十分丰富的经验,然而他们共同的诉求,又都是对"充电"的渴望,有成为大家的梦想，所以因了冥冥中某种命运的感召，汇聚到了一起。

关于文学教育，历来也是分歧明显众说不一的。有人坚称"大学不培养作家"，这话在一定程度上是对的。大学的使命很多，成败的确不在乎是否出产了一两个作家。但这话的"潜台词"值得商榷——其意思是有偏见的或轻蔑的，是说"你培养不了作家"，"作家不是谁都能培养出来的"。这当然也对，没有哪个大学敢说自己"培养"了几个作家，而只能说，他们那儿"走出了"哪些作家和诗人。但这么说是否意味着文学教育的无必要呢？似乎也不能。因为按照上述逻辑，我们也可以反问，大学不能培养作家，难道就可以"培养"经济学家、政治家、科学家和法学家吗？谁又敢说他们"培养"了那些伟大和杰出的人物呢？

很显然，各行各业的杰出人才，都是很难通过"订制"来培养的。但从另一方面说，大学又必须为人才提供成长和受教育的条件，从这个角度看，宣称大学"不培养作家"又是不负责任的。回顾当代文学的历史，文学的变革和作家的成长，与大学教育的恢复和发展密切相关。"文革"及"文革"前大学教育的草创和荒芜时期，也出现过许多作家，但他们要么是从战争年代的洗礼中锻炼出来的，要么是在长期的自学中成长起来的。因为没有条件受到良好的教育，他们的文学道路多舛，艺术成长和成就也都受到了限制，这是人所共知的常识。正是"文革"后教育的全面恢复与发展，才使得文学事业出现了人才辈出蓬勃兴旺的局面。

所以，正确的理解应该是，作家是无法培养的，但文学教育是必需的。当然，文学教育对于高校而言，其目标确乎主要不是"培养作家"，而是为所有学生提供一个素质养成的环境条件，这才是成立国际写作中心、引进著名作家执教的核心意义所在。换句话说,能不能出产一两个作家或许不是最重要的,其培养的人才是否具备写作的能力,能否成为文学的内行才是重要的。传统的文学教育虽然有各种各样的问题,但是所培养的读书人大都是既能够研究,又可以写作的双料人才。新文学的早期,大学的文学教授也多是学者和作家两种身份集于一身的,之后才逐渐文脉不彰,大师不存,大学教育渐趋沦为了工具化和技术化的知识教育。

但无论如何,北师大与鲁院联办班的这一培养模式,其目标还是直接而干脆的,就是"培养作家"。当然,这培养不是从"育种"开始的,而是"选苗"和"移栽"的过程,甚至有的就属于"摘果子"。即便是后者也不是无意义的,当年莫言、余华、刘震云、迟子建等人,早在进来之前就是声名鹊起的青年作家了,录取他们无疑也是"摘果子",但系统的阅读与学习,大学综合环境下的熏陶成长,谁敢说对于他们后来的写作没有助益?所以,我们坚信这一工作是有意义的。

最后再来说说这批作为"文学新势力"的新人。显然,他们大多属于"80后"至"90后"的一代,较之他们的前辈,这批新人的主要差异在于代际经验的不同。前代作家的成长期大都经历过历史的大波大澜,童年也大都有原初和完整的乡村生活经验,所以某种程度上还是受到"总体性经验"支配和支持的一代作家。莫言笔下的"高密东北乡",可以说寄寓了他对于农业社会生存的全部感受和想象,也寄寓了他对于现当代中国历史巨变的全部记忆与理解,读之如读一部血火相生、正邪相伴、生死轮替、魔道互换的史诗。这种具有总体性和原生性的经验与美学，在下一代作家这里早已变得不可能，他们都命定地处在某种"晚生"和"后辈"的自我想象之中，不得不在碎片化、个体化的历史经验与记忆中探索前行。

这些都并非新鲜的话题，只是重复了前人既成的说法。但这也是所谓"新势力"的根基与合法条件，"新"在哪里，又何以成为"势力"，这是需要我们想清楚的。在我们看来，所谓"新势力"其实就是指：一是有新的文化特质的，他们在文化上所拥有的"新人"特色或许很难用一两句话说清，但一定是更具有个性、自主性和独立思考的一代，是拥有新知和新的经验方式的一代，是用新的思维与视角看待人生与世界的一代，是在网络信息时代生存和写作的一代；二是有新的美学属性的，这些属性自然更难以总体性的概括来描述，但毫无疑问他们是具有陌生感的一族，是难以用传统范型所涵盖和统摄的一族，是游走和不确定的一族，是空间化和个体性得以充分彰显的一族，当然，也是相对琐屑和相对真实，相对平和和相对日常性的一族。有时我们觉得是这样满足，但有时我们又会觉得，他们离着理想的文学，离所谓普世的"世界文学"的距离越来越近了。

旁观者说一千句，不及读者自己去观照、去体味其中的丰富和微妙。"总体性"之不存，我们的概括也自然显得苍白无力，不如读者们自己去一一打量和细细辨识。

看，这就是"文学新势力"，他们来了。

"文学新势力"第二辑
出版说明

"文学新势力"第一辑于2020年初出版之后,引发了各界非常强烈的反响,也激发了文学创作专业的学子们更加高涨的创作热情。不只非全日制的"鲁院班"——北师大与鲁迅文学院合作招收的文学创作研究生班的同学,连全日制和其他专业的学生也纷纷发来他们的作品,希望能够加入这套文丛的后续出版。基于此,我们在当年,也就是2020年的下半年,又遴选了近二十部作品,经过专家与编辑的几轮精选,最终确定了第二辑的这十二部作品。但因为疫情等因素的影响,该辑的出版工作也一再延宕。现在终于面世,标志着我们的文学教育又有了新成果。

需要说明的是,本辑作品的构成,在文类上实现了多样性的变化。第一辑完全由中短篇小说集构成,而这一辑中,则有了超侠的科幻小说集、舒辉波的儿童文学作品集,有了闫文盛、向迅、曹谁等人的散文随笔集,同时也不再仅限于"鲁院班"学员,增加了毕业于全日制文学创作班的新锐青年作家,如目前工作于鲁迅文学院的崔君的小说集。从文类上说,该辑作品除了诗歌缺位以外，确乎显得丰富了许多。

另外，还须在此特别说明的是，截至该文丛出版之时，北师大与鲁迅文学院合作招收研究生的工作又延展了四年，至2023年，已招收了七届学员。负责鲁迅文学院工作的领导，也调整为吴义勤书记和徐可常务副院长；北师大文学院的领导以及研究生培养工作的负责人也发生了变更，所以本辑的编委会也做了相应的调整。

特别鸣谢中国作家协会张宏森书记，以及李敬泽、吴义勤副主席等领导的大力支持，也感谢北师大校领导以及文学院的大力支持；特别鸣谢济南出版社领导的鼎力托举。各方力量的凝结汇聚，才共同促成了此番盛举，为新一代青年学子和青年作家的成长营造了更好的环境。

2023 年 12 月

自　序

王海雪

　　这部小说集,除了《道具灯》,其余的作品几乎都是在读研期间写作或发表,那是一段让人终生难忘的时光,虽然过着捉襟见肘的生活,精神却如水般丝滑,也许这就是上帝之慈爱。

　　走在北方五点钟就开始暗下来的街头,灵感如同乌鸦,在大风刮过的时候奋力起飞,引领我从现实走入文学的想象,也指挥着我,从想象中妥帖离场,去往一个更辽阔的世界。一切于我,都是新奇的非凡。人们常说,照片是凝固的永恒。文字亦如此,一直存在于过去某个写作的时刻,把过去变成了永恒。文字亦是个人记忆的收藏家,让我得以不断重温那些写作时的日与夜,让我得以回到句子掉落的瞬间,是一幅多么精妙的场景。

　　在不断的回溯中,我觉得自己就像一名淘金者,企图从平庸日常里淘到一些闪亮的金子。它可能是某个突然闪现的片段,便被我在电脑上敲下了一个开头;也可能是某次聚会听来的一个事件,鼓舞着我去思考与记下它;也可能是回到镇上,看到在充沛雨水下长得遮天蔽日的树木,想着此间劳动的人,决定写下这些无名者的人生。我仿佛知晓,所有驱动源自内在的渴望,渴望从贫穷却又富有的自我出发,记录如此可爱又残酷的世界,目光所及之处的风景与人事。当然,小说不同于现实,而是类似时空扭曲的现实扭曲。

这部集子所收录的小说,离现在最远的是《道具灯》,发表于2016年,一个边缘人的故事。最近的是《红色双喜》,发表于2022年,关注性别暴力。自身性别意识的真正觉醒,也是在获得相对完整的文学教育和受益于导师的言传身教之后。《夏多布里昂对话》是一夜写成的短篇,字里行间的不眠让它迥异于其他作品。《两种时间》里,那个不美丽的中年女人,花枝招展地走在街上,摆脱众人奇异的目光,一路走入虚幻之国。《灰鸟》是在一次乡宴上遇到一名乞讨的孩子。《夜色袭人》的写作出发点是幼年时看到的算命摊,谁能料到算卦师生意会在当下如此红火呢。《人间的遗物》灵感来源于自己走过的街道。《白日月光》是拜访过的楼房,空间大到足以容纳一篇虚构作品。书中收录的八篇小说,无一例外,关注点都在女性。这种写作的选择是潜意识的,可能来自对很多事物的不满,可能来自那些隐藏的性别不公正,也可能来自漫长而复杂的梦境。选择并不代表作品有明确的指向。大部分时候,我不喜欢掌握自己作品的行踪,它们去向不明,在一个独立于现代的世界游荡。

这些作品,都曾发表在国内各大文学期刊,如今能集结成书,我非常高兴,那是对我过去数年写作的一次有意义的收集,使其成为一个永恒之结。

目　录

夏多布里昂对话　1

夜色袭人　16

两种时间　50

人间的遗物　71

红色双喜　111

灰　鸟　149

白日月光　180

道具灯　209

夏多布里昂对话

一

口红印在咖啡杯上,便成了点绛唇。咖啡从探出的舌头蹦进去,直抵喉咙深处,又到了精雕细琢的时候。喝完咖啡,我想了一会儿他。母亲叫我不要整日闲着。我说我正在忙。她看着我两手空空一脸呆滞,对我明显的谎话表露了不屑回答的态度。

其实想一个人时,你是做不了其他事的。因为你正和他谈情说爱,摸摸他柔软得像床单的脸,隔着毛线衣抱抱他瘦弱却仍有赘肉的身体,温度摇摇晃晃传过来,和你的体温一起,煮热了开水。你又可以泡咖啡。我是不会喝茶的。因为我需要没日没夜的清醒。我说,喝咖啡能让我意识到自己的生命更长一些。睡觉是一生中最挥霍的事,比花半年工资买一件香奈儿外套还要可耻。他说,我们都很穷。他只喝啤酒,他不知晓红酒也有便宜的,打折的时候一百块钱可以买两瓶。他和我一样无所事事。

我们无所事事地晃荡在城里仅有的几条街道上,阳光像一把顽皮的小刀子,将两边的印度紫檀划出腐烂的臭气。他说,他父亲去世的那周,他站在通往坟地的岔路上,都能闻到父亲的尸臭，就和你现在闻到的一模一样。我说是，是，是。我没告诉他我得了感冒，鼻子堵住了，只能用嘴巴呼吸。我把臭气吃进去。和他在一起的每一时刻都是痉挛的。

住在顶楼的好处是能趴在窗台居高临下地看长长的路，其实路并不好看，只有熟悉的人走过时它才有生命力，只有他走进来这条街才开始呼吸。他穿白衬衫、黑衬衫、蓝衬衫，无印良品的衬衫、优衣库的衬衫、镰仓的衬衫。他有一个挂烫机，他熨衣服时全神贯注，他说通过烫的动作，他感觉到自己主导了生活。

他眼睛的皱纹是穿过树木的风声。我的手指擦过他的眼角，叫他不要笑得太多，男孩一衰老，思想跟着成隔夜饭，就变成猥琐的男人，会说一些愚蠢的胡话，像恐怖片里面目可憎的僵尸。

虽然墙上挂了一个闹钟，但是时间在这里毫无意义。他说时间是一个劳改犯，聪明在此地毫无用武之地。为什么这样说呢？因为气候，这里一年四季都像在洗桑拿，朦朦胧胧之中，你能看清什么呢。他说得很对。没有受冻过的人无法认清自己。

没有人来给我的思考摁下停止键。只有缝纫机规律的声音从别处传来。白天太亮，我的感官是死的。所有的毛孔都是开不了的保险箱。理智占据了我的大脑，摆弄我的手脚，让我下楼出门，去隔壁的超市买牛奶、饼干和糖果。我看到五毛钱一根的阿尔卑斯棒棒糖。泪水争先恐后爬出眼角，想看一看光明的世界。

三个月前，我们一边吃着草莓味的棒棒糖，一边说自己看过的书。在这个小城读书是很奇怪的事。人们不读书，也不喜欢晒太阳，都说紫外线有毒。所有的一切都像倒带，我居住在乌龟壳里。我问这个异乡人，他明白我的话吗。早熟是因为智慧从未跌过跟头。他说半明半暗。

他的父亲一年前把他带到这里,他住在江边水文站的宿舍里。他说在一个地方待久了,会染上当地的慢性病。所以从出生起,他就不断跟随父亲搬家。他住过立体的房间,扁平的房间,三角形的房间。他说用几何图形形容更形象。我说我们应该给对话命名。他说要不要叫火星文,我说你又不是"00后"。这个名字太普通,应该取一个独一无二的。

他把沾满污迹的棕色窗帘拉上,让我坐在那张黄色的圆椅子上。对谈被动作中断。

我茫然地侧着头,看着响亮的日光笨拙地攀附在窗帘的后面,像一个伺机而动的偷窥者。时间被漫长的夏季拧断了脖子,繁茂的植被乘虚而入,氧气也趁机毫无节制地繁殖。每天我都在呼吸的昏沉中把过剩的阳光像垃圾一样清理。

他说:"我们开始吧。"他把我当成一个病人。我们互相牵扯言语的绳子,越收越近。

他的激烈如同台风拔倒一棵大树,他告诉我,他爱我,爱我水蜜桃的眼睛,爱我离家出走的心灵,爱我此刻躺在他身下骨瘦如柴的身体,爱我精神恍惚的变态。

"我恨不得日日夜夜把你穿在身上。"他几乎是怒吼着喊出这句话。

在此地当一只爱马仕铂金包是不合时宜的,因为别人看不出你的价值。这里穷得只有空气和绿色,可又不能将这些打包贩卖。我们给彼此剥开一根棒棒糖,作为事后的营养补充剂,听着外面咆哮的水声入侵此地,染成我们钟爱的天蓝色。

二

我有过一次晕倒的经历,让我明确知晓死亡和晕倒是两个概念。日光是一把 AK47,先把死亡扫射一通。所以街道清静,人们安居乐业,快乐就像手里的一沓钞票。这是我观察母亲得来的结果。母亲是邮政局的一个小领导,迎来送往的本事让她吃得开。她忙于工作,顾不上管我。

我跟他说自己开明的母亲,接着又聊起晕倒让我总结出一个公式:晕倒小于睡眠,睡眠小于死亡。

他说,我们是彼此的大学。我们都是中途辍学的差等生,做过短暂的工作。我在以纯专卖店当过店员,站在门口喊着口号招揽进店的客人。我的脑子在想别的事物,我叫出夏多布里昂时他恰好走进来。还未过试用期,店长觉得我的精神出了毛病,把我开除了。他请我到奶茶店喝咖啡,我告诉他,我不知晓为何要从法国偷来夏多布里昂,他让我失业,只能回家啃老。十八岁,糊里糊涂疯疯癫癫的年纪。

我卖衣服的时候经常做梦。卖场的衣服都是我的梦境,我随手挑挑拣拣。那些进店的客人都是毛茸茸的小动物。有一次,我被骗了,收银台的抽屉里躺了一堆假钞,那个老山羊一样的男人骗了我。我惊醒过来,蹲在收银台下面哭得像一个透明的玻璃杯。

我说我恢复了正常,现在所看到的一切都是实实在在的景物。我说我突然想到如何命名对话,就叫"夏多布里昂"。我情迷法国,但是还未迷上夏多布里昂,我从未读过他的书,但是他住在我全球迁徙的大脑中,他不是一个人,而是由字连缀而成。从有意义被瓦解成无意义的私人命名。

他觉得毫无边界的自由很危险。他担心地盯着一次性的塑料杯,认为我可能是农村自杀妇女常用的百草枯。他的话让快乐像不断缩短的阳光,降尊纡贵的感官享受愤然离去,不需要酒精我也会醉。理性重返大脑,我的想象被它收入囊中。

他妈妈早死,他有偷窃癖。他觉得我是一个值得信任的人,于是把这个重大的秘密告诉我。热带的夜晚就像阴影一样来得特别迟。我的咖啡已经喝完,全身处在一种狂热的兴奋中。我好像找到志同道合者,我回想上次的亲密,觉得真是一次漂亮的冒险经历。奶茶店生意萧条,简陋的椅子并没有几个人。并没有人注意我们的谈话。我感觉自己打入了一个偷盗团伙的中心,用自己的好奇去征服那些一无所知的人。小城是一个黑白的涂色本,只等我们买来蜡笔,按自己的欢喜打造它。

我拉过他的手,想看一看有什么出奇之处,一边问他:"偷什么?"他说不固定。

他起身付了茶钱。我注意到他的钱包,像被老鼠拿来磨牙的破纸板,里面没剩几张钞票。我们的"夏多布里昂对话"是高雅的。但是高雅必须要金钱支撑,不然很快只能像散养的黄牛啃草充饥。我变得伤感,哭哭啼啼,觉得浪漫是附近服装厂扔掉的碎布。

我神通广大的母亲给我找了一份新工作,在一家服装厂当车工学徒,本城的服装代工很出名。他父亲介绍他进入一家摩托车维修店,当维修工。我经常在傍晚去找他。他的手沾满油污,用清水和肥皂很难洗净,身上开始有令人作呕的汽油味。我讨厌被拆解的摩托车,我讨厌这些冰冷的工业产物。他一边拆解车子,一边听我讲工厂的事。他的老板经常冷酷地扫视我。我让他的员工分心。善良就是上厕所后缺了的手纸。

等待的车主有时会故意打岔,问轮胎补好还要多久,为什么启动不了,刺耳的噪音是哪个部位受到损坏。他解决不了具体问题时会朝我发火,叫我闭嘴。我乖乖闭上,伤心让我无法动弹,只能感受发霉的痛。

他偷了一些修车的小工具,扳手、钳子和撬棍。只有我们俩时,他在房间里给我展示这些东西。之后,我们走去江边,眺望对面黑暗的森林。澎湃的水声拍打防护堤,水花四溅,我们像小鸟喂食,轻啄嘴巴。我用头抵他狭窄的额头,说和他在一起才感觉到自己的存在。感情就像刚上市的脐橙那样好剥。

前面的凉亭里同样有一对年轻的情侣,他们拥抱、抚摸,有时站起,有时坐下。我说:"宋镇,看。"他不看,说我的脸闻起来像一壶泡好的茶。我问是碧螺春还是龙井。其实我都没喝过。他说是立顿红茶。我说立顿是大路货,太廉价,我不喜欢这个比喻。

三

这里的生活慢吞吞,导致我的学徒工作并未有很大进展。到这个时候我只会车一些布片小零件,没有工资。母亲也不指望我能赚到钱。反倒是宋镇,在今天领到了一个月的工钱,一千五百块。他很高兴,说要带我去买东西。他黑乎乎的手拿着那叠薄薄的钱,在我眼前金灿灿地晃动。不能否认,有时幸福的马达必须依靠金钱拖动。

我们去了唯一的一条商业街,一眼望到底,却热闹非凡,集中了全城的人口。我们路过一家摆在石板路上的袜子摊,穿花裤子的男人和他卖的袜子一样好看。他蹲下来,摸摸这,看看那,讨价还价一番却什么都没买。我不停地往嘴巴里塞饼干,我明明说过要节食减肥的,可那味道像春天一样美。

我们路过以纯店,他说:"我给你买件衣服。"我跟在他后面,他披着一件工装外套,肩膀长得像孙悟空的金箍棒。我们各自取了看中的衣服,进了同一个试衣间。我们给对方换上白色的衬衫,互相夸奖对方的身材和衣服很合适。他豪气万丈地说买。

我们直接穿出去,剪掉吊牌,装好脏衣服手牵手走向店外。走到门口,警报器却着火般响起来。我心慌意乱,没想到警报系统升级了,这可不在策划之内。我高叫快跑。他拉着我跑,后面有人追,我们在混乱中失散。我听到背后店长喊:"王海雪,你这个吃里爬外的家伙,以为我不知道你吗?我追到你家去。"

既然被认出,我干脆等他扑上来。店长光有好看的皮囊。他一把抓住我的胳膊,将我拽回店里去。我在大庭广众下被审视。我想宋镇有没有经历过这样的感受,耻辱,毫无尊严,卑劣。但是,我不怕。我说:"你要讲道理,当时你开除我可是找了蹩脚的理由,我忍着才没到总公司投诉你。"

店长打开我的购物袋,看到一条未买单的男士腰带。他觉得我这个前员工情节严重,毫不留情地要把我送去派出所。我没有辩解,只是挑从前鸡毛蒜皮的小事唾骂他,他被我骂得结结巴巴、气急败坏。我想用锋利的指甲抓破他的脸,可是我挣脱不了他的气力。他打了电话,警车很快来。我和他上了车,外面飞速而过的景物毫无激情。这是一座死气沉沉的城,容不下我横扫的肆虐。

只是一条几十块钱的腰带,批发价估计就几块钱。协商是让我花钱买下那条腰带。我说不。不是偷的我不要。

宋镇找到我时,我已经坐了好几个小时。他私自花了双倍的钱,又赔付了一笔赔偿金,工资所剩无几,把腰带装在口袋里,把我领回去,让来找我的母亲扑了个空。

我们去最偏远的那个小旅馆开了一个小房间。他问我为什么要这么做。我不可思议地瞪着他,说为了他。他的腰带都起毛了,汽油的味道越来越重,每次和他待一块我都觉得浸在油田里。我不能忍受它。我没有直接说是因为他的偷窃癖,我想成为他,感受他,覆盖他。

我继续说,只有偷给你,才能赋予它意义。他从口袋掏出一双粉红色的卡通袜子,说:"这是我从花男人那里为你偷来的。"风是正被人拧干的厚蚊帐,在窗外滴答滴答地响。我觉得自己快哭了。可是眼泪被截断,成了堰塞湖。他捧着未拆包的腰带,先哭了。

我夺过来,从窗口扔出去,它是我失败的耻辱。人们把我当成一个小偷,谴责的声浪跟随我来到这里,像幽暗森林里经久不绝的呜咽。我被约定俗成的道德审判,我在公众生活里成为有污点的对象。我应该隐藏它吗?隐藏那些深不可测的疯狂。但这不是真实的,我怎么能面对虚假的自己呢?我向他讨要躲藏的办法。

他将我整个人抱在怀里。他说他有病。我说我也是。他说你不是。我们谈了这样一堆承认和否认不断变换的废话，我们把彼此的爱冲泡，喝进各自的胃里。我感到饱胀，觉得自己是小店里悬挂的一泡水就掉色的黑裙子，虚弱无力，毫无价值。

这是一个小标间，我把袜子穿上，躺在他的臂弯里说在黑暗中感官才处于蓄势待发的状态，所有的敏锐都在等待身体天衣无缝的重合。他说："来，实验开始。"我们放空自己，在欲望的茧中行事。之后，我们被睡眠俘获到第二天被日光晒醒的上午。

我母亲找了我一夜。

她在客厅里训斥我。她对我的开明不包括犯罪。我来回摸着齐腰高的桌子，上面扔了一本时尚杂志，母亲模仿上面的穿搭。她穿的都是朋友从广州进货的仿制品。以前我爱讽刺她是超市卖的万圣节面具，现在我不敢，我不至于疯到忘记自己的金主是谁。

窗外的树木探头探脑，街上的声音攻城略地，把小城迁入我的脑海中。我看见母亲挺着大肚子坐在柜台后面整理信件和寄来寄去的报刊、书籍。无法投递的信件和杂志会被她充入私人宝库，或者被她送去给守图书馆的好姐妹。一把简易的大锁宣判了那堆书籍的死刑，上面都是死螨虫的味道。我看见幼年的自己被送进了死囚室，在母亲和姐妹的聊天中翻阅上面跳动的文字。文字是黑色的，跳入我的躯体，像血液一样循环。

母亲说："以后不要去找那小子了，他会害了你。"我突然说："妈妈，我要读夏多布里昂。"她说："查无此书。"她走出去,把成年的女儿锁在房中。这是从未有过的事。

四

我在窗前瞥见他站在楼的对面。我拿起一袋未拆封的咖啡豆从窗口朝他扔过去。他抬头看见我。我被禁足的一周里和他彻底失联。我完全能还原他这一周的日子。可是,事情的发展出乎意料。我头脑的火苗被毫不留情地消灭。门没锁,母亲把我的活动范围从房间扩大到客厅,如今看来是故意让我可以越狱。我连鞋子都未换就急匆匆跑出去。

我在楼道的中间撞见他,我一眼看出他过得不好,他居然整整一周都没刮胡子,老得像一个烧坏的老款插座。他的眼睛仿佛被涂满鲜艳的颜料,睁眼闭眼都是令人炫目的红。他的双唇就像一场地震撕裂的缝隙,让每一辆行驶的汽车都惊险万分。我一下子忘了自己有唇膏,沾了自己的唾沫,着急涂上他干燥的嘴巴。我们在狭窄的楼梯并肩疾步往外走去。

他说的第一句话是:"我爸死了。"

我记得那天是一个阳光明媚的下午,这条不是主干道的街,路人寥寥无几。我们的出行并未引人注目。我想关于我是小偷的争论应该有所止息。我那么年轻,被原谅的机会很大。可是我无暇想起那些烦人的事。他的话烫伤我的全身。我再次感觉到痉挛。我拽住他的胳膊,走得颤颤巍巍。我感觉到他微微的发抖,那是悲伤在体内晃荡。

他把我带到他父亲工作的地方——那条穿城而过的河流,多年来是无数人的漂流坟场。他父亲的一条腿突然无法动弹,挂着自制拐杖巡视河流,失足从光滑的石头掉进了水里。捞上来时已是几天之后。尸检时发现左腿有血栓,如果没死,需要住院截肢。他再次哭起来。他抱住我,把手插到我裤子的口袋,掏出那支伊顿唇膏,我瞅着他扭曲的表情,帮助他放到他的后袋里。

他瘫坐在光秃秃的土地上,我一边觉得×蛋一边觉得荒诞。我挨着他坐下,我知晓我的浅色弹力裤肯定洗不干净,可是有什么关系呢。他说他父亲葬在对岸。他对发生的事无能为力。我焦急地想着办法,可是我太年轻,生活赋予的实战经验太少,只能依靠从大人和书本上学来的二手经验柔声细语抚慰他。

最后,我们只听见充满节奏的水声。他沉默寡言,好像在做一个重大的决定。不久,我得知,他真的做了一个决定。变故让他变得正常。

我心里想夏多布里昂对话。我感到脊椎一阵疼痛,这是早年坐姿不端的病症。我感到饥渴,这是被太阳榨干水分的渴。我恍惚着朝河边走去。他拉住我,厉声问我要做什么,我说我想喝水。他说我们上去买。走着走着,他突然转身抱住我,摇摇晃晃地说:"我真不想失去你。"

我说:"你从没失去过我。"我心里想着要不要从他的口袋摸回唇膏,那次失败的偷窃一直让我耿耿于怀。我只需要一次成功,就能到他的魂魄中探秘。我固执地坚守这个想法。这次,我们的对话就像人类失去贵重物品时的悲痛那样正常。可我更喜欢如同受到辐射变异的夏多布里昂对话,那是别人插不进的。

我们来到一家二十四小时便利店,我买了一瓶有机纯牛奶,多要了一根阿尔卑斯棒棒糖,他要了一瓶冰冻灌装啤酒,看都不看糖果一眼。我问他这周有去维修店吗,他说没有了。他很快把酒喝完,他告诉我,他站在我家对面仰望了七天。晚上的时候他就在父亲的宿舍里喝酒,他整箱整箱地买,喝了吐,醒了喝。他醉倒时觉得自己再也醒不过来了。他说:"你错了,烂醉如泥人事不省才最像死亡。"

他才二十岁。我想二十岁时我会做什么。一边无聊地给工友们讲笑话一边漫不经心地踩着缝纫机,继续在服装厂当学徒吗?我激动起来。我身上有润滑机油的味道,与机械有关的任何东西都是冬季。每一次回来我都拼命地洗澡,吃猪血,想把污秽洗净。然后我会穿上最漂亮的衣服和鞋子,齐整地出现在他面前。他夸赞我干净可人。然后他下班后我会牵着他洗不干净的手,像一对年轻的夫妻,一起走开。

我的手摸上他的屁股,他拿出唇膏递到我的手上。他说:"我知道你想做什么。"我说:"你确定吗?"他说:"你不是想要回唇膏吗?"我说:"你错了。其实我想当一回成功的小偷。"越来越多的错误就像试卷上无数的×。我突然胆怯,觉得他爱啤酒甚于爱我,自己也应该来一瓶德国黑啤。

我再次夜不归宿。这次住在他父亲的宿舍里。房间被酒精泡得醉醺醺。扔掉的瓶子在角落里堆成一座空山。我用脚轻轻一踹,它们倒地的声响让黑夜的肩膀脱了臼。床上也是乙醇的气味。他并未为酒气熏天的房间说抱歉,仿佛住所本来就该如此。我不为他的烂醉如泥感到难过,反而有一种怪异的高兴。他拍拍朝里的内侧,叫我躺下来。他用温柔的语调说:"我想一辈子这样抱你。"我把最后一根棒棒糖拿出来,问他要不要吃。他说除了啤酒他什么都不要。我说:"连我也不要吗?"他说他口误。我躺在他身边,咬碎棒棒糖,满嘴都是甜味,然后我亲上他,把甜蜜喂给他。

五

他醉醺醺,追不上我。我一路小跑到派出所。这次我是原告,凌晨的派出所很安静,我吵醒了值班的民警,冷静地说被人强奸了。我把事情讲述完,他也喷着酒气自投罗网。在我的指证下,他被手铐锁住。他无奈、痛恨、焦急,叫我不要发疯了。

我问民警讨要衣服,好把身上披的床单放下,我里面只穿了内衣裤。检查证物。我知道他的精液在我体内,并流到了内裤上。派出所因为这次报案变得闹哄哄。他们抽丝剥茧,想厘清来龙去脉。最后我累了,改了口供,我说:"你们叫他不要走,走了他就是个骗子,你们该把他抓起来。"

当他熬了些时日,艰难地把决定告诉我时,我从床上跳起来,踩到他的脚上,身体失衡摔到他的身上,他痛苦地叫了一声。被撞击的骨头持续不断地蔓延着疼。我终于知晓为什么我进到房间时觉得太空旷,我还以为是他收拾了父亲的遗物的缘故。原来他要走。就像他之前的搬迁一样,他说他要找一个梯形的房子。我疾风骤雨似的哭起来。他也一边喝酒一边哭。我说:"你哭什么?用眼泪泡酒吗?"

现在,他还继续哭着,眼泪落得满地都是。天蒙蒙亮的时候,民警觉得我们稍微平静了些,把我们赶了出去。我跟着他,我的脸皮跟土地一样厚。我在想他恨我的形状。他站住,等我走上来。我不上前。他叫我过来，说带我回去穿好衣服。他的衰老又加重了，他将来很可能会变成一个蠢货，如果他离开这里的话。

　　一夜折腾。我们都累了，他搂着我走回去。我说："你为什么要当一个逃避主义者？"这是我们第一次等待朝阳从小城升起，照亮所有的风景。早晨的风像我母亲爱用的薄荷油，让我浑浊的头脑恢复了几分清醒。他说不是，他要回到故乡去。我说："你确定能找到你想要的房间吗？"他说会的。他的口气不是很坚定。

　　像他这样时而神神道道时而一本正经的人，应该怎样活着呢。何况他有偷窃癖。我一想到他不可预知的未来，就担惊受怕。除了挽留和哭泣，我什么都做不了。就连搬出他的父亲也阻止不了他。我说："你会回来看你父亲吗？你会回来看我吗？"他说，会。

　　我们回到屋子，天彻底亮了。我们洗澡，换衣服，重新收拾自己。仿佛一切没有发生过。我突然对昨晚的经历产生了怀疑。他的泪水像一张面膜敷在我脸上。他将回到他母亲去世的地方。他说并不想走，但那里有亲人。我说我会在这座小城对他日思夜想。他用微弱而真诚的口气轻轻说："你是我最爱的小疯子——小疯子。"

　　我路过汽修店好几次，回忆的细节塞满小脑袋。每次我都想哭，可我都忍下来。我告诉母亲说我讨厌在服装厂工作，只想安静地读一两年书。母亲没问一两年后我该做什么，她说："那你看吧你看吧，谁叫你是我最爱的小疯子呢。"温暖的笑声是十克拉钻戒，让这间房子变得贵重。

她给我装了一个巨大的书架。每天我都在阳光来临之后，坐在温润的一角读书。我没读夏多布里昂。我变得安静沉默，可我知道我还会做出疯狂的举动，旺盛的热情从未熄灭。

　　"夏多布里昂对话"在他离开之后被酒徒砸碎在夜宵摊上。塘镇市跌跌撞撞，弱小，连疼也发不出自己的声音。我喝着网购的越南白咖啡，想他。还好这里的时间是静止的，他的离开对我的身体和灵魂造成损伤，但是那段时光里的我和他永远不会走开。

　　那条街咿咿呀呀，是悬挂在小孩嘴上的童谣，并不介意永恒地葬掉我们。你所看到的，是我凭借回忆写下的日记。我爱那些荒唐的日子。我刚刚抵达他离开时的年龄，我二十岁了。

夜色袭人

春

  春日的一个傍晚，刘圆在窗台边想起了那个叫李恩慈的男人。旁边的小方桌上放着一个紫砂水杯，质地优良。这是儿子去年给她带回来的新年礼物。她用这个杯子喝了近一年的温开水。她手里捧着厚重的日记本——唯一的一本，盯着眼前的水杯，突然想起，李恩慈也给她买过一个水杯，褐色，和这个几乎一模一样。

  她情不自禁摸了摸自己干枯的脸，皱纹像一条条沟壑。她并未给自己留下年轻的照片，曾经保存下来的已被她烧成了灰。

  她站起来，颤颤巍巍地靠近了窗台，阳光如鹅蛋黄，也许这种颜色对回忆有帮助，她的脑海霎那间涌起很多事，与其说是事情，不如说是一些片段场景。她久久地站在窗前，出神地望着远方的某一处，仿佛在看一场电影。她想把李恩慈彻底地回忆起，把过往像流水一样铺开来，让二十五年的岁月在面前缓缓流过。

  之后不久，她随着年过四旬的儿子一家重返旧地，塘镇的风貌在她眼前重现。

广袤、荒凉从来不会出现在形容塘镇的词汇上，它依然以一脸灰蒙蒙的生龙活虎迎接她。它宠辱不惊，在新旧不齐的楼房之间彰显它的意气。她还能辨别出这是王某某或李某某的房子。有些人已故去，但并不妨碍故事和记忆。那些熟悉的人串成一条跳皮筋，在她的腾挪跳跃中拼成那段记忆深刻的中年岁月，那段岁月曾将她捆绑，将她囚禁在热情似火又煎熬万分的无尽夜色中……

她轻轻念：李——恩——慈。

那天，她坐在李恩慈的下首，全神贯注地打第一圈麻将。她并不是麻将高手，作为抚养两个孩子成年的母亲，她的前半生进行到中途便停滞下来，在柴米油盐和一日三餐的重复中挣扎。她每天醒来的第一件事，就是寻找打发时间的方法，和大多数人一样，她对这样的荒废毫不在意。

他们听到敲锣打鼓的喧闹，麻将也来不及打，齐刷刷地从二楼探出了身体。葬礼成为被观摩的对象，是近几年的事情。人们用了很多年，终于朝死亡迈出了第一步，接近它，而不再是拒绝它。

领头是镇上做红白事的八音队，接着是穿麻衣麻裤的两个半弓着身子的年轻人，之后是一副轻薄的棺材，后面跟着六七个年轻女人。死人了。李恩慈说。死的是一个刚满五十的中年妇女，在一场检查中大出血亡故。据说抬回家当晚，管子一拔，身体的所有孔洞都流了血。

她朝外望向那具棕红色的棺材时，想起了气球被扎破时的炸裂声，这年，是一九九二年，她就是那个气球，目光穿透街上的哭声，折返而回。

她缩了回去，躲在李恩慈的后面，李恩慈穿了一件棕色的衬衫，扎腰，黑色皮带将腰部绕了一圈。他是镇上少有的热爱跑步的男子，每天傍晚，他会绕着镇子跑一圈，空气在微风中相互追逐，他闻得到空气的汗味，那是一种被轻轻点着散发的火苗味，略微烧灼，让人心荡神迷，他渐渐上瘾。作为一个三十出头的男人，他并不像那些将自己的身体喝得显山露水的人。因为跑步，他虽然有些肚腩，但尚算结实。他浓眉大眼，笑起来嘴巴有些歪斜，但不影响他的整体五官。他是一个身材健硕、五官俊俏的男人。

他们的第一次正式对话就是在这场葬礼上，他和她，从一场死亡中，认识了彼此。这场葬礼的主角，从医院回来当晚就因为过于悲惨的死法而让人们感慨不已，她的生平也被人们口口相传。送葬队消失在拐角处，他们也回到了座位上，心不在焉地一边谈论一边喊着"碰、碰、碰"。

她胆小怕事，在某些事情上却又异常奔放。她跷着腿，以一种奇特的姿势斜靠在粉红色的塑料椅上，空调仿佛坏了，开到十七度还是像在洗桑拿。她一边摸牌，一边不自觉趁着空当撩起衣服扇一扇。李恩慈斜睨了一眼，看到衣服下面是一张光秃秃皱巴巴的肚皮，像晾晒得将干未干的腐竹，那是他最爱吃的食物。

就是这天更早些时候，在镇上新起的楼里，在牌友的邀约下，她洗了澡，换了一套宽松的衣服匆忙往那里赶去，低头进门的当口，一下撞上了李恩慈，结实的胸膛撞得她瘦弱的身体骨咔嚓地疼。他们互看了一眼,她闪身进去了。李恩慈是村里的书记,他的妻子在菜市场那里租了房,开了一家鞋店,每天背着一个黑色的皮包进进出出,迎来送往,一看就是精明强干的女人。她也跟他老婆讨价还价买过鞋子,不过不耐穿,没几次就坏了。

  他们的手曲着,盯着面前的牌,两个人的手离得很近,动作的幅度稍微大一些,就碰上了,她的骨头又被撞疼了。

  封闭的空气让牌桌上的人呼吸都有些异样,但打牌的专注可以让人们忽视一切的不利。他们将那场葬礼抛之脑后,渐入佳境,在牌桌上打到了晚上。牌桌上的气氛让人们无话不谈,都是不拘小节的洒脱之人,各种荤素与飞短流长都端上来,成为牌桌上的调剂,笑声和话语就见缝插针在闷热的空气里愉悦地四处乱窜。

  她和李恩慈都赢了,这一晚上的战友情谊也就结下了。按照规矩,这夜宵是要请的。

  虽是午夜,她却不觉得困倦,他们在邮政大楼前的夜宵摊点了炒粉和炒河螺,外加一锅海白冬瓜汤,啤酒整箱整箱地上,吃得热火朝天。时隔多年,那个夜晚的场景还清晰地存在于她的记忆里,那株形单影只的印度紫檀垂下的叶子不时拂上她瘦弱尖刻的脸。灯昏黄,在风中明明灭灭,将她开始步入中年的老态恰到好处地藏起来,脸变得光滑,鼻子坚挺,她五官最好看的是鼻子。她的嘴唇太薄,薄得像锋利的刀片,只要轻轻一动,血就涌了出来。

  那些年,作为一名出色的木工,她的丈夫在木屑纷飞的木材厂朝九晚五。她在厨房的油烟中熏得皱巴巴,顶着满头的油发奔波于北街，整日碌碌无为。傍晚五六点钟的时候在市场和菜贩子讨价还价，然后迈着又瘦又长的双腿回到位于福气巷的家，心血来潮时便和街坊邻居们抽上一把麻将。

更早的时候，她忘了自己是一个正在镇中学读高三的女生，忘了自己是个热爱读书的人，把自己的情欲在密林中释放，她的耳边有密集的鸟鸣，汗珠大颗大颗地浸染了木板，他们滚来滚去，嘴角含笑地尖叫。

后来，她在学校附近的文具店买了一本日记本，记录这次她自以为是的征服。她太年轻，辨别不出喜欢与爱，也不知道二者的区别。半年后，她毕业了，肚子开始凸显一个孕妇的特征。不久，在遍布粪便的村路上，她嫁入了镇上那栋有月光从天窗透入的老房子，过起了居家生活。

头几年，她还是一如既往地爱笑爱跳，说许多许多的话，打牌溜冰唱歌跳集体舞。可好景不长，在邻里的非议声中她败下阵来，用近乎严苛的训练，恪守着妇道，开启了近二十年的平庸生活，这种平庸是毫无起伏的直线，一眼望不到头。

她曾经在这遮天蔽日的树林中给丈夫做了一段时间的饭，她用石头搭简陋的炉子，去江边淘米，用煤油和晒干的甘蔗叶生火，每天都被烤得炙热，在盛夏中汗流浃背，她十八岁，他二十二岁。现在，三十八岁的她和一帮年纪大小不一的朋友在午夜的树下大吃大喝，她的嘴巴沾满了汤油，她粗俗，一步一步逼近衰老，与十八岁的义无反顾判若两人。

人的激情一旦退却，陷入纷杂的柴米油盐中，为各种琐事吵得面红耳赤，哪怕当下重归于好，也会变成长久岁月中的一根刺，时不时旧病复发，跳出来让人哭天喊地疼上几下。彼此的弱点也慢慢暴露出来，赤条条地毫无掩饰，于是，从相爱到互相嫌弃，到彼此憎恶，要不是为了面子或维护所谓的凡尘俗世中的种种道德伦理，早就互扇对方几巴掌后自在逍遥去了。

酒足饭饱之后，他们便都各自散去。她和李恩慈同一个方向，于是，两个刚认识的人便不尴不尬地走入了北街。北街还很破，有些路段就是石头路。

北街很长，家家户户的屋前都种了遮阴的树木，树影将明亮的月色罩住了。他们走在黑暗的阴影里，偶尔交谈，大部分都沉默不语。她走得歪歪扭扭，跳跃之间，落地摇摇晃晃，最后却能稳住身体。她先到的路口，怕把这夜色惊醒，低声说："我到了，走了。"

李恩慈突然说："等下，这水给你，温的，暖暖胃，醒醒酒，改天再约打牌。"他从口袋里取出一个矿泉水瓶，临走的时候，他让夜宵摊的老板倒的。

刘圆有些愣住，木木地伸出手接过来，这炎热的夏季让她的手都流汗了，现在碰到这滚烫的水瓶，汗水便随着手掌的热度汩汩而出。

她走在巷子里，借着稀疏的灯火，瞅见自家的走廊空空荡荡，慢慢拧开了瓶盖，喝了一口，盖上，推门而入。

平常这个时候，她已经躺在那张古老的大床上，床是结婚时丈夫用上等的酸枝木亲手打造的。月色从天窗透进来，扑在白色的蚊帐上。蚊帐散落着干枯的血迹，挂着零星的蚊子尸体。有一年，她用煤油灯烫死了许多攀附于此的蚊子。身边的丈夫呼呼大睡，她听着呼噜声，也不明白他为什么发出这样难听的吼声，将夜晚的好脾气败坏殆尽。她把灯放好，将被子盖在了身上。

这天晚上，她做了一个奇怪的梦，梦到那片长满蟛蜞菊的荒地里，有一具尸骨，尸骨双唇轻启，仿佛要说什么。她毫不畏惧地往前走了几步，想听清楚尸骨的话，但是，尸骨隐没到了地下。她木然地看了刚刚尸骨躺着的地方，踩上那丛黄色的小花，爬上了那条水泥小路，穿过稀疏的几间楼房，来到了繁茂的镇上。

第二天，她睁开眼的第一件事就是回忆梦境。夏天的日光总是来得很早，早晨六点多钟，外面已经是白昼一片，大街上陆陆续续传来了人声，今天是赶集的日子。

她从福气巷走出来，经过三岔路口的土地公神龛，看到供台落满了香灰。她忍不住摸了摸肚皮，她要去服装厂里干活，她有缝纫的手艺，为了不至于落下好吃懒做的名声，她在这家有十来人车工的工厂工作已有数年。

步伐逐渐朝菜市场迈进，她已能看到鞋店的门帘已经升起，心有些抽紧。她突然害怕见到那个长发的女人，她会穿一件黄衫，一条短裤，脚踩凉鞋坐在一张小方桌上，拿着彩票纸，等着宾客盈门。她是李恩慈的妻子。她比她年轻，比她貌美，更比她丰腴。她想象她光滑的小腹，柔弱无骨的肌肤，高耸柔软的乳房，她真美啊。刘圆想。

昨晚的她，喝得晕晕乎乎。很多年没有喝酒了，她最后一次喝酒是在十八岁那年的密林中，在一次奔跑中闯入了丈夫的地盘,以非凡的勇气和他喝了一瓶又一瓶,她还记得那年的杯盘狼藉,还有在他精湛的切割技艺中平整光滑得可以当作床的巨大木材……

她走了过去,并没看到女人,而是看到了李恩慈。他正在柜台里面,将一双双小巧可爱的童鞋挂到墙上。李恩慈刚通过村民选举当上村委会书记不久,每个月都能领到一笔钱。加上老婆给老板写私彩,赚到的工钱比鞋店的利润还要高,他花起钱来也越加大手大脚。毕竟,现在身份不一样了,村里的各种事务都需要经过他的同意和批准,每一个找他的人,都低声下气。这种掌控权力的感觉让他底气十足,他的声音在村里、镇上各处出现。

她快步走过了他的店铺,不知道他侧头看见了她。她穿过那排菜摊子,拐到了水果街上,进入了那家临街的三层高的楼房。她穿了一条黑色的裤子,一双粉色的拖鞋,将贴了地砖的楼梯踩得啪啦响,这响声将她的心烦意乱掩盖了。她上楼,来到了她每天的座位——一辆电动缝纫机上。她的手拨弄着分给她的布片,在这里,她野心勃勃,充满力量。

风扇在头顶呼啦呼啦地吹了几个小时,也吹不走被囚禁的暑气。她的脸上随着飞速转动的机子积满了细微的布屑。这时,她听到有人喊:"刘圆,有人找。"她还没来得及回应,李恩慈就拎着水果上来了。她一惊,顿觉狼狈不堪,用布片快速将脸一抹,问:"缺脚打麻将了?缺也走不了,正忙着呢。"

李恩慈将水果放到了机子上,说:"还想带点水果上来巴结巴结你,三缺一现在,看你能不能走呢?"她说:"走不了,下午才完工,晚上应该可以。"他笑着说:"那我走了,晚上再组局。"

她盯着袋子里面的水果，有熟透的芭蕉、杧果和一串半红半绿的莲雾，这莲雾一看就是陶瓷铺前的那株莲雾树结的果子。那棵树，一年四季经常结果，味道一般，但长在路边，经常有人采摘，落在地上的，都被不注意的路人踩烂了，染了一地的汁水。她为自己刚刚脱口而出的话懊悔不已，是不是暗示了什么？她心神不宁，足足到下午六点，她才完成工作，离开了闷热的宅子。

　　这时的市场，有许多下工回来的女人，有些正坐在路边的甘蔗摊上一边聊天一边啃甘蔗。暮色将这一片笼罩，快餐店也有食客了。年轻的女人几乎不用任何护肤品，在生活的重压下老得特别快。这种老，就像短跑比赛一样，彼此就差那么几秒的时间，结果却大相径庭。这兜转的世间，在各种斗争中千疮百孔，而她们还试图，让这些孔洞装进她们的身体。

　　她经过摆成长方形的水果摊，香气扑鼻，她盯着垒起来的红苹果，突然觉得手中的袋子无比沉重。她想起丈夫，此刻他应该正在密林中和工人们一起忙碌。丈夫已成为木材厂的得力干将，娴熟地操作引进的巨型机器，跟着厂长离开镇子，在各地出差，一周会有好几晚，他待在厂里，睡在简陋的宿舍。而她不再如从前，从福气巷的家里独自一人经过生锈的街道，来到阴森的林子中，在那张朴素的小床上和他挤在一起。孩子来临那年，他们精力涣散，不再专注于彼此，他们的对话在岁月中渐渐只剩下金钱可以谈论。

　　她绕过那些水泥浇灌的柱子，手一滑，水果掉进了一个竹编的垃圾桶。没有人会想把水果捞起来，因为里面盛满了沾满污水与血迹的内脏与鸡毛。她站了一会儿，感到李恩慈的声音在她耳边轻拂，掠过她的面孔，留下一地暖意。

她无法分辨现实与幻觉，一心沉浸在自己的内在，像一头莽撞的山鹿，穿过围满绿色的树林，蹚过雨后流成的小河，最后遮遮掩掩，躲在暗处，宿醉未醒。

晚上，她继续宿醉未醒，在新街上那家音响最震撼的卡拉OK店鬼哭狼嚎地唱歌。除了她和李恩慈，还有一起打过麻将的男男女女。他们互相取乐，说下流无耻的话，偶尔拉拉扯扯，他们这帮寂寞的男女是多么喜欢这样放荡的夜晚。他们喝茶、果汁、罐装的力加啤酒。这家店只卖罐装的啤酒。

夜色下的镇子，仿若漂浮在透明的镜面之上。这群三十来岁的男人和女人，这样度过了夏季，把所剩无几的激情装在喝空的啤酒罐里，然后一脚踩扁，直到发出清脆的声响，将整条街道炸得粉身碎骨。

秋

刘圆感到秋天的凉意，是在十一月末。她打开木箱，将储存了十个月的长袖取了出来。衣服有压箱底的霉味，她犹豫着要不要洗，最终决定穿一次再扔到水里泡一泡。经过一个夏天的训练，她的麻将已经打得出神入化了。她有天赋。这是李恩慈夸赞她的话，她微笑接受了。

她在镇上唯一的一家护肤品店买了一支洗面奶，还有一瓶面霜，都是年轻的店老板推荐的。用了几个月，皮肤白了不少，朋友们看到她，都说变美了。

她买了一面落地镜，可以照见全身。她重新在镜子前流连，注意自己的仪容和身体,是和李恩慈上床之后。

她拿起那条单薄的碎花白衬衫,来到了镜子前。她将自己的睡衣脱下,上身赤裸在镜子前,衰弱,焕发神采,不具有很强的魅力。她上下打量,对镜子里的身体无动于衷,她不知道李恩慈喜欢它哪一点。

她感到李恩慈的手突然伸过来,摸到了她因为生育而遍布妊娠纹、像一块破布挂在身体上的肚皮,那是一股电光石火的暖意。她捏了捏自己的肚皮,一个老女人有什么好摸的呢。

她在镜子前欣赏自己的身体,是十八岁前常干的事。她会拿租来的武侠小说或是从当时的图书阅览室借来的一本破杂志,半遮半掩望着镜中的自己。她会想象,想象自己获得一张畅通无阻的入场券,在世界中游刃有余。二十年后,她再次做这样的事时,她只想用那把工作的大剪,伸向镜中的自己,一一剪碎衰朽的身体,还有藏在骨骼里的自卑。

她恢复酗酒的习惯,是在街头那家五层楼的小旅馆里,四个人,开了一个麻将房,她将她的奔放全部喷洒在这张桌子上,混着土黄色的酒,倒给他们,也倒给自己。后面,她喝醉了,迷迷糊糊是李恩慈扶她到里面的小床休息,她突然一把勾住他的脖子亲吻,两个酒气熏天的人便滚到了一起。情欲和性欲紧密相连。许多人都没领悟到这一点,于是,许多人也就被这庸常的日子给锁住了,疲于奔命,越活越笨。

第二天,她醒来,一睁眼就看到白色的墙壁、白色的床单,其他人已不见踪影。她将衣服穿戴整齐,看了一眼还在睡梦中的他,他睡着的样子沉静,与工作中的凌厉判若两人。她曾想象他横跨在摩托车上，训斥村民的样子，因为人家逃了他的回扣。他明目张胆，认为无人不贪。

她面无表情地走了出去，把麻将桌收拾干净。她下楼，经过一栋又一栋紧闭的房子，感觉到镇子的异样，看到树木在楼前跳舞，看到学生三三两两地拿着书朝她怪异地看了一眼，然后走进了种满九里香的学校。略微肥胖的校警摸着半秃的头，坐在一张红色的方凳上，一脸严肃地望着进进出出的人。

后来，她知道，李恩慈醒来的时候，走出房间，下楼去前台结了账，就到旁边的人造革沙发上坐一会儿。这里是街头，几栋老旧的木楼后面是地势低洼的林子，至少有近百年，她的丈夫就在林子里。十来年前，他曾去过木材厂，好奇冰冷的机器是如何运作，将树木一截一截锯断。为此，他还请教过她的丈夫，和他有过一段对话。她记得，他和她讲述时奇特的表情。

她精神恍惚，脸上飘起诡异的笑。她回想昨夜见到的光，那些光原来是对岸密集的灯点亮了夜色。她并没有拉窗帘睡觉的习惯，她要给自己留些光芒，白天进来的时候也好在睡梦中感知，要做一个分清日与夜的人。

世界很小，小得装不下她那颗小心脏，于是，她一狠心纵起了火，将世界一把烧掉了。

第三天凉爽的早晨，她在呐喊声中醒来，听到狭窄的巷子有奔跑的脚步声。她掀开被子走了出去，看到远处有冲天的火光。她有隐隐的错觉，这是被她心里的火给点着的。她被那漫天的光芒冲昏了头脑，分不清梦境与现实。她也跑去看人们救火，那间小教堂已经烧成了残垣。镇上没有专业的消防队，市里来的至少还要一个小时。面对这熊熊大火，只能靠周边人的自救。她瞅着人们自带水泵、水桶和灭火器，个个被烤得汗流浃背，妇孺在边上嘈嘈切切。

这些人中，有东奔西跑的李恩慈，他那么卖力，将他的指挥才能发挥得淋漓尽致。他在百忙之中看到她，朝她奔过来，对她说："这火还没完全灭，说不定突然又烧大了，你还是不要看热闹了，危险。"接着，他又迅速地满头大汗地跑回了现场。

她躲回到人群中，注视着他矫健的步伐，盯着他的一举一动，就是那一瞬间，她怦然心动，摆脱了肉欲之欢，真正爱上了他。

风闻邻镇供着菩萨的佛堂非常灵验，她产生了一个念头，要在佛前许一个愿。早上七八点钟她离开了火灾现场，在奔赴的路上雄心勃勃，迸发着迫不及待的激情，设想着未来发生的种种美妙。

花了半个小时抵达人潮汹涌的佛堂，空地前上香的长架子铺满了香灰，烟雾在空气中缠绕，她缓步过去，站在卖香台前，忽然迟疑了。卖香人问："你要买不买？"她退到了旁边，很快，人们便围满了台子。她只是怔怔。这愿望，会不会太自私了，他应该有自己的生活，而不是被她据为己有。她在这些萦绕的香气中，觉得自己没有离开那场火灾。她感到很热，就置身在那些火光之中，和它们合二为一。她站了很久，后面连菩萨也不拜，骑上车又回来了。她穿过繁茂的道路，自然生长的树木拦住了天空，将燥热掩盖，她伸出手，触摸到了疯狂的藤蔓，她感到身上的热气正从体内源源冒出。

中午，火被扑灭了，有人被烧死了。

人们议论这场奇怪的火灾，试图找出事故的源头。她和工友们在茶店喝茶，这家茶店离火灾发生地很近，近得可以闻到烧焦味。她对人们热切的讨论心不在焉，一门心思想着李恩慈。她尝试记住一些东西，又不确定，该不该记住。

李恩慈坐下来时，望了她一眼，揉了揉眼睛，才开始回答别人的问话。他一副热忱，和缓地讲述这场火灾的来龙去脉。一些简单的理由却不足以说服众人。于是，仅仅是火灾结束后一个小时，各种流言就已经口口相传：那些人的上帝被烧死了，谁让他们不给祖宗上香。茶店的人们幸灾乐祸，指向了教堂顶端那个坠毁在火焰中的十字架。

她低着头，茶杯里的李恩慈变得面目模糊，只存在于她的想象之中。这想象让她变得具有一种难以言说的特质，散发着独特的魅力，脸上闪烁着微妙光泽，这光泽是李恩慈带给她的。

灰烬与黑色的废墟就在不远处，她的灵魂从罅隙中钻出，体验到了死亡与爱，爱是失去的恐惧，是战栗，是天衣无缝。而死亡，让生命的气氛越加浓烈，在她体内激荡。

她在心里呼喊着自己的名字：刘圆。

她把自己叫醒了，又恢复到了自然的态度，她柔声细语地问起了火灾的情况，又夸赞了李恩慈的英勇，获得了人们的纷纷附和。不久，李恩慈因为这起事件，被媒体重点报道后，破格提拔，成了大队书记。这些纷至沓来的轻而易举的成功后来泯灭了他。

她思绪飘飞，回到了女儿幼年时，那个微凉的春天。女儿拿着课文，问她丑小鸭的故事。此刻，她想起了那只长大的天鹅。十八岁时，她披散着头发，穿着吊带的睡衣，站在黑夜的窗口，眺望远处的星星点点，点了一根男士的香烟，熟稔地抽了一口，之后，就任着思维跟着香烟慢慢燃尽，生命就在烟雾中诞出。

现实止于想象，她体内那只羽翼丰满的天鹅挣脱了她，离开了身体，飞向了高空。她的目光掠过李恩慈，朝天外看去，蓝天下白云朵朵，她对这场突然而至的大火有了莫名的感情。

李恩慈用激扬的语调大声讲话，说得忘记了喝水。不久，他站起来，看了刘圆一眼，说："我去镇委办下事。"他拉开磨损严重的靠背椅，穿过那些桌子，走了出去。有人知道她和李恩慈关系特殊，开起了她的玩笑。她故作若无其事，笑着听他们调侃，一边无力地辩解，没有的事，不要乱说。这大半年，李恩慈一有空就往三楼跑，给她买新鲜的水果，当着众多工友的面嘘寒问暖，众人也乐得捡白吃白喝的便宜，巴不得这样的男人多来几个，于是有意无意间推波助澜。

男女之间的感情，最容易乘虚而入。相逢有早有晚，只要来了，都是时候。

他在，再长的时间于她不过是一瞬。目前为止，这是她最真实的感觉。

李恩慈让她活了过来，她感受到自己的生命状态如春天万物复苏，那是一种欣欣向荣的凌乱。他让她觉得，她是具有爱人的能力的。许多年来她都未曾明白这一点。她的觉醒注定了她的出走，她不再背叛自己的感觉。在这个年纪，她终于可以将爱憎写在脸上。她突然理解早年一位投江获救的朋友，与生命的决裂轻而易举，但知道自己活着，却要费尽艰难。她和这个镇子，长期胶着。她从来没想到，自己生活在一张凌厉的活口里，这张血盆大口，在她毫不知情中，将她的时间配酒下菜，一步一步，将她逼到了今天。

爱会消逝，但爱人的能力不会。

她将衬衫裹住了瘦弱的躯体，镜子里的人又变了个样。她恢复到了往日的克制，腰板挺直地离开了镜子。

她和李恩慈从镇上一路驱车经过了城区，直奔人迹罕至的海边。那是好几年前他发现的一处地方。一面耸立的巨石将游人如织的海滩与这边隔开了。僻静，幽深。这里总是游荡一些稀奇古怪的人，抢劫与强奸频发。李恩慈曾和她提起，他在这里被人抢光了身上所有的钱，他的情人被抢匪强奸了。之后，他们回去，再也没有提起此事，不久，他们就分手了。这次是一场与此地重归于好的冒险。

她站在那里，眺望远处，这片辽阔的海域像裁剪工手中的布匹，在拿捏中甩出有形的起伏。之后，他们在星空下枕着海浪，两具身体产生的力与美有惊心动魄的力量，这力量将潮涌凝结成了他们彼此身上的汗珠。当他们精疲力尽倒在沙滩上，她还为刚才发生的缠绵战栗不已。

后来，李恩慈爱上了许多不同的女人，纵横情色游走风月，却再也找不到像她这样的女人。他们分别许多年后，他和别人坦陈了这个事实。而那时她也彻底明白了李恩慈泛滥成灾的爱是从她这里孕育而出。她已懂得为自己的衰朽感到羞愧，并不断回溯青春，它还没来得及抵达她身边，就被闪电般劫走了。从未想过，她和李恩慈的情感是如此惊险万分。

她穿了一条黑色的弹力裤，天衣无缝地融入了夜色中。这个夜晚，并没有发生什么意外。当他们驱车赶回去时，她听到李恩慈轻轻地松了口气。

直到认识李恩慈之后，她才明白在她唯一的恋爱中，并不存在爱，那只是某一阶段对男性阳刚之气的迷恋，而她相伴二十年的丈夫恰好出现在了恰当的时机。她是一个有生活智慧的女人，将家庭打理得井井有条，过着稳定安逸的日子，在和别人的交往中欣然接受别人的赞美。现在，步入中年，她猛然醒悟，她从来没有认真对待过自己，生活、性欲以及炽烈的感情。她生活的中心仅仅是一条街道，她被囚禁在那里，以为自己是自由的，现在，她终于摸到了牢笼。摸到那层冷冰冰的透明，她将脸贴在透明上，朝外望，看到许许多多的人走来走去，在世界里穿梭自如。

城区缓慢流过的灯火像木头的纹理，她想起了丈夫，发现彼此在对方身上都一无所获，反而白白弄丢了二十年的时光。她恢复了早期的睿智，以敏锐的直觉感知到了内心惊天动地的变化。她十分确定，年轻时他们彼此迸发的热情与爱意，早被时间悄无声息地锁在那片荒林中。工作、养育，工作，睡觉，她不断地在纠缠的时间线中重复这些事情。它们毫无意义。□

他们随着这辆奔驰的小破车，驶入了去往塘镇的乡道。夜色下阴影婆娑，合拢的树木遮住了天空，只有车灯照亮着前面的水泥路，坚硬的，疼的，就像那日，李恩慈撞疼了她的骨头。疼痛又开始在体内乱窜了，她有骨痛的毛病，只要一有心事压着，这骨头就开始反抗。

她喊李恩慈中途停车，打开车门走下来，面对绿色的旱地，拼命地吸进了微凉清新的空气，疼痛的感觉才稍微缓解，她知道，她晕车了。她几乎没有到镇子以外的地方游玩过，坐在封闭的车里浑身不自在，去时没有那么难受，回来这痛就加倍翻山倒海地来了。她抬头仰望夜色，夜色照亮了一九七四年，她十八岁，不疯不成魔。出嫁之日，唯一迎亲的村路被邻居撒满了猪粪，她必须小心翼翼沿着边缘亦步亦趋。保守的老人们当着她的面，一边撒粪便一边用尽各种恶毒的语言，诅咒她的将来。二十年后，她再次放纵自己，成了疯子。

缓和之后，她站起来，回头借着车灯看到李恩慈安然坐在车里。前些年，这条乡道治安不好，经常有蒙面的吸毒仔团伙拦路抢劫过路的午夜摩托车骑手，她一边打开车门一边想，他是不是准备遇到危险随时一踩油门就走呢？她极少猜忌，也不去深想这个男人的种种事。

李恩慈发动了引擎，淡淡一问，舒服了吧。她点头，在微弱的光中瞅着他目不转睛盯着前方的脸，有一丝闪神。她仿佛在做一个漫长的梦，三十八年的岁月被她毫不留情地舍弃，取而代之的是另一种活法，一种意识的觉醒。空气从半开的车门钻进来，荡漾着独有的清香，她听见李恩慈跑步的声音。这时，李恩慈突然说，跑步真是一件愉快的事。刘圆笑了。

回到镇上，家家闭门闭户，他在巷子路口把她放下，说，走了。她目睹他开着车往市场方向驶去，那里漆黑一片，但她清楚每一棵树每一座房子的位置，每一段距离所需的时长。

她的脚下轻飘飘的，经过那堵薜荔墙，推开了门。她不管在不在家，从来不落大门锁。她进屋，床边躺了已经入睡的丈夫，不知他几时回来。她想独处，于是，拿了被子，去孩子们的床上睡。孩子们的卧室和这里唯一的区别是没有了那扇天窗，他们还没像镇上的人热衷的那样，将这栋传了几代的房子，推倒重建。

她有过一个狂热的梦想，是住到最新的街道上去，那是富裕起来的人们置业的地方。那里曾经是农田，数年之间，陆陆续续盖起了白色的楼房，贴着彩色的瓷砖，宽敞明亮。可事与愿违，她一头扎进了黑暗的密林中。渐渐地，蔓延疯长的黑暗便覆盖了心里的那束光。她丢失了她。如今，她寻回了失去的部分，却还不够完整。

冬

冬天并不是这里最寒冷的季节，只是天气喜怒无常，忽晴忽雨，忽冷忽热。这个年纪的刘圆，却喜欢这样的冬天，她感到自己的身体和内心对这个季节做了回应。

她坐在刚修好的水泥椅上，李恩慈跑步的起点就是从这里开始。镇子改造，修了很多这种可供休憩的椅子，没有树，在夏天里荒废了，被汽车掀起的扬尘落在上面，白色的纸巾一擦，满手脏。她不在意，将就坐了下去。她吃着一个削好的柑果，金灿灿的，将嘴巴染黄了，她用手一抹，本性露了出来。

李恩慈已经跑得不见踪影了，她还待在那里。有要好的工友曾小心翼翼地问过她，对别人的话在意与否。她只是冷笑。她不是天鹅，只是一只想飞的野鸟，不过被命运之手随手一捕，便生死与前途未卜。

　　现在，她坐在这里，并不只是等待李恩慈，也不是纯粹为了帮李恩慈看住水杯、汗衫、钱包和钥匙。她为自己而坐着，试图理顺纷扰的心绪，她清楚知晓，她对李恩慈的感觉变了。她甚至想到死。她死了，也不过是这飞扬的一粒尘埃，就算自己的故事有千般重，也不抵这只需轻轻一吹的一颗尘。她希望自己微不足道的人生能有光辉灿烂的一天。她有了。

　　流言是随着秋季起风的时候开始的，准确地说，是事实。它随着风钻进了茂密的遍布松叶的小树林。她踩在柔软的针叶上，目光穿透树林，远眺低矮的江边菜地，她听到锯木丝丝，她回头，来到那台硕大丑陋的机器面前。这台机器在数年中将不少粗心大意的年轻人的手指瞬间割断。

　　工人们在夏天只穿一条短裤，赤裸被汗水浸润的黝黑上身，在木屑纷飞中把浓重的体味洒满了林子。而她，经年累月中早已适应这样的味道，就像她已经适应夜不归宿的丈夫。

　　她望着他在活动的木屋里和别人谈话，他的侧脸棱角分明，饱含怒气。此刻，他对她来说只是一个模糊的影像，她这二十年来的日子就这样在一瞬间被她轻而易举地抹掉了。她惊讶地发现，在街上行走时的忐忑不安居然消失了。

　　丈夫瞥见她，怒气冲冲，顺手从桌上拿了一把刀。这里从不缺锋利的工具，这么多年，缺胳膊少腿的人没少从这里抬出。工人们将他紧紧抱住了。他读到了她的日记，她怎么会有做笔记的习惯。他无法想象，一个粗鄙的、倔强的妇女会愿意拿起笔，一笔一画地将岁月写下。

她站在外面，瞅着那把扔过来的刀子，躲闪了一下，刀应声而落在她的脚下，这是一把锯刀。她哭了，这哭不是内疚与负罪，而是为了二十年荒废的岁月。十八岁在这片不断生长的树林里飞舞，她感受到了，它们受困于此。往后走，就是那条宽阔的河流，许多人在那里死去，成为缠人的丰茂的水草。

刘圆声嘶力竭喊出了声："你以为我怕吗？"

她曾经爱过他，如今，这份爱已在这水流潺潺中毫无影踪。她朝江边奔去，却被一个五大三粗的年轻工人抱住了。

她不是去死，她只是想跳到河里痛快地洗个澡，就像少年时期一样。她的疯狂和热烈，被压制得太久，久得她都忘记了它们的存在。她像个精力十足的泼妇，伸出手将抱住她的工人抓伤了。她听到呼啸的风中有猛兽嚎叫，绵绵不绝。

这场闹剧在她的声泪俱下与丈夫的筋疲力尽中结束了。她在傍晚疲惫地回到了房子里。她发现那不是她的家，她从来没有过家。多年来，丈夫已经默认了她是他的从属品。她打量这个陌生而熟悉的地方，抬头望了望透明的天窗，再次露出了诡异的笑容。当她追溯过去，就自动过滤掉了一些不愿回想的部分。

她转头看了看李恩慈跑步的路径，人家说她不知羞耻。她不在意，她已筑起一道高厚的城墙，足以抵御外部的任何入侵。她想起李恩慈的妻子，那个不吵不闹的黄衣女人。又想起事业蒸蒸日上的李恩慈，沉浸在一张又一张陌生的床上。她做好了准备，失去他。但她不想这个让她自由的男人未来会有悲剧。

李恩慈穿着那双白色的跑步鞋,不知道兜了多少公里,又转回来,朝她走来。她把水杯递给他,他喝了几口。然后,他们一起去市场一家专门做干煸鸭的食店吃饭。店很有名气,十里八乡来塘镇的食客都会在那吃上一只才满意离去。

她经过水果摊,闻到满天飘香,又从棚内的肉摊走过,猪贩们不时问她要不要买肉。她摇头。李恩慈走在前面,她看着他高大的背影,有些骄傲。男人和女人的想法,都是不同的。

无论是婚姻还是爱情,终究都与吃饭有关。

现在,她回忆起这顿饭,就记得那一口底部烧黑的双耳陶锅,鸭肉就在锅里响着,味道偏甜。

就在寒流南下最冷的今日,那名独居天天骂人的疯子拿起一把刀,刀绑在了一根长长的木棍上,她记得木棍的颜色,树皮的灰。他一路畅通无阻跑过腥臭的屠宰区,所有的肉都被他扔到了地上,接着他跑到了工厂,二楼车间惊愕失色的失声尖叫混杂着慌乱的步伐……那是她所在的工厂,疯子挟持了一名每天都会经过他家门口的年轻女工……

老年的刘圆,从巷子里出来,慢慢散步,身体尚算硬朗。几十年前的香味直往她的鼻子里钻。她路过了大门紧闭的房子,它曾经是一家鞋店。十五年前,李恩慈的妻子就把房子买下了。此时,她才有时间设身处地去想一想李恩慈的妻子,对她充满怜悯和尊重,却又为这个能干貌美的女人不值。十年前,她去世了,带着压抑和痛苦,深埋在被荒草覆盖的地里。时间让这里疯癫蔓

37

延的植物形成了参天的密林，将生活于此的人牢牢关住。

市场经过扩建和改造，认不得了。一栋漂亮的建筑将肉摊和蔬菜摊都聚到了一起，她走在这些热闹里，朝曾经的饭店方向看了看，一块长方形幌子上写着：专营干煸老鸭。她看到那时的自己，吃饱喝足，正从店里踏出了第一步。

李恩慈是一个雄心勃勃的人，随着前途的愈加光明，对权力、金钱的渴望将他缠得严严实实，动弹不得，可他无从知晓。她想，终有一天，李恩慈脑中关于她的记忆，除了午夜一场又一场的欢愉，其他所剩无几。可她，早就将记忆串成了一根细细密密的线，捆在心里的某处，记住了自由与爱。

之后，他们都将回归到原本平淡的生活中，踏上命运的红毯，慢慢地，走入日薄西山的老年。小时代里的小镇之爱，就像节日里热闹的鞭炮，燃烧之后，落下一地的红垃圾。除了被环卫工清扫以外，并不会有人真正记得，它的刹那芳华。

李恩慈朝鞋店的方向走去，刘圆迟疑了下，两排的菜摊都是注目的菜贩，她不发一语，和李恩慈背道而驰。她拐入了卖自酿米酒的小平顶房，打了两升酒。微胖的中年男人是市场的收税员，她认识他。她闻了闻米酒的香气，并不知道为什么会买酒。她拎着酒出来时，李恩慈已经消失了。而她想着，丈夫除了睡一个又一个的妓女之外，并不打算跟她离婚。她觉得这样的报复荒唐可笑。丈夫这样的人，在这世间不计其数。他们缺乏勇气与诚实，作茧将自己的头脑打了一个漂亮的结，在时间的牵引下，度过平庸无趣的一生。

每个人都活在自己的欲望中，欲望撑开了一张网，网罗了天下人，刘圆也在这张网中，明智地与它和平共处。

过了几日，冷空气再次南下，天气骤冷。刘圆还是不关窗。她比平日多穿了一件厚外套，也套上了棉袜子。她穿拖鞋，走到了那张棕色长桌旁，打开了右边的抽屉，里面叠着好几本日记，她注意到，夹在里面的红线绳变了位置，丈夫是一个畏首畏尾的小偷，都不敢亲自搬来和她对质。她在心里对丈夫冷嘲热讽。

其中一本，记录着她与李恩慈交往时发生的事情，包括吃喝玩乐和性爱。原来，她并不想如此清晰记录身体的反应和内心感觉。可是随着时间的深入，她越写越顺畅，无可自拔。

她取出来，像少年时读盗版的黄色杂志一样读自己的日记本。她的字潦草丑陋，由于快速记录，甚至无从辨别句子。她从年少时的那本翻起，关于丈夫的那段，并没有特别的情深义重，看来，那时候的自作主张，并不成功。她是一个野孩子，缺乏父母的管教，她读书，在镇上四处乱窜，结婚后才勉强让自己学会了察言观色。她活在别人给予的世界里，在言语的催眠中忘了自己是谁。

儿子曾来电劝她和丈夫和好，没说几句，她恼怒了，朝着电话大喊大叫，叫儿子不要多管闲事。儿子便在那端噤口不言。儿子是一个聪明人，知道对付一个任性的母亲，唯一的办法就是顺从她。

刘圆将本子合上，这婚还是要离的。这住了多年的房子，终究还是住不成了。她毫不留恋。她和丈夫，都不够爱对方。她翻完了日记本，将认为最重要的一本放回抽屉，剩下的决定用打火

39

机点上，在这冬日里取一把暖。她在地板上将它们点燃了，目睹火焰越来越旺，自己的疯癫只有自己能看见。她扑哧笑了出来。只要走出门，步入人群中，处在旋涡中心的她还是街坊们惋惜和唾弃的对象。经过艰难改造赢得早年的贤妻良母之称，如今声名狼藉，正随时随地被火暴的丈夫扫地出门。

李恩慈此刻会在哪里呢？刘圆一边烤火一边想。她考虑把路外面那棵枝叶稀疏的对叶榕给砍来烧了，这样每次路过她就不会再看到她和李恩慈接吻的画面。这棵树与周边格格不入。好几个月前，被李恩慈一揽过来激烈拥吻的她头脑一片空白，只感到漫天的火光将街道烧成了纷飞的灰烬。

火灭了，和那次火灾一样，留下了一小撮灰烬，有轻微的风在房间里转动，她转身去角落里拿起扫把，将灰烬扫进了垃圾筐。她走出门靠在柱子上，注视这条小路。自从和丈夫大吵，闹得沸沸扬扬之后，李恩慈联系她不像之前那么勤了。她当然知道为什么。她是一名平庸之辈，李恩慈何尝不是？世俗，无处不在，个体无论走向哪里，都会遇到它的屏障。

现在，她需要解决的事是和丈夫离婚，如同当年她无所畏惧要嫁给这个男人一样。真是滑稽。巷子比房间冷，几乎没有行人，有一只放养的狗正漫无目的不断跑来跑去。一个人，尝到了真正的爱的味道，便再也无法放手了。她只能以自己为中心，去将曾经、过往，一件一件地，毫不犹豫地，埋掉；将亲手建立起来的安稳生活，毫不留情地，拆毁。

她盯着那条狗，握紧了自己的岁月，轻轻一捏，一松，落了一地粉末。后来，直到她离开镇子有一阵子，她的故事还是热门一时。她被当作了怪胎，人们给她安排了一个居住在精神病院的情节。

我们自欺欺人，为自己找各种理由，好让自己停留在稳固的、一成不变的阶段。我们无法面对内心的黑暗和恐惧。我们都被生活绑架，成为名副其实的懦夫。

这天的傍晚，刘圆和李恩慈穿过萧瑟的风，穿过两边繁茂的绿色，从黄昏日落开到了霓虹闪烁的三十公里之外的城。

第二天早上，她从房间的铝合金窗望出去，视线之内除了房子还是房子，城市的高楼重叠，将她这双小镇的眼睛看得疲劳了，产生了重影。

她突然背对着李恩慈说："你下次闻我的头发，不会有臭味了。"他坐在床边，穿好袜子，声音飘飘荡荡来到了她耳边，带着轻佻厌烦的语调，说："没有人会闻你的头发。"

对面的房间，灯突然熄灭了，她看不到对面行动的人，她心里那盏闪着微弱光芒的灯也倏然被掐掉了，内心就在那一瞬间跌入了黑暗中。她转过身，朝他看，她看不见他，她在这缥缈的夜色中成了盲人。可她知道他在床边正准备离去，他轻描淡写地说："我走了。"

她听见房门朝心口一撞，把她撞晕了过去。她在地板上醒来时已经近中午一点，阳光毫无遮挡地从窗口进来，将她晒醒了。

她回想昨夜，他将所有的窗帘拉上，密不透风。他把手插到她松下来的满头长发中，把头埋进了她的后颈里，有淡淡的廉价的洗发水香气。她用自己的双唇润湿了他冬天干裂的面颊。

她和他并排躺在情欲流动的房间滔滔不绝说到半夜，共同嘲笑北街上那户最穷的人家，讽刺最爱搬弄是非的长舌妇，羡慕那名考上清华的孩子。不久，他话音一转，说起他的妻子、孩子。她并没有看他，而是低着头，揣测他是何用意。然后，故作轻松地也说起了自己两个争气的孩子。她成年的儿子刚过二十岁，头脑灵活地在城里开了一家人气旺盛的休闲吧，女儿在一所重点大学读书。三十八岁的她还有什么奢求呢。

　　他们的感情在话题的改变中倒转急下，最后都憋着一股气，在背对背中等来第二天清晨。她醒来时，并没有去洗脸。虽然脸上油乎乎的，但这个男人看遍了她的每一寸早已失去风韵的肌肤，这张脸，也不需要过多的修饰与伪装了。沉默了好一会儿，她在窗前开口说了上面的话……接着，她体会到了这一生从未知晓的感觉：痛不欲生。

　　她的日子，太过温顺，如果不是在牌桌上昏天黑地，这温顺便还是继续像一条魅惑的蛇，悄无声息地缠住她，然后，慢慢将她消化掉。

　　那么多的悲喜纠缠在复杂的情事里。

　　一旦绑住了思想，这辈子也就只能永远画地为牢了。这世间，多的是生活在囚牢里的人，但都不自知呢。这不自知，有时是盲从，有时是自然的选择。这场对于李恩慈来说，仅是肉欲之欢的爱恋，他却用蓬勃之力，启蒙了刘圆，唤醒了沉睡二十年的她。

　　李恩慈让她在这里等他，等他办事回来。她也不知晓，他要去办什么事。他公务缠身，越来越忙。他们终究还是落入了俗套里。不过,一切事情的发生,本来就很俗套。

她进了厕所,看了一眼镜子,里面是一张陌生的面孔,她发狠地将水朝镜子一泼,水就沿着镜面像一条鱼,缓缓滑落到深海里,她痛哭流涕⋯⋯

洗脸盆里落了几根白色的短发。昨晚进屋时,她走在后面,看到李恩慈后脑勺浓密的黑发里开始有白色长出。她伸手一摸,说:"一会儿帮你拔下那几根白发。"他们坐在床边,她找了一张纸,就在李恩慈的身后,慢慢地将那几根白发剥离,气氛鲜活而热烈。爱与火,灵与肉,在这个二十平方米的房间,长成铺满所有的柔软的散发湿漉漉霉味的毛茸茸青草,之后,繁衍成一片密密匝匝的树林。

她怎么能想到,这个夜晚会这么悠长破碎呢。她拧开水龙头,把水拨到湿漉漉的白色上,瞅着它落进了黑黝黝的洞中。

就是这天,她出去,寻了一家小餐馆,要了一碗砂锅米线,正准备吃的时候,接到了李恩慈初恋情人打来的电话,她当然知道她的名字,一个很大众的名字:阿霞。

李恩慈在欢愉中打电话给了曾经的恋人。他对恋人的情况了解得一清二楚。和他分手后的第三个月份,她就找了个男人把自己嫁掉了,这种不理智的行为导致了她一生的苦果。他从来没想过造成这个后果有一部分原因是他导致的。他在电话里津津乐道他和刘圆的事。细节毫无廉耻,全盘托出。

刘圆有一点很好,就是从来不会去追问他要去做什么,什么时候回来。赚到钱了,李恩慈一高兴,就会把钱朝床上一扔,满是得意地说:"看,赚到的,够潇洒一阵子了。"她会露出惊喜万分的神情，扑上去捡起来，朝他一晃，说："好多啊，够你和别的女人开好多次房。"虽然他没和她说，但她知道他的一些风流事。她在他面前，竭尽全力装出若无其事的样子。

阿霞明白无误地告诉她，李恩慈在电话里约她出来，想和她上床。刘圆听出了电话那端的鄙夷。阿霞和他交往期间，动过一次手术。他的母亲获知之后，以一句不娶病痨回家，用她一贯的强势将他们几年的感情像丢弃垃圾一样，随随便便扔进了流经塘镇的河流。她听着电话，心里念着这些旧事。

那副好皮囊，略微挑拨几下，谁都会喜欢，他从来不是她一个人的，她有自知之明。可她还是感到心上有伤，一个小人儿拿起针线，细心地一针一针缝起来，一共缝了一百零八针，她痛了一百零八下，虽然它结痂、剥落、愈合，但不会完美如初。她终于承认，自己曾经嫉妒到丧心病狂的程度，现在，她能感觉到这份嫉妒呼之欲出。她强行压了下去，三言两语，将对方打发了。想，该你的，终究是你的，不该你的，一场风花雪月之后终归是回到别处去。何况，她要的根本就不是这些。

她想，阿霞为什么不打给李恩慈的老婆，而是直接拨通了她的电话。接到电话那一瞬间，她有一丝慌乱，不久，她就安静下来。她知道又能怎么样？李恩慈跟她没有任何关系。她爱他，她感到丰沛的爱在体内流动，但是，这和李恩慈有什么关系呢？

她放手，给李恩慈全然的自由，就像他给她的一样。他们回避了不愉快的现实遭遇，只留下一些虚幻的、各自认为美好的对话。留了此生，最后一场交织的情欲。

春

　　春天来的时候，刘圆喜欢上了仰望天空，云在蓝色的天空下缓慢流动，比一成不变的街景好看太多。春天的梅雨一来就是数日，她还是会撑着伞，抬头看天边的灰蒙蒙。抬头抬得久了，脖子有点酸痛，她会扭几下身子。经过数月冷战和谈判，丈夫终于答应和她离婚了。

　　她已经准备好。她将房间打量了一番，发现除了几件衣物，还有一些钱，并没有任何值得带走的东西。她将曾经的日子留在这所古老幽闭的房子里，她知道，她也逃不开习俗的捆绑，终有一天，她还会回来。但那时，她和它，不再是针锋相对。

　　李恩慈出事之前，送给了她一个贵重的水杯。李恩慈以这样的方式，让他在她的心里，留了一席之地。

　　他们，终究是要分开的。他们的目的从最初的一致，到渐渐南辕北辙，就像天空里聚散的云，走上殊途。她之于李恩慈，不过是他众多女人中的一个，他们彼此启发，通过对身体的探索，各自寻到了灵魂的藏身之处。

　　后来，她无数次回想起那个夜晚，他拒绝闻她的头发，这种拒绝，意味着他不再愿意将自己交给她，那是这场情事的休止符。她追随内心，按图索骥，自以为找到了原因。

　　变成了一个小点，消失在了天边。

　　听闻她要离婚时，李恩慈正将一口饭塞到嘴巴里。他们两人，在江边的渔庄，吃肉质肥嫩营养丰富的鱼。大坝将河流截断，巨大落差让白色的浪花四溅，飞到了他们身上。他给她夹了一块鱼肉，风呼呼地刮得让人哆嗦，渔庄里只有他们一桌客人。

　　她扬起那张保养不久却仍憔悴苍老的脸，注视着他的表情，她看他的目光和平常不同。近一年的时间，工作和生活历练了他，让他变得更加从容和张扬。他在她面前，也流露出那股蔑视一切的自负。这种感觉，让她不舒服很久了。她怀念他的温情和曾经的细腻。

　　冬天刚到，她就停工了，有了许多时间，于是重返过去，将未做的事情一一捡起。丈夫对她避而不见，她托人给他捎了无数的口信，不管是否会有回应。

　　李恩慈将饭艰难吞咽了下去，从惊吓到稳住不过是几秒钟。他说："你自己决定，离了后怎么办？"

　　刘圆听出了他的颤抖，说："你不用管。我有自己的事。"她像蚂蚱，独自高空走钢丝。她并没有吃多少东西，也没有谈未来的打算。

　　他们的对话就此结束。爱情落在吃饭上，也毁在了吃饭上。

　　手续办妥之后，她带上拉杆箱，毫不犹豫地坐上了开往城里的客车。她的目光掠过在细雨中丛生的植物，她的双脚，再也不会在村庄黏稠的土地上，纠缠不清。她不过是一个从乡下来的村妇，挤入了幻象般的城市，度过一个又一个不太耗费脑力的夜晚。

　　她长期住在城里，儿子搬到哪里，她也跟着搬到哪里。她在服装厂、酒店、餐馆，做不同的工作。她挣到的钱，养活自己绰绰有余。她以另外的形式给儿子支付房租。她不想给任何人造成负担，包括儿子。她做得巧妙，既让儿子感到自己孝顺，又让儿子对她的生活充满乐观。而正值中年的丈夫，和她离婚不久，很快就娶了一个比她年轻不少的异乡女子，无论去哪，他都会带上她。

她习惯了城里便利的生活。她会去城乡接合部的农贸市场买便宜的蔬菜和肉，满载而归后她就在厨房里忙活。她爱上了煮饭，虽然夏天在厨房里会被火烤得炙热，但是她热爱啊，她从来没有那么热烈地爱一样事物。

有时，她会和朋友们一起喝茶，偶尔会打上几圈麻将。她住的这条街上，遍布茶艺馆和麻将馆，随处可见跷着脚喝茶的中年男人。晚上同样车来车往，路边画的停车位都停满了车，电动车也是满满当当。她偶尔会有一丝幻觉：李恩慈会不会也藏在这些人之中。想到这，她的目光就在里面搜寻起来。但她知道，她找不到。李恩慈因为贪污村里公款被抓了，判了六年。

她不知道，她细致入微，颇有耐心，将李恩慈的心一点一点挖开，往里探头探脑一窥究竟、甩手离去后，这个洞，再也无法补上。他花了许多年才找到她留下的东西：她在里面点了一束永生不灭的光。

如果不是遇见她，他的命运可能会和这镇子上的多数家庭一样从一始终，或者，偶尔有一些无伤大雅的花边新闻，伴随着充满戏谑和理解的玩笑，度过看似平淡却又夹杂风流的一生。

此后的无数个日与夜，他站在塘镇的中心，注视着愈加繁华的街道，以年迈之态，回想那间因为拆迁而不复存在的旅馆房间，回想从里面绵绵流出的丰盛……和无数的女人纠缠不清，却仍然孤独终老。

二十五年后的春天，刘圆跟着儿子一行回到了镇上。她把市场绕了一圈，又去了江边，拦河大坝将江水截流，一边是平静的河面，一边却扬起惊涛骇浪。她终究还是和这镇子孕育的人不同。她将自己曾经的妥协击碎，选择了新生。后悔吗？她问自己。她的身后有摩托车经过，年轻的孩子抓住骑手的肩膀，兴奋地站起来大呼小叫。她留给他们的，只是一个老太太的微不足道的背影。她的腰板还是挺直，衣着比三十八岁时还要整洁。

　　二十五年前的风景，和二十五年后所看到的，并无多大的区别。她记起二十岁到来的那年，她感到恐慌，恐慌自己老去。现在，她六十来岁了，她没想到自己居然能活这么长时间，人生，也就是那样。给生命涂色，必须是在懂得什么是爱之后。

　　她在浪花滚滚中，回到了当年结婚的房子。房子很旧了，蜘蛛在里面安营扎寨，和镇上的烟火气格格不入。那个让她自由的男人已无意打听，早年的奔腾年代却朝她热情扑来，在她年迈的体内烧起了熊熊火焰，从天窗捡来的光点亮了晦暗的屋子……而她，在这光芒四射中安之若素。

　　儿子在屋里四处观察，她走出来，站在这条寂静狭窄的路边上。这条巷子除了翻新的房子，一如从前，仅仅能开进一辆小型的拖拉机。爱，是世间最难戒掉的毒瘾，染上了，就再也戒不掉。爱，是把许多时间浪费在许多毫无意义的废话上。

　　她看到年轻的丈夫和李恩慈，在荒草丛生的岁月里，百年孤寂。

　　春天来了，生命的轮回又开始了。年轻的故事从夏天分泌过剩的荷尔蒙开始，于春日一顿寒冷的晚餐结束，她听到二十五年前的风声活到了今日。她的手一扬，命运就在这瞬间完成了它的升空和跌落。

两种时间

　　魏一觉得自己活着，是在别人死亡之时。匆匆忙忙的家属奔过来，躬身敲着那扇发霉的咖啡色木门。但通常他都在隔壁的木材厂乘凉。磨得光滑的木板上躺着他汗津津的身体，被在树影之间晃来晃去的日光照小了。肩膀上耷拉着毛巾，顺手拿来抹一把脸的工人给他取了一个形象的外号：老鼠。鸠占鹊巢，他的名字随着年岁的加深，渐渐被抹掉了。葬礼上，人们会客气地喊他一声老叔，那"叔"字低得几乎要拿放大镜去找。

　　李冬是在木材厂的路边找到他的。魏一看到他，本想一闪身进到那堆未加工过的木料处，让李冬不尴不尬当一个过路人。可他听见李冬喊了他的名字，这遥远的名字从洪荒中奋力一跃，又咕咚落入切割机的噪声中。久未往来，魏一道："去哪啊，大老板？"

　　李冬说："我不是老板。"李冬做针线小生意，虽不腰缠万贯，富足殷实却是绰绰有余。随着机器的开工，木屑沸沸扬扬，落在他们的头发上、肩膀上。李冬说："我爸走了，你来吗？"魏一知道，殡葬那一套又要走一遍了。他把李冬叫到旁边的屋前，语气里的奉承与暗讽之味没了,说:"我就不叫你进门了,不吉利。我们就在这里谈吧。"这屋子,每一个路人能离多远就多远,仿佛一靠近,就被死亡伏击。

魏一把棺材的不同价格告诉李冬,又说:"你父亲一生供神,又是写神旗的人,积厚德,你就要那副八千八的吧,防虫防水,上好楠木。"李冬不懂木料。魏一解释,说跟波罗蜜木差不多,但昂贵,以前都是富人家专用的。李冬说:"全听你的。"李冬塞给他一条中华烟,他推辞,还是收下。他叫李冬回去,自己去把搭档四川仔喊回来,就上李冬家。李冬拍了拍他的肩膀,急匆匆走上了坡。

魏一并未立刻联系四川仔,而是绕到屋后,拆开烟,在木屑纷飞中用火柴把李冬送的烟拆开,取出一包,又拆,取出一根,点燃。他不喜欢打火机,就像他不喜欢上卫生间撒尿一样,他还是喜欢随便找一棵树,撒得树干都是。现在年纪大了,水流纤细,随时有截断的可能。这让他觉得自己也很快要成棺材板里的人。但十年八年了,他还是活得好好的,他想是不是抬死人抬多了,身上多阴气,连感冒都无从下口。如果把这桩生意推掉,让李冬去邻镇找另外一拨殡葬人,耗时耗力,他心里会不会舒服些。

魏一随意想起李冬的父亲,那个长期伏案敲敲打打神牌的驼背男人。他有一副让人过目不忘的尊容,留白胡子,穿中山装,有一种让人敬畏的气势。那栋街上的房子,集日之时,大门总是开着,那些镀银牌、红旗帜,是人们掏钱买来送给境主的礼物,境主们被供在境主庙里。李冬的父亲偶尔会跟来客闲聊,说自己是古越人的后人："知道冼太夫人吧？跟冼太夫人打仗的。冼太夫人在岛上是崇高的神灵，而冼太夫人是到过这密不透风的镇上的。据说当年打仗口渴还喝了此地的火山井水，那水便世世代代有了灵气。"然后，他就指点方位，让来取灵旗或者灵牌的人毕恭毕敬去井边喝水去了。

就是这个神的使者，在李冬的婚礼上，不让他走进来。他很清楚记得，李冬结婚的日子是别人告诉他的。魏一为此提前去做了一件新衣裳，和李冬去接亲时好穿。他左等右等，都没等来昔日的好兄弟上门告诉他大喜之日。

那是20世纪70年代末。他很生气，决定走过去亲口问一问李冬，即便他与李冬平日的往来早在十来年间逐渐淡漠，但情分还是在的。那条街上，因这桩婚事而热闹起来，人们忙忙碌碌，妇女们正在街边，淘米的淘米，切酸菜的切酸菜，洗丝瓜的洗丝瓜，砍肉的砍肉……魏一看到李冬在屋里背对着他与别人交谈。他步子走得细碎，李冬的父亲见到他，指着他嘿嘿地叫。他停住，看到李冬回头看他，便讪讪地往屋里走，进到屋后的露天院子，他看不见李冬了。李冬的父亲过来，刚才的厉喝不见了，而是安抚的口气，他听出意思，一个抬棺人在婚礼上出现不合时宜。

李冬的父亲背过牛鬼蛇神，在镇上的戏院广场与一群人一起被批斗。那时李冬只有魏一一个朋友，头上一顶遮遮掩掩的渔夫帽，拉着魏一缩肩躲在人群中，怕被认出来，在震撼的声浪中又悄悄地后退，离开现场。魏一跟他走到偏僻处，安慰他，说李冬父亲是神，这场批斗只是虚张声势，不会有事的……

魏一把烟灰一弹，顺便把李冬的友谊与往昔的变故一并弹掉。他拿出小灵通，给两个合伙人打了电话，说来生意了。

那场婚礼，是这些年来他离李冬家最近的一次，路很窄，那门槛就一步之遥。他失神看了几下，便在满目注视中落落寡欢走开了。那时年轻，总想争一口气，在心里说了狠话，以后绝对要从这里绕道走。在之后数十年，他确实再没进过李冬家门。李冬的妻子却是遇见几次，避让他就像避一场突如其来的夏雨，匆忙惊惧快步走。魏一却背着手不疾不徐地走，路过一排排店铺，偶尔东张西望，却很少去买东西。他记得当时穿着新衣服，被李冬的父亲几句简单的话羞辱后，从熙攘中回到偏僻的坡尾，脱下来，叠好，放到小箱子里，再也没翻出来。

这天，他又把它翻出穿上了。几十年前的衣服，还是很合身，说明他的身体跟他一样毫无长进。

如果不是叔叔叫他跟着师傅学殡葬规矩，他想自己现在是不是也跟李冬一样娶妻生子。他又想，如果不是一家除了他全死光，叔叔也不会这么肆无忌惮地让他很小就出来挣口饭吃。那是月半，天黑不下来，满地都是月亮的口水，叔叔站在月亮的口水中，说不出话，被着急的婶婶推了一把。婶婶抢着道，说家里穷，再说他快十四岁了，刚好黎村的师傅想收徒，已经说好了，以后他就去那里跟着师傅学手艺。叔叔说，生老病死，人之常情，给他谋的是一个长久的手艺。他懵懵懂懂，第二天就上门了。自己家里就成了一个睡觉的地方。再后来，叔叔说要送堂弟去读书，没钱，祖宅卖给了同族的人。言下之意是他现在连栖身之处都没有了。叔叔叫他搬去跟师傅住，就一张床而已。又信誓旦旦地说，以后他结婚了一定要给他盖新房子。他也不知该不该信，卷铺盖跟刚在坡尾盖好一座小屋的师傅住下来，直到师傅去世。师傅终身未娶，临终时说又算命又做死人活，折寿，所以不娶，以前还是有姑娘的。师傅双掌里握着自己的过去未来，闭眼时是笑的，那笑一直盘旋到他吞下最后一口气。师傅走后，魏一感觉到悲痛，这悲痛和送走父母、哥哥的那次很不同，悲痛也是会长大的。

四川仔和塑胶花回来了。塑胶花手上拿着采买的一大袋鞭炮纸钱。魏一看了她一眼，把挨着木料停放的三轮自行车骑出来。四川仔说，棺材人家直接送到事主家，这个不用了。他便从车上下来，进屋从黑乎乎的米缸里抓了一把零钱放口袋，送路时要贿赂那些孤魂野鬼。突然，魏一说，还是要骑车，进村，李冬在老宅办丧事。他把车骑出来，叫两人上车蹲好，便直奔离镇三公里远的小村庄。

这里要特别提下塑胶花，她看起来像所能联想到任何与塑胶有关的东西。她本该长得膀大腰圆，却用现实击败别人的想象。四十来岁的人，又高又瘦，头发齐腰，很容易盘出各种造型，然后往发上插一株硕大的俗丽塑料花，穿一身显腰身的纱裙，本该仙气飘飘，却是一股不服老的矫揉造作。她从邻镇来，据说死了老公，在办理老公的丧事中认识了四川仔，当天犹如闪电擦过晴空，让人觉得反常。可她撩起裙子，撅起屁股，眼睛望着外面的黑洞洞，便知道自己抓到了一把祥云。她第一次觉得自己是命运的宠儿，虽然只是短暂的几分钟，却足以让她一路循来，在这低矮的石头小屋挤在用木板拼成的床上日日夜夜睡着。人们叫她

"塑胶花",她的本名何岐被抛弃在曾经生活过的地方,当了丈夫的殉情信物。

说到她,也要说说四川仔。四川仔叫王空,是最早来到这人少树多的小镇的内陆人之一。走街串巷收破烂,也不知将那些废品最后卖到哪里。后来,觉得殡葬有利可图,便一边收破烂一边做殡葬。靠着低廉的收费以及比超出本地人许多的吃苦耐劳的特质,他打开了四邻八乡的殡葬市场。当时魏一真想怀里揣一把杀猪刀,在凌晨五点捅死他。据魏一所知,镇上赫赫有名的屠夫一般在凌晨五点就把猪杀好了。四川仔打开了口碑,人们到处传说内陆人的勤奋不可想象,能把一天当三天过,隔着一片海,这人都不一样。

四川仔那几个兄弟跟着他干了两三年,觉得还是城市好,陆续北上求新发展。他却留下来和魏一组起队。魏一问过他为何不回去,四川仔说:"你知道我从山里出来的,我不想再看见山了。"魏一说:"我们也有山,压孙悟空的五指山。"四川仔说:"你没见过我们的山,光秃秃的。"魏一说:"我什么山都没见过,五指山在这座岛的中部,我没离开过这个镇子。"四川仔没说过他的家庭,也不知他是否还有亲人。他留在这里的理由是那一江温柔的秀水,就连汛期也温柔得不像话。

他们共同住在小屋里,有时无事可做,三人便在一起打牌,打累了,塑胶花给他们倒两杯白开水,之后会从赢钱的那位抽取服务费,即使她输钱,也是从那两位那里取钱。然后让他们组二人牌局炸金花,四川仔说,二人怎么炸金花,一点都不刺激。塑胶花说,赌大点儿就刺激,一边对墙上那面碎裂的镜子里的那张同样碎裂的脸涂脂抹粉,然后套上布料粗糙的长裙,踩着高跟鞋轻飘飘地去街上喝茶。直到傍晚她才回来生火做饭。

近水楼台,这烧饭的木柴从来不缺,木屑木粉也被精打细算的塑胶花收了一堆,拿来生火烤木薯地瓜,香气让这条坡的尾巴也活蹦乱跳。大热天,塑胶花也会煮一些花生或者波罗蜜种,搬出小方桌,在路边吃着。遇到经过的路人,会笑吟吟地叫他们来吃。却从来没人领过她的情,一些小年轻还会捂嘴避开她,嫌她那一身被日光晒出的东南亚皮肤,有一种陌生的不适感。又当笑话般谈论她丢人现眼的装扮,一个正经女人,是不会跟又老又丑又没钱的人在一起的。她的出格在镇上的男人女人口中,是居在贬义里的最底部,翻不了身。

吃完饭,四川仔与塑胶花又上街去。而他又到隔壁歇工的木材厂,找一块木板躺下来,双眼望着黑乎乎的树影,一边拍蚊子一边想事情。通常他会在十点就上床睡觉。双手在床上胡乱挥舞,驱逐蚊虫,然后把蚊帐放下,在四川仔与塑胶花还没回来就已进入梦乡。

他与他们之间,仅仅用一条的确良布帘隔开,看起来又厚又硬,却几乎没有隔音。那边一有风花雪月,他便事无巨细地知晓。久而久之,他都可以通过高低不平的呻吟来想象他们的欢爱。有时,他睡得很沉,声音只是通过皮肤的通道进入他若有若无的梦。有时,会在半夜被他们窸窣的弄床声清醒。那时,他就躲在蚊帐里,张着一双大眼睛,借光望着帐顶上呼哧呼哧转的小风扇,风像一个小勺子,把他的身体与他们的运动变成一摊烂在水里的泥,捞起来。原本深黄的手就像一片膜,为这泥水而生。

他想起那年大饥荒时期的某日，具体是几月几号，无论他怎么努力都记不得了。他跟李冬去江边放钩钓鱼，双手刨土，也是沾了满手红泥，拧半截蚯蚓，挂在鱼钩上，抛线，等着跟他们一样瘦巴巴的鱼上钩。一直到下午，他跟李冬一人一小桶，满载而归。他一进院子，那只小黑狗就哀怜地看着他，不像往常来蹭他的腿。他踢了它一脚，它汪汪地往屋里去。

　　他把桶放在墙边，静悄悄。他喊母亲，没人应，喊父亲，没人应，喊哥哥，没人应。偏屋外走廊上的炉子还是早上凉掉的灰。他迈进正屋的脚缩回来，跑到平日吃饭的偏屋，门晃荡荡地吊在那，三个东倒西歪的人躺在地上，椅背盖住母亲的脸，本来没几两肉的脸瘦得像精心剔过的肉。魏一以前是喜欢去猪肉摊上看屠夫那一套刀具的，耍得像一个武士。魏一向前，蹲下把三个亲人轮番推了一遍，身体冷，但肉还是有弹性。他看了桌上的碗碟，一盘吃得没剩几粒的肉，他认得，是蟾蜍肉，吃过几次。他冲出去，把叔叔喊过来。

　　这一天，他家人中毒暴毙的事件传遍小镇。也不知遭了什么鬼神和邪气，居然一夜死绝。而这活下来的，也不知是幸与不幸。

　　魏一并不知晓他们的离开对他来说，意味着什么。那一夜，星辰满天，缀满村落伸展的茂密枝丫。他就守在门口，望着那些无序生长的树，低矮的本地番石榴树，笔直的割舌罗被缠满不知名的藤蔓。他讨厌那些刺，经常会和哥哥把它们像蛇蜕皮那样剥下来，然后当成鞭子与对方打闹一番。阳光空落落，吸干他们的水分，他们扔下藤条，大碗喝水，直到饱胀为止。现在，哥哥是不是已经变成坟前被火烤软的烛滴？

　　魏一想起小黑狗是很久以后。没见小黑狗，可能被叔叔卖给狗贩子了。叔叔一向讨厌小动物。魏一渐渐养成怪癖，素日里昏昏欲睡，一到晚上脑袋就特别灵光，旧日从前一股脑从高处倒出来，几乎把他埋住，他听屋里屋外的声音，那些声音像雨滴一样把事情淋湿。奇怪的是，相距甚近的叔叔从未提过让他过来跟堂弟结伴而睡。也是那时起，他体验到世上有两种时间：一种死人，一种生人；或者一种白日，一种梦乡。

　　魏一把三轮车停在村口树下，四川仔和塑胶花跳下来，三个人走得拖拖拉拉。四川仔拿着饮料，走两三步就喝一口，很快喝完，把空瓶扔进旁边的草丛，又从随身的大麻包取出一瓶。他有癖好，只要有事，嘴不能停。五个空瓶扔了一路，便到了李冬家。被树木包围的李冬家似乎隐居多年，周围只此一户人家。旁边竹林立着一个小小的石头神龛，住着花脸土地公，即将燃尽的线香应是李冬家所插。

　　李冬家的门上贴着两个青面獠牙的神画像。手持两把大刀，劈山开路，引着去往地狱。人们不会往天上看的，天上是仙居，大多数人都成不了神，所以死后都希望在地下有个安稳的家。青面獠牙没见过，只好凭空想一个，在画匠的描摹下，制成画像贴在门上，一是辟邪，二是早日适应另一个世界的生活。森林密，湿气重，容易犯癔症，得过的人都吹嘘看到不一样的东西，美丑不重要，重要的是有了谈资，成为一帮人里的中心，难得。

　　魏一在敲门时犹疑不定。他问过师傅关于丧葬的规矩与习俗，少年对外部世界总是充满好奇。师傅说，真真假假。多年后，当他独当一面，把跟着师傅学来的手艺用在葬礼上，觉得那是一场表演。死亡就像这里的天气一样含混不清。今天，他却觉得自己是局中人。

他抬起手又放下，四川仔上前，把门推开了，里面别有洞天。穿过旧屋，就是一片院子，李冬族里的人已经聚过来。停灵在院子后面新起的平顶房里。李冬的妻子率先看见他，走过来，本要笑的，却知道特殊时候，要严肃压抑。她便把笑放在要说的话上："老叔，你来了可好，寿棺送来，就等你了。"

魏一让四川仔把白麻衣分给李冬兄弟两人，还有两个媳妇，叫他们去换上。李冬没有立刻走。魏一问："棺材钱给了吗？"李冬说给了。这是李冬第一次亲历死亡，在足够大的年纪。李冬的父亲，也足够老，老得到了该死的时候了。李冬的母亲生弟弟时难产而死。那时李冬小，感觉还没发育全，就算有知，也是细微的有知。

李冬去围墙那侧石头垒起来的厕所换衣。魏一往前走，心不在焉，他想起很久以前的下午，三个大人躺在地上。他以为他们睡着了。直到他们被埋在土堆之下，他还是觉得是睡着了。他一直坐在屋前，把脸埋在滚烫的午后日光里，光的温度升高，几乎要把他身上那点脂肪炼成油。

李冬来找他是头七之后，拎着自制的鱼竿，兴奋地喊钓鱼去。小木桶里是李冬挖好的蚯蚓，肥硕黏腻地在狭窄的桶底蠕动。魏一第一次发现蚯蚓如此恶心。这些松土的鬼东西，会不会让爸爸、妈妈和哥哥睡不好觉。他突然把李冬的小桶抢过来，狠狠地朝远处一摔。李冬呆住，跑过去把不耐摔的小桶掰直，蚯蚓已经跌到草里，他不去捡，而是拿起鱼竿打向魏一。魏一吃亏，随手捡起石头朝李冬扔去，正好打在李冬的肋骨上，李冬痛得手一松，鱼竿掉地，他捂住肚子，说："魏一你发癫了吗？"魏一尖叫，说："死人了……"那时，李冬才注意到魏一的气色，少年的激情已被这七天七夜啃光了。

现在，死人了。这句话又漂浮在魏一的脑海中。魏一带塑胶花进了灵堂。他居高临下地看着还没入棺的老人，闭上的眼睛是一条波浪线。他想，魂魄走了吧。他挠后脑勺，头皮屑落满肩。他的头发白了，染发，一个月，头发长出又白了。他蹲下，触了触那具尸体，又挠头，头皮屑落在李冬父亲的脸上。魏一悄无声息地吹一口气。李冬的妻子问："老叔，要入棺了吗？"葬礼是魏一骄傲与自尊的增高垫，这时，所有人都要听他的。他成了重要人物。

魏一问："你们不准备停灵三天了？"这阵势，就是马上出殡，他故意。李冬的妻子说："这几天高温，现在也不流行放三天，老人家也不希望后辈守夜辛苦，我们还是尊重老人家意愿。"外面阳光泛滥，浮游在房前屋后。

魏一又问："曲子要唱吗？"李冬的妻子瞅瞅进来的李冬，又上下扫视塑胶花，想拒绝。李冬的弟弟在后面说："唱吧。多少钱？"魏一报数，李冬的妻子觉得有点贵，但小叔子发话，也不好驳面子。塑胶花便开始唱送魂曲。

来塘镇前，塑胶花一直在邻镇生活，虽然两镇相隔不远，却都自成一个世界。那地方，水土肥沃，历史上迎来了两次移民潮，人都往那驻扎；民风民俗与福建相似，讲的也是闽南语系的海南方言。由于相邻的关系，塘镇人也听得懂海南话，饮食习惯和婚丧嫁娶的习俗却很不一样。塑胶花开嗓，一屋子只有忽长忽短的唱腔，就像一把开工的钝木锯。李冬的妻子靠着墙，有些幸灾乐祸李冬弟弟的选择。她瞅着满屋子转的塑胶花，觉得她穿得太轻浮。那是一件有些透的蕾丝纱裙，米黄色的胸罩在她挥手之间看得清清楚楚，她注意到，塑胶花的肚皮是紧紧贴着骨头的，没有一丝赘肉。她还注意到，塑胶花抹粉很厚，是为了掩饰自己黝黑的肤色，塑胶花为了省胭脂，从来不擦脖颈。一般她会系一条塞进很多颜色在缎面的仿丝巾，但葬礼上她是从来不系的。

　　塑胶花的故事从邻镇一路刮到塘镇，传了又传。人们把天气放在一碗一碗加了许多冰块的清补凉里，或者是放在一个又一个硕大的椰子里消暑，然后开始说塑胶花。首先是乱勾搭男人，还是一个来路不明的外地人，一个跟死人打交道的不吉祥的人。人们问，为何塑胶花这么快跟了男人？有人答，活好。有人问她女儿怎么办。有人答，断绝了关系，不认她这个妈。有人说，女儿、母亲都够狠。无人知晓她的名字，也没有人感兴趣。从她来这里的第一天开始，人们便对她开启面目识别功能，直到在众多的称呼中，"塑胶花"拔得头牌。

　　塑胶花加入丧葬队，并开始在镇上偏僻却整日被木材厂机器轰鸣的坡尾生活时，魏一家发生的惨剧已经过去很多年，久得新一代的人都一无所知。许多年轻人都觉得他没有任何亲人，生来就是为这遮遮掩掩的死亡服务。塑胶花去热闹的街心喝茶娱乐，总会听到一些小青年的闲言碎语。年纪轻轻，就跟着上一代学会嚼舌头，看来这不仅是天性，还是遗传。

镇区是推平一片森林建起来的，在此地九百年的蛮荒史中，匪夷所思地流传至今。他人的故事，被狂长的树木一直顶到空中，然后被烧得无影无踪。这或许是人们遗忘的根源。埋在土里的人，让树林长得又茂又密，要是把树剥开，别人的生平估计就跳出来了。但不会有人干的，因为不知道哪棵树是神仙的居所，怕冒犯，模糊的信仰尾随火山喷发的岩浆一路来到这里，某些忌惮也在人心里潜伏至今。

塑胶花觉得自己在这里待久了，也忘记了一些东西，比如从不把听到的话装兜里。她知道一些话就像寄生藤，会吸取宿主的营养。她便学习如何装聋作哑。她初来乍到，去每一家店铺买东西都不受欢迎。一张张被热气遮得满头大汗的脸，就像戴了面罩，看不清五官。塑胶花拎着新买的碗筷，走回去，当趣事说给四川仔听。四川仔就一把抱住她，亲她的面颊，然后越搂越紧。

四川仔给她钱，她不客气收下，买一件又一件她觉得好看的衣服，然后回来一件一件试穿给他看。有时魏一回来撞见，她便也随口问魏一。魏一年纪不小，却羞涩得颤抖，说不出好坏来。她便哈哈大笑，说魏一没开苞。后来久了，魏一习惯，还特意找了木材厂歇工的一天，告诉她，自己有过女人。塑胶花笑："身体上的吧。"魏一结结巴巴："何岐，你这……不是身体是什么……"塑胶花神秘一笑，说："身体也有两种。"魏一希望她再说下去，塑胶花却绝口不言。

魏一打量塑胶花，突然觉得她像换了一个人，目光落在长长的羽毛耳坠上，才恍然大悟，原来她买了新的。魏一说："你又买新耳环了，贵不？"塑胶花摸着耳朵说："都戴好几次了。"她暧昧地朝他看过来，一阵风吹过，木屑又飞起一些，让她看起来神秘莫测。魏一想到她的相好四川仔，论神秘，四川仔无人能及。四川仔给他们讲故乡时，魏一与塑胶花头脑里的想象就如同落上一把锁，想不出连绵山脉落满积雪的样子，流露在表情上便是无尽的惊奇与无知。他们无法知道，在那遥远不可及的地方，有很冷很冷的冬天，要穿很厚很厚的衣服。这时，他和塑胶花才像两个相依为命的小老乡。

　　魏一的背后是运过来的圆木，他转身摸着上面粗糙的树皮，突然有些害怕直面塑胶花。塑胶花走近他，他感到一股细微的热风，从侧脸划过。他问："你给我睡吗？"只有几声狗吠。塑胶花说："看我心情。"然后一阵大笑走开。魏一想，如果塑胶花跟他睡了，四川仔是否会嫉妒。

　　被睡眠抛弃的人都成了鬼。这是见过的人说的。魏一一只手抓着八仙桌一角，等塑胶花绕完最后一圈，便问两兄弟，谁来穿寿衣。一屋子，无人应答，都怕那陌生的身体。魏一说，女的出去，留男的。滴滴答答的脚步声，像积雨从屋檐口争先恐后地滚落。

　　魏一给死人洗澡穿衣对他来说已是轻车熟路。把那顶有假发辫子的帽子套在死人头上时，他突然记起师傅说过，这习惯是从清朝传下来的。他的掌心藏了一粒圆润的鹅卵石，他并未把石头放在帽子里，而是帮死人撸衣袖时顺手把石头压在死人的腰下，然后他眼珠往右边一瞄，李冬穿着他带过来的仿麻衣，脚上的草编鞋有点儿小。五服以内都要披麻戴孝，如今也简化了，只是装装样子。魏一起身，说："你把她们叫进来吧，送葬乐师一会儿就来，时辰到出去时能哭多大声就哭多大声，能多跪几次就多跪几次，要让人看到孝心。"

　　四川仔在门外扔了一挂鞭炮，似乎燃了透明的氧气，很响。他跨进门槛，招呼所有人按辈分一一过来瞅一眼逝者的遗容，瞅完后就要盖棺材板了。这流程走得也快，四川仔刚点上烟没抽几口，就完了。魏一在八仙桌前，他在魏一对面，一二三，抬，哐哐，死者被封在黑暗之中。魏一没有马上钉钉子，他看了一眼四周糊掉的叠影，似乎每一个人身上都扎着钉子，钉子突出的一角挂着黑暗的液体，很快，屋内没有一丝光，也没有一丝响声。他被拉回到许多年前的那一日。单薄的棺材，让他这些年好几次梦到父母跟他哭诉，说床都被蛀虫咬烂了，只能睡在冰冷的泥里。魏一跑去叔叔在镇上的新屋，跟他提过，叔叔正跟婶婶拿着一摞彩票纸研究彩票，斥责他胡言乱语。他忍气吞声，正要走。婶婶喊他停住，和和气气地，神神秘秘地问："你妈有没有给你托梦，说数字什么的。"魏一知道她这么问的原因，那段时间，有人根据梦到的数字打了一组码，一夜暴富。他摇头，低声说没有，便走了。

　　四川仔拿起改锥最后重重钉了一下。魏一知道是催他，说："我来我来。"四川仔跟他合作多年，知道每次在这个环节，他都会跟死者走一趟。魏一平常蔫头耷脑，葬礼上却是另外一个人。他对当地的规矩了如指掌，四川仔不如他，这也是他为何愿意跟魏一合伙。相处久了，对魏一特定的走魂有了好奇，后面慢慢了解到，只有在死亡仪式上，魏一才有生存的感觉，而这种感觉，又让他陷入某种矛盾中。

那是一个很深的夜晚。四川仔还没认识塑胶花。他和魏一各自睡着一张木板床，半夜经常听到对方拍打蚊子的响声，偶尔会互相问一句，睡不着啊。另一方会答，天热。两个人便双双起来夹着小板凳到屋外看月亮。其实月亮没什么好看的，他们也不懂月亮有什么美。就是满月的时候能当手电筒而已。省电。

四川仔拿出过夜的馒头，问魏一吃不吃。魏一说过夜都馊了，不吃，吃过夜的东西会坏肚子的。四川仔没两口就把娇小玲珑的馒头吃光了，打了个饱嗝说："没我们那的有嚼劲，我们那都不放糖。"魏一说："不放糖怎么吃？没有味道。"四川仔问："你吃过小麦吗？"魏一说："小麦是什么？"

这话题继续不下去。四川仔便说昨天那场葬礼，看到魏一准备盖棺时眼泪掉在那死去的脸庞上，问他怎么回事。魏一捏了捏发痒的鼻子，身子在月色下缩成一个圆锥体，沉默了一会才说："我想起我爸妈，我哥。他们吃蟾蜍肉中毒死了。吃了很多次，不知为何，那次没弄干净，死了。我哥哥算早死，悄悄埋了。我爸妈，当时是我给他们钉的棺材板。"

四川仔的烟瘾很重，他拿出烟，这时他抽的还都是几块钱一包的便宜货，问魏一要不要。魏一取出一根。两个人便在月色中抽起来。对面的树纹丝不动，没有风，热从地面噌噌往上，将月亮包在一层白雾中。

魏一说，那时没东西吃，大家能抓到什么就吃什么。魏一的眼前出现那条江，江里有许多活鱼，他没有真正饿到连赶蚊子的

65

力气都没有。这时的他，早已变得刻板，似乎是一个患有强直性脊柱炎的人。只有在梦中，他才会在那场死亡之前做一些故弄玄虚的梦中梦。

天空热得受不了，开始出汗，接着，越来越多，闪电雷声从远处彼此追逐而来。四川仔和魏一赶紧进屋去，各自重新上床，慢慢睡去，直到天亮……

弄好一切，送葬乐队到了，吹拉弹奏，原本单薄的感伤瞬间消弭。"时辰到——"魏一喊。魏一把扁担伸进绳子，他在前，四川仔在后，彼此默契心里数"一二三，起"。魏一刚跨出门槛，突然一个磕绊，棺材往左一倾，撞到墙角，李冬一惊，哀乐也突然停顿了下。还好魏一最后稳住身体，面不改色继续往前。

排成一行的队伍快夺了哀乐的风头，往村头的坟地走去，一路哭声震天。李冬的父亲真是有福，哭声把他生前的名气抬得更高。大概走了两公里远，送葬的队伍停下。生人也只能送死者一程。魏一与四川仔抬着棺材到做好的墓坑，哀乐离他们越来越远，刚才跪着走的人也终于可以两条腿走路，不时还弯腰捶打膝盖，说腿都抽筋了，又聊起生活上的事来。魏一隐隐约约听到有人说他年纪大了，抬不动了，要是当时棺材掉了多不吉利。是李冬妻子的声音。接下来李冬的声音他已经听不到。

坟地里都是苦楝树和麻风树，都是带臭气的植物。魏一和四川仔把木棺抬到石棺里，魏一说："我爸妈都没石棺，木在土里容易烂。"他把提前留在那里的铲子拿起来铲土，直到堆起一个小墓坑，点上三支香，又在坟墓边移植了两株不死鸟，来年清明就可以看到成串泡沫一样的花，便和四川仔回到李冬的祖屋。

这时，塑胶花已经开始清理屋内的物品。魏一给参加葬礼的人用柚子水清洗眼睛和手，然后跟李冬说，地上撒的米和零钱三天后再捡。四川仔去帮塑胶花去了，死者生前的东西挺多，三个麻袋，够重的。魏一则和李冬计算着费用。李冬的妻子在一旁仔细地盯着白本上不断用水笔写出的账目，生怕算错了。账算好，李冬的妻子说："老鼠你给便宜点，你和李冬是兄弟。"老鼠，老叔，塘镇话一说，两个音，天差地别。魏一没说话，李冬没说话，把钱数一遍，递给魏一。魏一接过数了数，一分不少，便从裤兜里取出一个小塑料袋，把钱装好，拉开松紧裤腰，把那扎钱装到暗兜里。李冬的妻子别过脸，和另外的人说起话。魏一、四川仔和塑胶花一人扛着一袋清出的遗物与弃掉的物品，走出正屋，穿过院子，又出了门楣屋，来到路上。李冬又追上来，特意叮嘱道，记得丢三岔路口。魏一说，放心吧。魏一知道，这肯定是李冬的妻子吩咐的。

他们上车，魏一使劲一蹬，车子往前走，一路驶出小森林，来到空旷的村路。两侧都是犁过的田，种了一些菜，给透明的天气涂了点小绿。

某年的年关，魏一去采买一些年货，师傅叫他买两包红糖块备着，再买一瓶泡好的海马酒，还有一个洗脸盆。他就是在买洗脸盆的日货店里遇到李冬。李冬叫他大年初二来吃饭，家里来亲戚，备了几桌好酒席。新婚的来年，各种习俗总是很多的。李冬说得很诚恳，听语气，似乎有某种迟来的歉意。魏一心软，说，必到。

那天，魏一拎着一袋橘子，看到人们在大堂推杯换盏，李冬的父亲目光锐利，率先看到他，他读出驱逐的意味，步伐迟钝，最终没进去，而是往外走去，把那袋橘子扔在大街上。

魏一的车头随着他的回忆走偏，方向往右弯。四川仔与塑胶花说完话，见状喊道，扭回来。话一完，一个落差，车子翻到菜田里。

还好除了摔了一身泥，有一些擦破伤，三人都无大碍。魏一想起身，有些头晕，便继续躺着等那股劲过去。他说，那些东西要不扔这里吧。四川仔走过去问头还晕吗，他说不晕了。四川仔扶起他。三个人齐力把车沿着斜坡推上去，四川仔又返回把死者的几袋东西放回车上，说扔三岔路口。魏一说前面就是。魏一缓缓地把车骑过去，三条小路，一条往镇区，一条往森林，一条往荒僻的村庄。四川仔把它们拿下，撕开袋子倒出来。塑胶花过去帮忙，她看到一面小圆镜，捡起来装到随身的包里，又朝坐在三轮车软垫上的魏一说，过来捡，有不少好东西。四川仔把一条九成新的背心收好，又拿起十来个晾衣架，说："我就拿这些了。"魏一只是冷冷地看着。塑胶花翻出一张坏掉的黑白照，举起给魏一看，说："是你伙计和他老爹。"魏一说："扔掉吧。"四川仔和塑胶花知道他有心结。四川仔把捡来的东西一裹，上车。

他们如平常那般，把捡来的东西放到屋里，然后把钱分了三人份。四川仔照例要上街吃一顿好的，必点一份黄骨鱼煲。塑胶花要去逛街。这时候，太阳即将落山，街上必定稀稀疏疏的，商铺也是门可罗雀，但钱装兜里压不住，要挥霍掉一些才能去邪气与得到快乐。

现在，只剩魏一独自一人。他把今天他俩捡来的东西装到麻布袋，拿去江边扔掉，回来，揭开锅，看到还有酸菜，他拿出来，也没热，吃着早上的稀饭，配两小块广合腐乳，也挺香，喂饱自己。

魏一感到夜色的侵入，是眼睛在屋里摸索不到熟悉的物件之后。他也不知自己呆坐了多久，悲从心来，似乎正在屋里凝望着他。他站起来，朝自己的床走去，外面是有一些麻溜的光芒的，只是他突然把眼睛闭住，怕那光把眼睛刺伤。他先是摸到墙，火山石头的墙面，里外都一样，一摸，似乎能被拉进万年以前，一个久远得能把人的想象烧光的世界，一个物质的世界。

他后退，往左边走，终于摸到蚊帐，他张嘴，露出坚硬的牙齿，朝松下来的蚊帐狠狠咬过去，仿佛一并连黑暗也咬住了。他一边咬一边哭，发出难听的号叫声。他撕扯着，四边的蚊帐棒不经拉，哐啷倒下，如天女散花。没砸到什么，屋子里本来就没什么贵重东西，木做的柜子，木做的桌椅，木做的碗橱……皮实肉厚，摔不破。

门被推开，塑胶花疾步走进来。魏一张开双眼，看到满脸厚重的蚊帐，将他的哭声藏得严实。他感觉到塑胶花就在旁边。她回来得真早。

塑胶花绕着还未盖棺的棺材撒米钱时，看到魏一的小举动，她暗暗踩了他一脚，却扑空，只踩到空空的鞋头。魏一总爱穿大两码的硬拖鞋。塑胶花站在他身后，说："有什么说出来，不要拿东西撒气。"魏一哭得更猛，都要盖过不远处日夜施工的跨江大桥。他颤颤抖抖，松开手，对着蚊帐喊何岐。何岐轻抚他的后背，跟着他越来越矮的身子蹲在床角。她想，如果有一天，李冬

69

做梦,梦到自己父亲的哭诉与告状,会不会相信,请道士开棺,花钱做法事……她又觉得,谁不都有许多难言之隐,谁不都有几分神秘呢。

　　好多年前,何岐刚来没多久。夫家的亲戚追过来,就在这路边扭着她,想把她拖走。围观的人没一个伸出援手,别人家的女人,谁都不想多管闲事惹一身臊。魏一恰好回来看到,立刻奔进屋拿着两把菜刀出来,一把是方形,一把是半月形,勇者的气势把那两个男人吓走了。何岐想,现在是报答他好心的时候了……每个人的脆弱就像厨师砧板上的菜丝,切得整齐,有一种悲观的美艳。就这样活着吧。把彼此的人生翻到最后一页,虽然谁都看不到最后一页。

人间的遗物

一

热带的阳光像酒,喝多了也会醉,何况一直待在塘镇不挪窝的我。

我坐在台阶上,仰望伸出来的阳台,燕子筑窝,白色的鸟粪落在脚边。不用闻,身体里的化工厂就开始生产难闻的废气,混进下水道污水的味道,喷薄而出,冲散洁净的空气,鼻孔便在呼吸之间塞满颗粒。我捏住鼻子,连续打几个哈欠,接着,我伸胳膊蹬腿,目光从上往下迁徙,盯着地上那枚黑色斑点。它只有拇指般大小,七年了,还是迟迟不肯搬走,成为令人生厌的钉子户。

由于太专注,我的身体歪了一边,五官抽搐扭曲,看起来歪歪斜斜的一张脸被垂下的黑发遮住。多么奇怪的一个人,让路人侧目。从村里到镇上赶集的人从旁打听,我是谁。别人说,那个杜秀拉,是活着的杜秀拉。他们说杜秀拉死后,我就有些痴痴呆呆。当然,这是别人说的,我可不这么认为。斑点看久了,它就在我的眼睛里扩散,霸道地把其他的风景都挤了出去;它是她留下的过气荷尔蒙，提醒我，灵魂被咬了一口。

我站起来，走到三楼，脚步慢下来，左边那套房子的门边，始终有一堆纸钱的灰烬。有时刚烧完，还闪着微弱的光，似乎正苟延残喘，想多吸一口人间的气。人人都知晓是李盼水的杰作。

这纸钱，本该是烧给我的。不过活着的我也能享受这死人的福利，她不是经常将我误认成她的女儿吗？脚步带起的风，让那团灰微微飞起，随着我上到五楼，进入家门。我在客厅坐了一会儿，理了理被那堆灰冲乱的头绪。我一直觉得死神抓错了人，以至于我为自己多活的人生感到愧疚，却又暗自窃喜是人生赢家，有什么大奖比寿命得以延长更让人欢喜呢。

李盼水更大的狂欢在中元节，她跪在楼前的路上，让这条街的天空都印满红光，夜色的潮湿都被烤干，冥币多得烫到死人的脚。

两年前，我二十二岁，用塘镇人的话来说，是最好的年纪，像火炭母，黑白分明，晶莹剔透，可惜运气被接二连三地抽走。我们总是把那些不顺的事推到运气上，我厌烦这种推三阻四的不负责任。我不说出来，让他们说吧，反正说话是不需要成本的，对不对？

我挨着李盼水，拨弄着火，我一边烧一边叫着父亲的名字。父亲不想死，叫我租来氧气瓶。为了多和死神争时间，他给自己的肺加油。他终究是输家，年初就被连本带利收了去。李盼水一边烧一边叫着我的名字——杜秀拉——她的女儿。我们同名同姓，同年不同月。她死后，我的生命就像一管即将用尽的牙膏，靠挤，李盼水的身边还有一堆金箔元宝,烧着烧着,她突然站起来,说:"这堆给你爸吧,你没折元宝,你爸过惯好日子,受不了穷的。"她转身离去。我等她消失在楼后,便点起打火机,把装着金箔元宝的麻袋点燃。火光抢过环卫工的活计,将死者生前的不幸清理。现世的愿望离得太远,只能依靠漫天的烟雾遮掉太过清明的视觉,让我们在致幻中满足,相信地下的人已涅槃重生。

在我二十二岁那年的年初,父亲与疾病共生,被柔软的床托着,不时呻吟几声,确认自己还活着。李盼水过来,手里拎着热乎乎的瘦肉粥。她剪了一头短发,憔悴就像啤酒瓶冒出的泡沫,以柔克刚,在她脸上与她的倔强角力。

她每次见到我都会浮出麻花一样的神情,因为名字,让我的生命和她的女儿有了重叠。丧女之后,她一直不知如何面对我。如今,对父亲的热切关爱让她装作无视我,这不失为一个高明的办法。

父亲看见她,黑眼珠照出手电筒的光。那一束光,照亮的是他们的年月相加,照亮的是他们留在原地的过去,照亮的是他们无从说起的恨意与谅解。

她把粥放在床头柜上,打开,温的,还是拿起来吹了吹,又放下,觉得父亲不值得她这样做。她木木地看了父亲一会儿,说父亲闻起来就像庙里点灯的油。

她叫我:"你来吧。"她打开门走出去。父亲望着门的一角,刹那流露的光芒黯淡下去,渐渐被吹灭。拖着这样一副残败的躯体,纵使内心翻山倒海,也做不出什么来了吧。我想着。

我见过父亲和她在并未关紧门的卧室吵架。她说："如果你爱我，就不会让我吃避孕药。"她问父亲要钱，因为那颗药丸让她经期紊乱，她觉得自己得了病。父亲说这是敲诈。那时我年纪尚轻。我慢慢地，不时往前几步，害怕没能阻止我的好奇，偷窥欲是天生的。他们撞到门上，门从里面锁上了。我在门口止步，想象那一场斗殴。那些锤子敲打般的声音穿过墙壁，回荡在客厅里。那张白纸一般的面孔正被父亲的嘴巴涂湿，湿润渗过单薄的墙，一路轻软地往下掉……我跑下楼去，给自己买了一瓶芬达汽水，坐在楼前的台阶上喝着。街道的景致在这些年里和我一样往旧里长，毫无变化与长进。我想起母亲在世时说过的狠话："他×的这个破地方，装的都是破事破人。"

塘镇是一个破纸袋，却还是拼命往里塞东西，塞不满的，一直掉，将街道占满，你看，现在李盼水正往我的眼睛里掉。

李盼水是我父亲的情妇，生过小孩的肚子瘦不下来，虽然穿了一件宽松的棉布黑衬衫，肚子还是像一个藏不住的脸盆。有时她会带杜秀拉来我家。她一到，就把自己当成主人，将客厅收拾一通，一边告诉父亲，隔夜的水不能喝，茶壶要日日洗不然会积污垢，烟灰缸要及时清理，那烟头有毒，对小孩不好……父亲坐在沙发上，昂着头，喝着茶，看不出对她的上门是喜是忧。那时的父亲，虽然是一个丧妻的鳏夫，却是意气风发的。升官发财死老婆，三条他全占了，能不高兴吗？他的高兴表现在他的日常里，只有很亲近的人才能觉察。

杜秀拉在客厅的一角正玩着我五颜六色的玩具，我从她手里抢过来，说这是我的。她咿咿呀呀地哭着，跑到李盼水怀里告状。父亲说："你和妹妹一起分享。"我说："她不是我妹妹。"杜秀拉哭个不停,她从小就懂察言观色,索要那些不属于她的东西。李盼水小坐一会儿,见矛盾无法调停,她知道父亲不喜欢小孩子吵吵闹闹,怕惹父亲不高兴,便带她离去。

　　我反复做一个梦。一步到底不是捷径,而是死亡。
　　杜秀拉掉下去时抓到坚硬的边角,她的声音被卡住:"救我,救我。"李灿然怕自己没有力气,拽不住她,在那几十秒的犹豫中,他目睹她掉下去。他趴在边上,脑袋伸出来,居高临下盯着地上的杜秀拉,眼泪一颗一颗落下去,软绵绵,宛若一个枕头垫着她的头颅,让她睡得舒服一些。他的脑袋有一声巨响,他的目光无论安放何处,都是杜秀拉,风有着她掉下去时体温的残骸,他拽紧那一丁儿点可怜的热气,高呼庆幸:"秀拉你没走……"
　　她是一个美妙的少女,和同样美妙的李灿然在顶楼开一个蹩脚的派对。烛光点燃星空,音乐将空洞填满,搬动他们的脚步。她被兴奋吞没,九楼楼顶没有任何防护措施,乡镇开发商极抠,不肯多花一笔砌墙的钱。她摔了下去……
　　那天,杜秀拉就掉在我的脚下,那声轰响装满她的痛苦和我惊慌失措的恐惧。我颤抖着,连起来的力气都没有。我听见无数的人喊着我的名字,说我死了。

　　现在,梦又回到我的脑海里。我有一种精神错乱的感觉。我分不清到底谁才是真正的杜秀拉。少年时,我向父亲表达过这种困惑。父亲手里正拿着给我买的新衣服,想找到一个令我信服的说辞。我满怀希望地看着父亲，父亲却摇了摇苍老的脑袋，表示无能为力。"户口本已经把她定型。"他说，继续拿起衣服在我身上比画，觉得合穿，就拿去洗衣机那里过水。他和轰隆隆的机器声一起，心甘情愿被搅碎。

我心下生疑，觉得父亲不想得罪李盼水，才撒谎骗我。

大人们总喜欢有意无意地逗趣我，向我打听父亲与李盼水的事，问我李盼水何时成为我的后妈，有些故作正义凛然地说我妈是被她害死的。

我的耳边灌进了太多话，我反胃想吐，无从应答。这时，杜秀拉恰好回来，她穿过人群，用力地撞了下我，说："你傻啊。"她跑开。我看了一眼大人们，觉得自己突然走掉没礼貌，于是朝他们歉意一笑，追杜秀拉去。我真是迟钝，读不出别人的恶意。

杜秀拉正等着我追上来，问我要不要去她那里玩一下。我毫不犹豫地答应。

我和杜秀拉读的同一所学校，放学走的同一条路，有人喊名字的时候，我们会异口同声地回答。最后都是我发现自己答错了。她擅长交际，有很多朋友，晚上经常会出去玩。而我，生性孤僻，做什么都喜欢独来独往。

我一进到杜秀拉的房间，就打了一个巨大的喷嚏，吵醒了它。

风拼命地想从飘窗的纱网钻进来，整洁舒服的床挂着的粉色蚊帐，被微微吹动，我把蚊帐拉开一小半，把屁股轻轻压上床，床单那么舒服，床垫那么柔软，我几乎高兴得要尖叫起来。我一瞥眼，突然在衣柜侧面的钩子上看到一条悬挂的红色伞裙，它给苍白的房间带来一些生机。我凝视它，我也有一条一模一样的红裙子。它缓慢而畅快地流出血来，像一条蛇游向我，把嫉妒缠出来。

她注意到我磕磕绊绊的眼神，说："是你爸爸送给我的。"她是胜利者，用冷笑对我的愚昧无知进行嘲弄。敌意是她成长的力量，让她不断努力往上爬，凡事都要争输赢。我从她的卧室出来，就像被蒙上了一块黑布，这种变相的横刀夺爱直到很久我才醒悟过来。现在，我无法确定她的话是不是一个谎言，因为她与我父亲都死了。

杜秀拉死了七年，她骂人时经常说"去你的"，这是常用语汇，每一次听到别人说，都让我觉得杜秀拉在我身上复生，借用我的目光去打量这个让她受伤的可恶的世界。直到两年前父亲的去世，将那种矛盾而奇特的感觉拂去，我才逐渐明白，那些以为已经消失的东西，只是换了一种叫作死亡的方式存活人间。

二

三楼有人。我耳朵灵敏，听见声响。我站在门边等了好一会儿，按下门铃。开门的是一个脸上的粉底和墙上的白灰一样厚的男人，三十岁上下。他娘里娘气问我找谁，我说："你新来的？"他说是的。我说："这房子你租的？"他想了想，说："半租半送吧，我舅的。"我说："哦，我五楼的。"我说："我能进去看看吗？以前我经常来，他们搬走后，房子空了，欢乐的聚会也就没有了。"

他一边说可以，一边把门打开。我走进去，坐到那张非洲菠

77

萝格木沙发上,说:"这空房子是休眠火山,现在你让它复活了。"

我把手里的零食放到茶几上,这是我用失业金买的。我最开心之时,是领取失业金的每个月底。我会去银行,把钱取出来,高高兴兴地给自己买点东西,吃的或用的。被国家福利养着,我觉得我是一个有用的人。我撕开一盒威化饼,吃起来,清脆的,仿若房间也被装满白糖。

我问他叫什么名字,要不要吃饼干。他的胃正鸣叫,这是一个好时机,我们都笑了。他拿起一块饼干,吃了一口,说他叫宋镇,搞美甲的。他穿一条军绿色休闲裤,衬得他的腿像一对笔直的拐杖。上身是一条圆领白衫,五官轮廓和之前住在这里的李灿然有几分相似。我说他看起来很年轻,他说不年轻已经三十岁了。我说那确实不年轻了。我才二十四,我有着青春的傲气,觉得自己不会老。

他问我吃那么多怕不怕变胖,他的声音有妖媚。我说胖也是国家给的。他问我做什么工作,我说无业一段时间了,现在领失业金过活。

我叫他把门关紧,不要让谈话跑出去,不然会有麻烦。接着我问有酒吗,他说有几罐德国啤酒。他从冰箱拿出来,我打开,白色泡沫喷到我手上,我连同泡沫一并举起就往嘴巴里灌。

我对这套房的内部并不熟悉,以前经过这层,楼道的感应灯经常是坏的。这是集资房,物业形同虚设,我每次都会重重踩上一脚,或者拍几下掌。偶尔里面会有人跟着节拍打几下,但大都寂静无声。我想,是不是李灿然还是李灿然的父亲用掌声回应我？应该不是他父亲，一个中年人不可能这么顽皮。一想到李灿然，我有一种柔软的开心。

杜秀拉不会在此跺脚让灯擦亮，无论白天还是晚上，她都是这楼层的常客，她靠着白墙，也不怕白灰脱到衣服上，手臂伸出，朝门咚咚敲几下。有一次，我走到楼梯转角口，感应灯又坏了，李灿然家的门开了一半，里面的光出来，像给楼道罩上了灯光布罩，有朦朦胧胧的昏黄。李灿然把头探出来和杜秀拉窃窃私语，笑得也很小声。我愣住，犹豫着是要继续往下走还是返回楼上去。李灿然看到我，叫我，我只能走下去，我不知为何在他们面前会觉得难看与尴尬。杜秀拉给了我一个天真的微笑，我说楼道灯感应又坏了。杜秀拉说，爱亮不亮。我下楼，却觉得自己留在原地，默然地听他们的打趣嬉闹。之后数年，每次我走到这里，都觉得自己从自己身上穿过。

李盼水觉得是李灿然造成了杜秀拉的死，没日没夜地在李灿然家门口烧纸钱，讨要公道，希望自己摔得不成人形的女儿还魂。自从李灿然一家搬走，大家以为她该收手了，结果她烧成瘾君子，戒不掉了。楼宇在烟熏火燎中，患上肺结核，你听，又有人咳个不停了。

楼上楼下的住户开始讨厌她，闲话四起。"人死就死了，难道还要拉我们垫背呀。" "对呀，人死不能复生，该好好活着才是。"

要好一点的老同事顶住压力劝她，无非是想开一点、人各有命之类的场面话，没什么疗效与价值。李盼水当然不理会这些保健品一般的话，固执到底。久而久之，人们就放弃了，跟她非亲非故，说多了还可能落下个多管闲事的下场。不如留着口水解渴，这还有点用处呢。

有一次，我在三楼的楼道遇见她，避开不及，她拉着我，东瞅西看，她的手瘦得我能感受到她骨头的犀利，我一时心软，如果可以想分一点身上的肉给她。我问她吃早餐没有。她却说："秀拉，你回来了。"没一会她又好像醒悟过来，眼泪哗啦啦地流，喊着我父亲的名字，又把我捎带上，叫我不要恨她。接着说我妈妈年轻时身体就不好，是自己得病死的，不是她害的。我把她甩开。她突然歇斯底里："秀拉，你知道你为什么叫秀拉吗？"我在心里骂了一句，侧着身子走开。

之后，我每次出门都会计算一下时间，避免遇到她。她看我的眼神不对劲，诡秘而绝望的目光似乎想将我囚禁在她触目所及的牢狱里。

想起她，我赶紧跑到门口看那堆灰是否还在，确认之后又跑回到沙发上。我神神秘秘地告诉宋镇，叫他千万不要把灰扫掉，不然有个疯婆子会把这里闹翻天。宋镇的眼珠转了一圈，说："我知道你说的是谁，我表弟的事我知道一些。"我说："那你还敢住凶宅，八字不合流年不利。"宋镇说："我不迷信。"我竖起大拇指："勇敢。"

如果他不勇敢，怎么会来到这么偏僻的常住人口没多少万的小城镇开起首家美甲店呢。他雄心壮志，说正因为没有，他才要当第一家。突然，他的雄心壮志变得一团漆黑，灯灭了，黑暗与恐惧像墨水一样流进客厅。如果宋镇是个变态怎么办？我本能地抓住沙发把手，这是我第一次觉得自己鲁莽。父亲从未教过我如何自保，我想我要是死了，一定要跟父亲好好对质。

世上没那么多坏人。

宋镇说，可能是保险丝坏了。我走到窗边，外面黑灯瞎火。我说，不是，是变电站坏了。不着急，常有的事。我摸黑回到沙发上，拿起一块饼干又吃起来。不吃东西，干坐着，气氛不对劲。

宋镇叫我多说下李灿然的事。我说："我不是一个善谈的人，不过你要我讲，我也就勉为其难地说一说。只要你不嫌弃它像这个闷热停电的夜晚又臭又长。"宋镇笑着说我讲话太好玩。

我把故事完整地告诉他，强调我是第一个见到杜秀拉死去的人。我问他："李灿然现在过得怎么样？"这名字在舌尖打转良久，才被我放出来。他说一般般，不过如此。

我们比刚刚进来那会熟稔了些。我听见他喝了几口啤酒，他说他最喜欢德国的啤酒。我问原因，他说就是喜欢麦芽的香气，马尿一样的气味。我咯咯地笑起来："你也很好玩。"笑声让我们在黑暗中更近些。

门在笑声中被踢得响亮。

宋镇问："谁呀？"我感觉到小心脏正被人握在手心，我缺氧，可还是勉力说："我知道是谁。"啤酒和吃剩的半截饼干被我放在茶几上，我抹嘴巴，拽着一手的油腻，战战兢兢地朝大门走去。宋镇抢先一步，打开门。李盼水拿着手电筒站在门口，那张比前些年好一些的脸，像煎面饼，摊平在脑袋上，眉头皱得像酸菜。光线射穿屋子，我看到她猫头鹰一样的眼睛。

她把手电筒对准宋镇，说："怎么能住人？怎么能住人？"接着，她朝宋镇大叫一声，把手电筒朝宋镇掷过去，宋镇躲闪灵巧，快速侧开，手电筒掉在地上，碎裂的响声散开，镜片割破黑暗，老款手电筒就是耐摔。

"小心！"我喊。李盼水把宋镇当成李灿然，我颤颤巍巍地叫："阿姨你搞错了，这不是李灿然。"我的话让她恢复神智。她快速地跑去捡起手电筒，在摇摇晃晃的白光中跑出去，我听到楼梯和鞋子摩擦的声音，逐渐变弱。

不祥之兆。

宋镇还在惊乍中。电还没来。他问："是她吗？做什么的？"我流汗，可又感觉到全身发冷，哆哆嗦嗦地说："她原来在邮政局工作，据说年轻时是写诗的。"

热带生诗人。失序的四季扰乱人的时间感，一旦有人意识到想留住身体里的某些东西，就会千方百计，比如用支架固定，可那又会让人寸步难行。李盼水的妙招就是写诗。杜秀拉遗传了她，也写诗。她与我考上同一所外地高中，她进入校文学社，在校刊发表了第一首诗。我记得里面的一个句子：爱你，是时间经过我的身体，留下的传染病；爱你，是我在人间的遗物。

早年，李盼水借着工作的便利，给自己订了一份《诗刊》。她存了好多袋。她曾送过一本给我。我翻了几页，就被在一旁虎视眈眈的杜秀拉抢走，说："就不给你。"然后打开门跑出去。我望着父亲，又看了看李盼水，手还是像刚刚那样摊开，心里有茫然的难过。

此刻，我将手放置在膝盖上，低着头，读一本不存在的书，突然像一个饿极的婴儿止不住地大哭。宋镇轻拍我的后背，这是通用的标准安慰姿势。

诗人都是疯子。宋镇的嗓音变样。我转身抱住宋镇,他是一个精致的盘子,被我拿来盛放恐慌。我吸着气,抽搭着,说:"她经常突然大喊大叫。"

三

夏日炎热的午后,除了两边的店铺可以看到营业员,整条大街好像被小偷连夜搬空。我在怀念上午的热闹中来到宋镇的美甲店,它被两侧硕大的新楼房挤压,毫不起眼,小小的门楣,几个亮粉色的招牌字有种灰头土脸的张扬,内部粉刷一新的墙壁散发着油漆的味道,我想待久了会不会中毒。我没有问,而是让他看一看我的指甲,上什么颜色最好看。

我的手叠在他的四根手指上,我感觉他的手失去骨头,像一团橡皮泥。他干脆利落地说:"红色。"红色,外显夺目,我是这样的人。他的话让我有川流不息的欢喜。

我坐到铺着白色蕾丝坐垫的沙发上,他帮我把手指的死皮削去,又把指甲剪出一个形状,细致专注地摆弄着我这双并不娇嫩的手。

真是一种享受。我昨夜的惊吓不过是给这平淡的日子锦上添花,你想想,如果一年三百六十五天都是挑不出毛病的完美无瑕,那将是多么糟糕的一整年。

宋镇是一个完美的工匠,把我的十指画得非常美丽,我的日子也被这十指染了色。我说我爱它们就像我爱以前被我养死的多肉植物一样。为了感谢他,我说晚上请他吃饭,在他住的地方。

我怕他拒绝我，赶紧连蹦带跳地跑出去。他喊了我一声，被我转身嘘住。我说一切都要轻轻的，不要让李盼水发现。店里有客人，无声地责怪我让宋镇分心。宋镇欲言又止，忙去了。

我兴致高昂去菜市场买来半只烤鸭，去饭店打包一份葱花炒蛋、一盘清炒空心菜、一份海螺冬瓜汤，傍晚七点就去敲他的门。

我随便穿一双拖鞋过来，把鞋子放到鞋架上，宋镇给我室内拖鞋，我说不要，我要和这房子亲密。我也不怕滑倒，光脚就穿过客厅直奔厨房拿出碗碟，一边兴高采烈地告诉他那家烤鸭摊是镇上最出名的，调配的酱料是独家秘方，同行们费尽心机都学不来，只好眼睁睁看着他宾客盈门，阴阳怪气地诋毁他。我排了好久的队才买上半只，多了摊主也不卖，说要留着给后面想吃的人。你看，这人就是有个性。

宋镇心不在焉，勉强地笑，应付着我的话，拿起筷子绵软无力伸向油亮的鸭肉，吃得很费力。我的心情立刻低落，是了是了，我跟他没那么熟，我听见心里的哭声由远及近。空气被锁住，嘴巴在上下动，像旋转木马缓慢起落。

我收拾完桌上的残羹剩饭，坐到沙发那里一边看电视一边剔牙。我的坏心情很快消失，剔牙让我获得快感。虽然我的牙齿紧密整齐，根本不需要牙签，但我喜欢牙签在牙齿上走动发痒的感觉。

宋镇四处找合适的空间待着，不想离我太近，所以他放弃沙发，想继续在餐桌那边坐着，但离我太远也不合适。他便晃来晃去。我看着他，说："你怎么了？"

他走过来，想了想，集中所有的力气说："我不会爱你的。"

原来是这件小事！我把牙签一扔，说："我知道，我把你当李灿然了。你鼻子的两翼、你单薄的嘴唇简直和李灿然一模一样。答应我。让我继续骗自己好吗？如果我不骗自己，我会活不下去的。"我曾经真的很喜欢李灿然。

我说得那么冷静，显然深思熟虑已久。李灿然不仅参加文学社，还玩音乐。他谱曲，杜秀拉写词，在校园十大歌手比赛上演唱，我在台下听着，每一句歌词都是一记耳光，打在我娇嫩光滑的脸上。

宋镇悟性很强，瞬间明白我的意思，露出稚气的笑容。这笑容让我一惊，你很少能在三十岁的脸上看到这样单纯的表情。

宋镇说："来，我抱抱。"我蹦跳地扑到他怀里。他摸着我的头发叫我不要因为分别而伤心。我一连串地说谢谢。他看了一眼外面，漆黑藏着漆黑，一个隐秘的偷窥者。

时间在我们的寂静中走出很远。

宋镇说："我困了。"我说："那我们去睡吧。"我朝卧室走去，比他先爬上床。他走到床边，问："你要在这里睡？"语气有迟疑。我说："是的。"他在床沿坐着，我拍着空空的一侧，说："躺上来。"

我们躺在那张地中海风格的白床上，像姐妹一样相安无事，像闺蜜一样彻夜长谈。他放松，听完我断断续续的讲话，再未有戒心。于是，他隐秘的过去从吞吞吐吐的嘴巴里泄露，我揽过他，安慰他，希望自己的体温能将他隔夜的心热一下，重新变得温暖。他生错性别。他是一个正直的人，外强中干的人，没有做过任何伤天害理的事。他从大城来到这里，把自己投入蚀本的美甲生意中。这里有多少人会为自己的指甲打扮呢？太少了太少了。我心碎，为有所欠缺唉声叹气。

他问我，他还要每天化妆吗。我用自己的小眼睛瞪着他，肯定地说："这是必须的，因为你喜欢啊，你每天把时间花在上面是多么有意义，你高兴你满足了呀。为什么不呢？"他像一个饿坏的孩子咿咿呀呀地哭起来。只有黑夜，空无一人，他胆小的真实才会出来。

我说话从不斟酌词语，也不掂量语气的轻重。我想是不是某句无心之话伤到他了。我看出他的脆弱就像一棵人参，必须耐心地往下挖，才能出来。

我拍拍他抽搐的肩膀说是不是我的话里有不当。他侧着身，背对我甩了甩齐肩的长发，洗发水残留的味道一点都不好闻。我问他："你爱的人叫什么名字？"他想了想，说："这重要吗？"我说："重要。有名字我就确定真有其人，而不是你话语的幻影。"他说："他外号叫至尊宝。"原来他喜欢那部横跨一千五百年的爱情电影。我问："名字呢？"他说："我要是说名字你不就知道了？我不说。"

我隐隐约约猜到一些事实，可是没必要说得那么直白，不是吗？

很困，但是深睡的时间一旦过去，或者被心事压床，人就很容易惊醒。不知是宋镇踢醒我，还是我叫醒了他，双双下床时，我看了闹钟，是凌晨四点。我们既不做爱，又不睡觉，那还能做什么？他想了好一会儿，指着天花板，虔诚地说："楼顶。"

我们穿室内拖鞋走到外面，四，五，六，七，八，九。我抬腿，跨过铁门，来到楼顶的中央。地上遗留一些凝固的蜡块。明月挂在对面的树梢上，不断往外流出金黄的月光，潮湿之气从光中跳出来，驱散热风。

我突然明白为何杜秀拉与李灿然会喜欢待在这里。这四面八方毫无阻挡，将体内流淌的激情全部分流，声嘶力竭的号叫，歇斯底里的发疯，穿云裂石的音乐，把生活的不快和残忍都烤成锡纸豆芽。

我顺着蜡烛的轨迹一路走着，看见杜秀拉在烛光中放肆地忘我地迈着僵硬的舞步，脸上张狂的笑像小钢炮……她在极度的高潮之舞中从边上摔下去。

宋镇蹲下来，点了一支带上来的蜡烛。他说他要为李灿然做一件事，哀悼那个死去的姑娘。我说，不是姑娘，是少女，她死的时候才十七岁。我看着摇晃的烛光，蜡被高温融掉，就像杜秀拉短暂的生命一点一点滴到地上。她在地上出生，又在地上死亡。杜秀拉出来太快，李盼水都来不及赶到镇上的产房，在半路生下的她。

我唯一一次参加他们的楼顶聚会，是杜秀拉与李灿然代表学校去北京交流结束两周之后。放假我们都回到塘镇。她突然叫我去楼顶玩，我又惊又喜，像他们的小粉丝，随他们一起上了楼顶。

她和李灿然从书包里拿出几罐啤酒和士力架，边喝边吃。我也学着他们，喝起啤酒，一股难闻的臭味呛得我咳嗽连连。那是我第一次喝啤酒，并不愉快。

杜秀拉笑我，然后说起北京的见闻。她说北京的大街四四方方，像一个巨大的箱子，好多人都穿笨重的羽绒服，好像满大街都是棉被。她笑得像一只奔跑的老母鸡。

我没去过那么远的地方，他们的聊天我插不上嘴。我感到悲伤、嫉妒。我默默地走下去。李灿然说："大秀拉，这么快走了？"我讨厌他叫我大秀拉。我没应他，离开了。那时候我已经喜欢上他，我喜欢他在元旦晚会上的摇滚范儿，喜欢他璀璨的生命在歌声中晃来荡去。我看见他，真正地穿过肉体看见他虚妄的幽魂，可是他不知。我痛恨自己的怯懦，许多次，我躲在棉被里偷偷地哭。那时，我多少想跟杜秀拉交换身份。可又一想，那也不过从杜秀拉换成杜秀拉，毫无意义。

屋顶的风比低处更高更大更猛。我目不转睛地盯着它，想确定风是否会将它吹灭。七年前，也有一根这样的蜡烛，为杜秀拉点燃。

四

李盼水不仅仅是在三楼烧那一小撮冥币了，怕杜秀拉在下面受苦似的，她变本加厉，开始天天在楼前的街面烧。她的旁边立着一个男人。我认出来，是她的前夫。

他被到处乱长的波罗蜜树、柏树扭弯了背，在木薯地里干活久了，让他的脖子变得很长，支撑着他的大脑袋，和人说话总是仰着头。他也种毛薯，长得又大又好，但是不好卖。镇上人说他用化肥，吃了有毒。这种传言让他在往后几年，轻车熟路地上门到人家院子里围起来方便小解的角落，一边把满桶黄澄澄的尿倒到自己挑来的那对黑色木桶中，一边叮嘱人家，记得帮他解释解释。

以前，他经常来找李盼水，刚见上面低声下气，而后两人不知为何吵起来。李盼水挥舞菜刀，在房子多了几条无辜的伤痕后，叫他滚蛋。他步履沉重，往楼下一边走一边擦眼泪。杜秀拉受李盼水影响，对自己的父亲看不起，但她不表露出来。考上高中后，她只与李盼水待在一起，只有父亲从村里来见她时，她才会陪着父亲去集市上转一转，买一点节日的东西，或者跟他去附近的茶水吧坐一坐。

现在，可能自责看管不力，让女儿没了，李盼水对他倒是和气了些，但也仅止于几句问候语。是呀，李盼水本来跟他没什么瓜葛。只不过是在年轻时，为了报复抛弃她的男人，就因为他也姓杜，便飞蛾扑火般选了他。她在局里读报看书时，怎么也不会联想到自己将和一个只会看天下地的老男人在一起。她的心从来不属于这个看起来畏畏缩缩呆头呆脑的老头。他和她少女时期的幻想完全不同，他是此地的土特产，你说土特产值几个钱。

每一次他来找她，都会提醒她，每一件她做错的事。李盼水觉得不是自己捞出痛苦，而是痛苦随机选择了她。该怎么办呢？她凄凄惨惨地问自己。她有过一闪而过的死亡念头，唯有那样，才能不用面对自己悲惨的一生，才能原谅自己犯下的错，才能解决掉对这个世界的恨。一了百了，丧失掉肉体和精神，随着年深日久的遗忘，她会被镇子抹去，就像从未来过。她为此进行过一段时间的研究，但因为致力于女儿死而复生，自身的死亡便在她头脑中迅速萎缩。

男人叫她不要烧了，说把天都熏黑了。原来，男人是来当说客的。李盼水烧纸钱的行为严重影响到街坊，人们上门找到他，叫他劝一劝。他对李盼水惧怕得要死，摆着手摇着头连连拒绝：她是要我命啊那婆娘，我干不过她的。人们用激将法，叫他拿出点气魄。软磨硬泡好半天，又把他的毛薯买了，他拿着钱，手软，才勉为其难地说试一试。

李盼水把点着的纸钱朝男人扔过去时，我和宋镇刚从边上走过。男人着火，叫声像青蛙，在地上打滚，火扑灭了。男人走得狼狈，一点也没觉得受了屈辱。

我勾住宋镇的手臂，尖叫。疾步走到拐角处，觉得安全了，才拉着宋镇的衣袖悄声说起那个长得像印章的男人是多么可怜，杜秀拉都不确定是不是他亲生的。宋镇吃惊地看着我。我说："假的，骗你的。"

空气被李盼水的纸钱一路烧焦，鼻子里塞满香火，我有一种错觉，我成了被祭祀者。我软绵绵地靠着宋镇，路过的小孩嘲笑他娘娘腔。我不像平日那样生龙活虎地回骂。我听着宋镇讲话，很想哭。

昨夜李盼水来敲宋镇的门。一直踢一直踢，铁门都快被踢成残废。宋镇有点怕，把屋内所有的灯都打开，拿了根晾衣架防身，开了个门缝，看到李盼水像个幽灵站在门口。她穿一件很旧的人造丝睡衣，没穿胸罩，下垂的胸部让整个身躯像发育畸形的孪生芭蕉。她郑重其事地警告宋镇，叫宋镇赶紧搬走。宋镇反应慢，不知如何回话。她突然把门一扯，从外面关上。宋镇坐在奶白色的客厅里，再也无法入眠。夜色在凌晨的时间流动，痛苦露出一排细细的小牙齿，一点一点地啃着他。

我的眼睛像干枯的井，塞满各种废品，堵住眼泪的出路。我目光呆滞地望着一辆飞驰而过的摩托车，说："李盼水给我爸打过一个小孩，我不知道李盼水或者这个未出世的胎儿是否伤害到我母亲，我不确定我母亲与我父亲之间是否有爱。"

我母亲没死时，就是一个家庭主妇，一张寡淡的不苟言笑的脸，在天长日久的婚姻生活中越来越像秤砣。

有一次，她带我出去喝早茶，遇到李盼水。李盼水笑着，叫母亲凑过来，附耳和母亲说了一句话。母亲涨红脸，还没来得及发怒就被我吵着要回家吃冰箱里的蛋糕打断。那天起，我母亲喜欢上在阳台上看天，天空被楼房切了一小片，特供给她。母亲走出去，我亦步亦趋，回头看到杜秀拉正跑向李盼水。

李盼水对我母亲的反应迷惑不解。她想是不是我母亲听别人说太多遍，习以为常。她对我母亲说，她正怀我父亲的孩子时，我父亲和我母亲结婚了。

那个流产的孩子，那个被手术刀剪成碎片的孩子，如同高明的厨师剪碎一只鸡，摆在精美的餐盘里，被从下水道冲走，巨大的水花，混合着李盼水身体里的血。

她从手术台下来时很疼，搅拌机一样的疼，她走八字步，没有人在外面等待她。不用看镜子，她知晓自己脸色难看。流产让她元气大伤。她的嘴唇白得近乎透明，她自己也快变得透明，像气泡一样被空气戳破，旋转，让周身的感知东倒西歪，发生错位，消失。她不需要同情，那是超市打折促销的附赠品。她觉得自己的头脑也被做了手术，控制神经末梢的区域被挪动。

我父亲娶了领导体弱多病的女儿。她也很快找了一个男人，一个比她大很多的老光棍，贫穷的农民。在黑夜里，他剥夺她的快感，她赤身裸体，像一条垂落的床单。在我出生后半年，她的女儿跟着出生。

母亲不是那么好当的，你必须抛弃之前的人生经验，与这个新生婴儿共同学习站立。她陷入抑郁，整日哭哭啼啼，也不给孩子喂奶，一切抛给孩子的父亲。她在我家附近徘徊，看到我母亲带我到院子里晒太阳，就迎上去。她捏着我的小脸蛋，与我母亲说一些养育的心得。她穿得邋遢，衣服上浸了溢出的奶水，浑身有一股类似酸奶变质的体味。那时，母亲只是略微知晓她与父亲的一些瓜葛，但没抓到实锤，也就姑且当作流言。她问母亲我的大名叫什么，母亲说，杜秀拉。

她的眼睛瞬息涌进许多流年，阴冷的地衣在她空寂的心里蔓延，烈风暴雨在她夏日发热的身体肆虐，被房子分邦而治的街道在她黑色的眼眸排成列兵。她就像浓密的湿气，让人的头发、脸庞、衣服以及所有的一切都沾染发霉的味道。她茫然无措地穿过院子里的人们，用谁也听不到的语调说："他站在那里时，我就知道我爱他。"

一场爱情的鉴定，只需在合适的契机，用数秒便可出结果。

我母亲倒是挺愿意停留在以前，拒绝真相比知道真相更好挨过。那晚,我母亲和我父亲爆发了一场激烈的争吵。母亲朝父亲怒吼:"这是你的家,不是我的。"母亲的内心,是自外婆那里继承而来的传家宝,不是什么都能放进去的。不要看他们相处这么多年,他们之间,就像切割白天与黑夜的黄昏,也竖立着一道屏障。

母亲砸烂电视机,扔掉茶壶,拔掉电线插座,踢坏风扇。父亲不住嘴地说你疯了你疯了。他不敢动手打母亲,那时在局里当领导的外公还没去世。父亲上前狠狠地抱住母亲,母亲挣扎着,觉得他恶心,骂他是一个骗子。父亲怒吼:"我跟她现在没什么关系,你为什么不相信我?"母亲说:"没关系没关系,那怎么天天冒出来,她还给你怀个孩子!"

父亲松开母亲,望着一地狼藉,不知如何解释。他去角落拿起扫帚开始扫那些尖锐的碎片,怕我把自己扎伤。接着,他蹲下来说要把我送去邻居家住一晚,他要和母亲谈一谈。他没和母亲商量就带我走出去。令我吃惊的是,母亲居然没有阻拦他。

我不知他们是否和解。但是,经过一晚的休养生息,作为主战场的客厅被重建,他们在我面前也没黑脸,看似和和气气过了一两年。

可只需一口唾沫,戳破纸糊的窗户,你就能看到你未曾见到的东西。外公去世后,父亲与母亲的关系陡然生变。

母亲经常独自坐在客厅里,电视也不开,就那样从早上坐到下午。饭也不煮,中午我回来,她会拿钱叫我到外面去吃。有时她会发疯似的把刀重重地砍向砧板,仿佛要把自己的怒气斩断。有时她一听到父亲说她毫无家庭责任感,她便只是冷笑着起身从冰箱里拿出那些隔夜的菜，开始洗。炒菜时把火调到最大，油烟有着章鱼一样光滑的触角，从厨房钻出来，把整个客厅都罩在呛人的气味中。

我们一家三口在饭桌上吃饭，却已不是从前的味道，就算放很多的盐、很多的味精、很多的糖，我都能吃出苦味。可能是我的味蕾坏掉了。

母亲问父亲要钱，找各种各样的理由。我从门缝边曾看见她坐在床上拿出钞票一张一张地数着，她把它们用布包好，揣进裤子的暗兜里，随身携带。她去世时，我从她的口袋里搜出了一万块。一万块买来的安全感。

我帮母亲穿的寿衣，我读小学，这种事本不该我来做。不知为何父亲没有阻止我，只是在一旁看着我摸遍母亲死后的裸体。我在别人的帮助下迅速帮母亲套好衣物，遮住因为死亡而过分丑陋的乳房与阴道。这就是母亲，从未美丽过的母亲，死后也将自己的丑陋真实呈现在父亲面前的母亲。弄好一切，我把放在地上的那扎钱交给父亲，父亲接过，一句话也没说，一滴泪也没流，平静得像一切都没有发生。父亲一直是我未曾明白的人。那时候，我很小，可已感知到成人世界的复杂性，就像琼崖海棠炼出的黑油，既能给死人的床添光，又能治活人的恶疮。

也是那时，我一放学就习惯坐在临街的台阶上，看那些走过的各种鞋子，我不理解世界为什么有那么多弯弯角角。我一边想一边哭。秋天来了，太阳依然发烧很严重。我把鼻涕擦在白色棉布小短袖上，站起来，抖动肩膀走进阳光的高烧中。

有一阵子，我每天醒来，阳光把窗帘画成长方形，那是窗户的规格，我会看上许久，才慢慢起来洗漱。我是父母并不相爱的产物。我觉得自己像一盆春橘，摆在大门前，颜色美丽，看起来讨人喜欢，却吃不得，因为太酸。

母亲去世后，父亲又和李盼水偷偷摸摸、断断续续地来往，这褪了色的感情不复当初，却总有那么一些东西让他们留恋。

李盼水一边与父亲交往，一边耗费心力地离婚。女人总是爱做梦，以为离婚了男人就会娶她。李盼水还有当姑娘时的天真、盲目。我父亲怎么可能会娶她呢？好不容易死了老婆，换了自由身，怎么舍得放弃逍遥的单身汉日子。她没日没夜地挖空心思给他找各种理由。她还保留着早年一些两人交往时的礼物。衣服、枯叶标本、诗歌日记、银耳环、臭袜子，都堆在一个木箱里。仿佛她的一生，就是为我父亲而活。

他们在同一个局里工作，她根本不理解，我父亲除了与他有血缘关系的我，谁都不爱。掏心掏肺的爱会丢命的。

五

之前，凭借父亲的关系，我进入镇上那家小国企，做一些收发票据的工作，那些临街的铺面，都是公司的产业，每个月固定的日期，银行卡上就有一笔解决我生存所需的钱。没给单位创造什么业绩，这份钱让我很不安。父亲病逝后一年，公司换了领导，工作四年的我被开除。我根本不收拾办公桌，就两手空空地走了。我记得办完手续出来的那天，我的头脑像陀螺一样疯狂运转，我想大笑、蹦跳、吃、找人交谈。我穿过院子里那几株苦楝树，阳光像钻石，缀满我的衣裳，我第一次觉得挂在苦楝树上的尺蠖没那么恶心。天知道我踩死过多少只。

但是我必须掩饰快乐,略显悲伤地面对同事们同情而又幸灾乐祸的目光。我通晓人类的底色,你所能看到的生活就是镜子中的你。

现在回想,一年前的那次失业依然让我很愉悦。

"一个死人怎么能有工作?"有人转述李盼水的话给我。据说我失业的主要原因是李盼水对我的投诉。她说我是地上的那枚血斑,它是一个活物,终有一天会长成某种独特的东西,还没冒芽,你们不能剥削。

那阵子,万年前的火山灰把我这具现代的肉体埋没,我很少与人交往。聊天的对象只是认识的一些邻人,谈话也只限于家长里短,有时确实无话可说,只能挖空心思讲一些冷笑话。

照顾病人是一项辛苦的工作,父亲临终前的一周,她改掉隔三岔五来的习惯,日夜陪伴在我父亲身边。就冲这点,即便是一年后因为李盼水,我丢了工作,我对她却毫无恨意。

在父亲这个濒危的可怜之人面前,李盼水的尊严高大起来。她的表情始终有让人难以忍受的戾气,一刀一刀,慢慢地刻在她裸露的每一寸肌肤上。这股戾气生出的温柔非常醒目,让你不得不注意到它,那是独属父亲的。她给父亲喂饭,帮他更换沾满排泄物的纸尿裤,给他擦身体。她在爱的幻想中暂时实现与我父亲共度一生的愿望。我什么都插不上手。

看到她,我又想到杜秀拉。死得早死得晚有什么区别?杜秀拉在她的辉煌时刻,摔在我的脚下。人们惋惜的是她还未活够的生命。可是,生命的长短有意义吗?茂密的印度紫檀被夜幕盖住,夜晚很长,拥有最好的天气,鸟儿在树林里跳舞,人们拿着卷尺,却量不到夜色的边长。有人说,呼吸是白天,闭气是黑夜。我知道,父亲和杜秀拉,都是组成黑夜的分子之一。正是像他们这样的人,让我们看到时间是如何来到塘镇的,又是如何影响我们的生命的。

塘镇对时间的判断,不是依靠季节,而是依靠观看,熟悉的事物看久了,眼神会失去甄别的能力。只能依靠那些破土而出的树木、那些寄生的藤蔓、那些漫山遍野与人抢地的野草,在冬天的细雨中叫醒人们,记起生命的流逝。冬天并不是时时友好,就算我们勉力挽留,它也只是把塘镇当它的中转站。我们活在停滞中,每一个人都要解构重组。

美甲店墙上的架子,摆满各种颜色的指甲油,对面是两个椭圆形镜子。美甲毫无起色,来找宋镇化新娘妆的人却多起来。我往浅灰色沙发上放上靠垫,坐在那里看他给人化妆。"往上抬眼睛",这是他描眼线时最常说的。我盯着新娘的后脑勺,乌黑的头发被夹子盘起来,我看到婚宴的热闹在浓密的黑发中升起。

新娘走后,宋镇闲下来,问我要不要学习美甲,他可以教我。"人不工作,总会有坐吃山空的一天。"他劝人从良的语气很真诚。我的指甲长出来,上面的红色变短,乳白色的半月形纹露出,我盯着它看,感觉把十个红日戴在手上。我摇摇头,说:"我有失业金,我的生活要求很低,我不想工作。"

我从兜里掏出糖,放到嘴巴里含着,一个对生活毫无祈求的人,只想随心所欲地过上一段日子,一个二十四岁的人不应该再吃糖,那是小孩子做的事。但是我不用大脑思考,只依靠本能而活。这也是从前为何我不把邻人劝慰的话听进去。

当时正值中年的邻居在我面前苦口婆心,而我的注意力,正在烧着冥币的李盼水身上,她骂着×蛋的话。内容是死亡与生殖,还有无辜的性爱。她的身体被年月吸干养分,瘦弱黯淡,她的精神却闪着诡异危险的光。

她把人类最伟大的三种东西混在一起,一并烧给杜秀拉。句子跟着纸钱变成烟雾、变成灰烬,落在这条吸了太多烟、患有重感冒的街道上。我想杜秀拉会怎么应答。她还会写诗吗?她还会读《诗刊》吗?那份看起来古老又单薄的刊物,在热带的小镇不合时宜。

宋镇看了一眼吃糖的我,又忙着整理妆台,廉价的眼影、眉笔、粉饼、粉底液等化妆品挤满台子,在镜子的反光中繁衍更多。灯在他的头顶上安静地照着,光晕倒在他弯腰的头发上、后背上,一路往下滑。我从那一眼中知道他在想什么。他想让我有所作为,他认为那是在帮我振作。他压抑,让自己东躲西藏,却被我一眼看穿,一语道破。他觉得应该回赠一点什么给我。

伫立在三角地带的老旧钟楼的钟声仿若从远古的松树林穿出,用肃穆、沉稳的声响叫醒这里的嘈杂无章。夹杂着一个人凄厉的喊叫,他奔跑,哭泣,把嗓门调到最大。我望出去,是李盼水的前夫,满身血污。接着,是追在后面的李盼水。我快步而出,宋镇紧随其后。

李盼水把又来当说客的前夫砍了。李盼水看似疯疯癫癫,却心思缜密,把前夫骗到屋子,从厨房拿起切肉片的小菜刀朝他的手臂划过去。深深的一道口子，不断往街道这个大嘴巴灌殷红的血。

前夫喊着："你们不要叫我，买我东西我也不来了，那些钱都不够我看病，以后我不会跟她讲话了。"李盼水跑到一半，见追不上了，便在众目睽睽中掉头走回去。她看起来很糟糕，头发像深秋天气晒了一地的苦楝败叶。

她左脚的白色绑带凉鞋后跟在奔跑中掉了，走得一边高一边低。她干脆脱掉鞋子，光脚走在粗糙的街面上。她看到我和宋镇也在围观，便用菜刀指着宋镇说："再不搬走下一个就是你。"

众人的注意力转移到我们身上，我拉着宋镇赶紧走进店里。

这天傍晚，我在楼道里，看到墙上写了一句话：请原谅我扭头把世界看歪。笔迹像初学写字的人，原始，幼稚。力道镶在那行字中，仿佛要随时出拳，打向每一个路过的人。除了李盼水我想不出还有谁会这么说话。我一个字一个字地看过去，又把脸贴着墙，倾听句子的告密。以我对她的接触和了解，我开始担心。她失去女儿，失去我父亲，失去生活里所珍视的一切。那么，她是不是密谋着推翻生活所带给她的所有不幸？她不会想到我母亲，不会想到她前夫，不会想到我，不会想到其他人被她牵扯到的伤筋动骨。

我突然情绪失控，被自己的眼泪浇了一身。我握住楼梯扶手，回到自己的家中，坐在餐桌边上望着靠墙摆放的茶色五斗柜。我喜欢它的颜色，每次心情抑郁，只要望向它，心情都会被粉刷一遍，焕然一新。可这次不起作用，产生了耐药性。

外面响起敲门声。

我去开门,是宋镇,他担忧地搂住我的腰,扶着我进屋,把我放在舒适的双人皮沙发上。李灿然一家在大城艰难安居,全仰赖宋镇家的帮助。宋镇比我年长,处理事情比我成熟。他告诉我,李灿然毕业后也没留在大城,而是去了别的地方。他也不想待在那里,便决定来此地。

宋镇的头发喷了定型发胶,卷曲的发根像一座小小的山丘,我摸着它们,有那么一瞬间,我觉得自己爱上宋镇。发胶的香味是便宜货。我说:"宋镇,要是我爱上你怎么办?"宋镇说:"真诚不会错。"但是,他强调:"你知道我的。"

我说:"你去荷兰吧。"

我又从他的侧脸看到李灿然。杜秀拉四十九天祭的那晚,李灿然侧着身,手枕着半边脸,在我面前睡着了。我看着他,眉头皱得像一块洗碗布,一侧的眉毛像浓密的木麻黄林,木麻黄的叶子像绵长的细针,脸颊饱满的胶原蛋白像一个新建的滑梯。他穿了一件蓝色长袖套头衫,夜晚的风开足冷气,让他在睡梦中不时哆嗦,将身子越缩越短。我既没有给他带来毯子,也没有亲吻他,而是离开楼顶,返回家中。有可能,他会连翻几个身,坠楼。这只是我的想象。他睡在平地的中间,除了并未抹平的水泥颗粒会让他难受以外,他很安全。杜秀拉躺在他永恒的梦中。

六

李盼水漂亮,高傲,有稳定的工作。这是最重要的资本。为了看她,男孩子们便故意在附近转悠,买邮票,订购东西。镇上的青年们都谈论着她，有胆大的向她求爱，她只要看不顺眼，便毫不客气地拒绝，一点面子都不顾及。小年轻们脆弱，气色难看，躲在家里独自伤心。

那时我父亲刚调来局里工作不久，也被李盼水迷住了。父亲是个有脑子的人。他并不急于出手，而是借着近水楼台的便利，观察李盼水。他注意到她两瓣嘴唇，一厚一薄，她经常咬着嘴唇工作，她觉得自己最不好看的是嘴巴，长得夸张变形。父亲却觉得这给她增添了妩媚，正是风华正茂的年纪，就算五官有一些瑕疵，那也是如日中天的瑕疵，是让无数人倾倒的。

李盼水工作上倒是尽心尽责，对待每一个人都笑眯眯的。这是训练出来的职业素养。下班后，她却像换个人，仰着头，摆着脸，踩着黑色皮鞋，扭着屁股走在街上，蔑视挂在张扬夺目的脸上。她走过的街道、四目相对的路人都因这蔑视而自惭形秽。如果要找出能与这股力抗衡的人，那就是我父亲，他有迎难而上的精神，又有着八面玲珑的狡黠，这让他面对所有难题都攻无不克。

父亲总是适时地出现在李盼水身边，当她整理信件忙得焦头烂额时，会给她倒上一杯精心泡制的热茶，然后在一旁漫不经心地说是托人从杭州带回的早春茶。李盼水是不懂茶的，但一听到杭州，就觉得非常文艺。

父亲有时送给她一些杂志，说是退不回去。父亲知道她偷偷摸摸写一些东西，有一次不知是有意无意，瞄见了，问她自己能读一读吗。她羞怯地递给父亲。父亲边看边夸赞她，说最喜欢里面的某句，因为比喻用得最好，就像从心里生出来的一样。她顿时心花怒放，觉得父亲听见了她的声音。她在父亲面前，将骄傲打包装箱，封存起来。她与父亲交好的那段岁月，是她诗情最蓬勃的时候。那是一种毫无阻碍的光滑的感觉，就像一瓶好用的身体乳。

有一天，父亲从下街的陶器老工匠那里买了一个别致的深色小陶罐，一路抱着它，来到李盼水的宿舍把她叫出来。那是一个细雨迷蒙的天，父亲没有打伞，头发落满雨珠。李盼水从平房里出来，看到父亲站在屋檐下，顶着雨水笑容灿烂。她接过陶罐，感觉生命被她捧在手心。后来，她说："他站在那里时，我就知道我爱他。"

父亲手持温柔与执着，这两样对女人攻无不克的利器，将李盼水收入囊中。

如今，李盼水一遍一遍地回忆，回忆用久了，也会被磨损，画面慢慢模糊。她懊恼，气愤，不知如何动手修复。这些残损的东西，也让她曾经强烈的感受丢失大部分。她青春的华美被光阴张网围困，光阴恶毒，又用我父亲的婚姻刺激她，用父亲的病逝刺激她，用女儿的去世刺激她。她为此越来越疯狂。她不听任何人的劝阻，觉得自己永远是对的。她夜以继日地嘶吼着，企图用自己锋利的话语割破它。

于是，就在这些天，整栋楼都听见她的吼叫，她捕获了夜，捕获了所有人的睡眠。街坊们商量着劝阻她，让她不要扰民。有脾气急躁的叫嚷着要将李盼水送去精神病院。就在大家议论纷纷的当口，夜晚的平静又突然而至。这让在噪声中习惯的人们将信将疑，有人悄悄走到李盼水的房门前，侧耳倾听，确认噪音被揉成团扔掉之后,才拎着拖鞋,轻手轻脚回屋睡去。第二天的日光,洋洋洒洒,落在楼道口,落到人们开窗的房里,充足的睡眠让整栋楼里的人都觉得真是难得的美好的一天。

整栋楼里,我和宋镇是最不受影响的人。即便李盼水警告过我们,叫我们不要在这间房里胡来,赶紧搬出去,她又那么不可理喻,随时都可能会做出一些意想不到的事来,可我们不为所动。

我和宋镇渐渐习惯待在一起,一直到午夜都保持清醒。我们在屋子里,喝啤酒,看无聊的电影或肥皂剧。有时会聊天,有时无话可说,便默不作声地坐在地上吃着零食,客厅里经常只有我舔棒棒糖的声音。我们的心安理得与糖果是混合涂料,把我们的所在地涂上一层愉快的宁静。

宋镇会在屋里给自己化妆,他有钻研精神,不断尝试开发新的妆容。现在,他几乎成为全镇所有新娘首选的化妆师。他只是稍微比别家用点心,再加上高出本地同行一点点的审美,便让每一个平庸的女人在那一天都光彩夺目。我惊叹他的天赋,让他把我的脸当成实验室,任他摆布。我看到无数个百变的自己,我惊声尖叫,连连说太美了太美了,我要将这妆容保持到死。后来,我看出一些门道,也能给他提供一些意见。他又问我要不要学化妆,这是一门手艺,以后我可以借此谋生。我摆手说:"不来了不来了,美甲不学我更不可能学化妆,宁愿做社会的寄生虫。"

他在自己脸上绘完,会叫我参谋,他觉得业余人士的看法也很重要。我累了,会胡说几句搪塞他。他也当真,还真的去进行改良。

103

这天，李盼水似乎想通了什么，去超市买来漂白粉，拎着水桶，在楼前的街面上洗洗刷刷。大家都说她的公德心回来，抱起她重回正常的希望。所有的认为都是错的。她只是为了把杜秀拉从这里抹去——她把那粒污点给彻底洗掉了。

七年来，我和李盼水都认为这是杜秀拉在这世间给自己留下的印迹，证明她活过。虽然李灿然的原创歌曲里有她的填词，那也是杜秀拉存在的象征，从未逝去的象征。但是在异乡，没有人会对一个无名的词作者感兴趣，除非李灿然在演出时讲这个故事。可是宋镇说李灿然很早就不唱歌了。他变得务实，就连大学选的专业也紧随就业潮流，读的金融。有时我会怀疑，李灿然把杜秀拉忘了，毕竟，人又不是万能胶，能够始终粘在心上。就算粘着，如果一狠心，还是能撕下来的。

我站在那里，感觉中了漂白粉的毒，我晕头转向，不相信我看了七年的东西会彻底消失。消失意味着不存在，意味着我的年龄被裁去七年，重返十七岁。我一路走，沿着楼梯盘旋往上。一直走到李盼水家门口。我木讷地敲门，一见到她就问："为什么要这样做？"我感觉她掐灭了我的最后一口气。

相对于她的表现，我的质问只能算是虚张声势。她让我害怕。我很久没有这么近距离见她。她的头发像螃蜞菊，入侵了她的面孔，你只能看到头发背后那双不时转动两下的眼珠子，还有那两张因吞咽而一张一合的双唇，干裂的苍白的迟钝的，像门后的挂钩。此刻，她像一片枯叶，倒在真空中，很轻，很柔。

楼道吹来的热气让我清醒，当我意识到我犯了不该找她的错误时,她开口道:"你不是杜秀拉。你该死。"她把门砰地关上。那是一道铝合金门,当年是豪华昂贵的,她前夫,那时候还是她丈夫,帮她安装。那年,人们嘲笑他,作为一个男人,怯懦和脆弱是耻辱。这是镇上的标准,他们以此为准绳,判断一个男人的成败与好坏。

他低着头,在嘲讽中走向他的土地,在烈日下种植木薯,然后在收获的季节,精挑细选一小麻袋,带来给杜秀拉。蒸起来粉嫩好吃。它是杜秀拉最喜欢的杂粮。有时,他会拿出干农活时的专注和气力,犁出一点勇气,叫李盼水不要和我父亲纠缠不清。"木薯喝水多了就会死。"他犹豫着,还是大胆地说出这个比喻。

李盼水凌厉地看他一眼。意思她明白,叫他不要过问,他闭嘴,把东西放下就拖着那副瘦小苍老的身体走向大街。那时,我坐在台阶上,看着他走路的姿势,像一个出了故障的打火机。我用自己也不懂的心情,像常人一样觉得他很可怜。

李盼水把他甩了。他却毫无怨言。他对这辈子娶老婆本就没什么指望。可他却把早年芳名在外的李盼水给娶了,这让他欣喜若狂。他卖了一块地,得来的钱拿去做聘礼,并把自家的破屋修缮一番,高高兴兴地把李盼水娶进门。人们用看热闹的嘲讽口气说他祖坟移位,他走了狗屎运。他表面乐呵呵,心里却不抱李盼水会爱上他的一丁点希望,没有希望也就无所谓失望,所以,他比我们任何人都乐观。杜秀拉是天赐的礼物,这礼物被天收回去,也是理所应当的。他这样想,也这样告诉李盼水。人是不能把最真实的话说出来的,真实的话从来不好听。他被李盼水扫地出门了。

我站在门口，想了好一会儿，不知该上楼顶还是回家，抑或是去三楼，宋镇的住处。我从楼道的窗户看出去，外面被阳光扫荡一空，那一排印度紫檀强打精神，继续伸展枝丫，朝天空索要拥抱。

七

算计是需要花时间的。李盼水先从拾掇自己开始。她剪头发，买新衣服，去镇上找最好的修眉师傅用夹子拔了两条弯弯的眉毛。底子好，放到与她同一年纪的人比较，她的风采又回来了。她戴了一顶时髦的遮阳帽，在街上来来回回，最后选了那家有庭院的茶馆，那里有一个三角梅庭架，桌子就摆在下面，冬日的阳光那么热，她穿一件红色刺绣的中袖黑色卫衣，这是她很久以前的衣服，一点都不过时。她看上去那么有精神，仿佛那些迷路的精力一夜之间全跑回了。

我从小路经过时看到她，觉得她让周围变成一个宜人的环境。父亲还是有眼光，从她残存的这几分魅力来看，她确实由内而外地漂亮过。她叫了我。我在围墙边上站住，应了几声。她问我去哪里，我说去看别人写对联。她用汤匙搅拌着杯子里面的茶，低着头，似乎还要跟我说些什么。我等了好一会，正要走，她终于说了："三楼你们搬了吗？"她对我笑了笑。这笑容不像长在她脸上，而是另起炉灶，干起批发的行当，对每一个人都一视同仁，也就廉价万分。我想她还是没那么容易好。我沿着墙走到热得发烫的太阳底下，觉得又受困在一个精神失常的冬天里。

实施也是需要时间的。她去买东西是一周后的礼拜日。塘镇方言没有星期日的说法，只有"礼拜"这个词。这让那些基督徒感到很亲切，他们在镇上传教时总是将这天拎出来，证明他们只是复兴过去。那时来的是一个法国传教士，于是，"马铃薯"也音译成塘镇方言，大家也开始吃这种像地瓜一样的食物。李盼水到那里拿过一个十字架，然后买来一根小红绳，串成一条项链挂在脖子上。之后，她迈着细碎步，穿过农贸市场。那里种了一排黄槿树，叶子繁茂，却招惹蚊虫，让小贩们不胜其烦。

李盼水就在卖杂货的摊口花一块钱买了一个绿色打火机。老板躺在吊床上，在阴凉处昏昏欲睡。老板打开半边眼，随口说："现在不烧柴，买这干吗？"李盼水把钱扔下，说："纵火杀人。"老板只当是玩笑话，舒舒服服地又睡过去。

她煮了糖水地瓜，装在保温饭盒拎下来是在我和宋镇刚回来的傍晚。宋镇正拧开门，楼道的窗全部是打开的，细碎的光在墙壁上摇头晃脑。她态度和蔼可亲，说自己做了糖水地瓜，很好吃，给我们带了一些尝尝。

我们对她突如其来的示好受宠若惊，我接过，想着她还记得我很喜欢吃。我突然恨起自己对她有过恶言相向的时刻。我连声表达感谢，宋镇也说谢谢阿姨。她说："你要让秀拉多吃一些，她最爱吃这个了。以前我做，她都是悄悄多打一碗藏起来的。"

宋镇笑，说知道了。她说明天再找我们要保温盒，就转身上去。

我们把这糖水地瓜当了晚餐。里面掺了药。

我们醒来时，已在结实的木椅上，动弹不得。

她嘴巴咬着十字架，看着我们晃晃悠悠地醒来，把钥匙在我们面前晃一晃。她知道宋镇没有带钥匙的习惯,而是放在门边从未上锁的信箱里,垫在报纸的下面。

失去意识就如同连续剧被剪掉最精彩的部分。我们至少用了十分钟,才清楚自身的处境。

杜秀拉从楼顶掉下去,李灿然跪在边缘,把头探出去,那幕可怖的景象,在他十七岁的心里栽下死亡。死亡是黑色的,和他黑暗的心一并生长。我想起他,想起各自的经历,电钻机钻孔的疼,冲破头骨,喷射到客厅的四角。我放声大哭,哭声四处碰壁,李盼水拿起一根弹力绳,指着我,叫我收声。

然后她笑眯眯地说:"好吃吗?"她居然给自己化了妆,妆容让从她身边逃过去的时间悉数回来。我看到年轻的李盼水,看到她在镇上数十年浮浮沉沉的生活,看到她是如何精确敲开那扇禁忌之门——一个疯狂的世界在她漫无边际的头脑开启。

我怎么去回答她的话,那可恶的糖水地瓜。

粗糙的麻绳将宋镇勒得很紧,像台湾产的甜麻花,看起来又悲惨又让人想吃。我说:"阿姨,你不要伤害我们。"

她说要帮女儿报仇。我大叫,说宋镇不是李灿然,她搞错了。李盼水拿起绳子朝我抽了下,隔着牛仔裤,我还是感觉到皮肤炸裂的疼痛。别人的痛苦轻描淡写就带过了,等到自己,那种痛,烧身烧心,我想我一辈子都忘不了。

她把从私人加油站买来的汽油围着我们倒了一圈。我感到绝望,又声嘶力竭地叫,把我的名字喊出来。她听到"住手",有那么一丝犹疑,跌进浑浑噩噩中。她的眼神就像一扇小门,时开时闭。她歪着脑袋,想着事。我确定她是清醒的,一个容光焕发的疯子你见过吗？她所做的一切不过是用装疯卖傻来掩盖。

突然，她露出杧果熟透般泛黄的笑容，用渐渐激昂的语调说："我知道你们是谁。你们不过和别人一样，这几年，我女儿的死已经让你们厌烦了吧？我忘不了她，而你们呢，你们恨我，因为我让你们活得不安宁。我是一个疯子，一个因为你父亲而变成现在这样的疯子。我爱你父亲的自私，我爱你父亲虚伪的才干，我爱你父亲年轻时故作风流的样子，我爱你父亲的心狠手辣，我爱你父亲选择婚姻而不是选择我，我爱你父亲的市侩，我爱你父亲的油嘴滑舌，我爱你父亲致命的缺点，我拼命地用尽全力去爱这样一个人，我拼命地用尽全力地想一头扎进他的心，我做到了吗？没有。他除了我，除了你母亲之外，他还有无数的女人，高的瘦的矮的胖的，漂亮的丑陋的性感的保守的尖刻的愚蠢的。你什么都不知道。他死了，他终于死了……我以为我解脱了，可我忘了问他，他是否真正爱过我？"

她看着放置在茶几上的两耳陶罐，那是她拿来的，里面装满她对我父亲的所有记忆。她走过去，粗暴地用手一扫，陶罐掉在地上，她砸烂了自己珍藏的爱情。

她说我父亲用了妖法，用杜秀拉的命顶替了我的死去。死亡与爱，在她身体与心灵铺就的快轨上，以时速三百公里的速度，迎头撞上，撕毁了她，抛洒一地的惨烈决绝。

粗大的针管刺入动脉，将我的恐惧抽走，我看着她，惨白的身体惨白的脸。仿若有一把裁布的剪刀，在空中飞舞着，轻微地将她这个白纸一样的人，一片一片地剪成细碎的小纸张，那么激烈那么轻浮，像打满氢气的气球。

我忽然问："为什么叫杜秀拉？"

她说："你爸取的，给没出生的孩子，你爸用她换了前途。"她的手上戴了一个坏掉的老表，我父亲有过一个一模一样的，表不走之后就被他一直放在抽屉里，没让我动过。

李盼水还是留了旧物。

我说："如果我爸不喜欢你，他就不会给我取名杜秀拉。"

李盼水的手抖了下，打火机的火苗晃成花团锦簇。她的表情奇特，那是被烟熏火燎的情感绑架多年的绝望与倔强、压抑与坚持。泪水无声地流到沧桑的双颊上，她的手一松，火引子灭了。她盯着地上的碎陶，想起我父亲，痛苦而美好的神情一闪而逝。她的嘴角弯得像一艘轻便的小船，脸上显出潮红的气色。我看出她还是很紧张，衣服紧紧贴着她的身体，随着她心脏的跳动一起一伏，她在跟头脑里某个决定我们生死的念头谈判……她真的想让这里炽热燃烧吗？

短暂的安静让汽油的分子弥漫得更快，这是令人作呕的气味，哪怕经过加工，依然带着万年以前腐烂的奇怪的臭气。

此刻，我唯一想做的，是用自己被捆绑的双手，拼命地使劲地徒劳挣扎地不断靠近宋镇，李灿然的影子从他身上倾倒出来……

我突然什么都不怕了，生命燃烧就像赚到钱一样快乐。

红色双喜

一

虽然没有伸手不见五指的黑，但和外面的艳阳高照相比，这个背光的菜市场便显得特别阴暗。人在里面待久了，像是从黑夜里打捞出来似的。暗沉沉的气色，暗沉沉的身体，暗沉沉的待客之道。这是这一片城区最老牌的市场，老牌就意味着老破小，老破小就意味着物价便宜。它养活了许多进城务工的人，也给附近的老居民带来了实惠的便利。

鱼贩们的摊子在市场的北侧。活蹦乱跳的鱼离不开水，所以，这里的人经常穿着水靴，泡在水流中，接待各种各样的客人。陈顺辛就在这里，在自制的高高的砧板架上，切掉了自己食指的一小部分。原本谨小慎微的她怎么会切到自己的手指？这不是最忙碌之时，手上的这些鱼儿也并不是最难搞定的。她只需要用刀背用力一拍鱼头，鱼就会晕死过去。她忘记了吗？忘记了第一步骤吗？她有些发怔。

鲜血从死鱼的身上流到砧板上，丈夫正在一旁把货物递给客人。她忍着疼，等客人走后，才把掉的那块肉捡起来，往医院跑。丈夫仍旧在摊子上，目光盯着砧板上满满要往地上落的血迹，鲜艳的颜色阻止他出声。陈顺辛边跑边想他的反应，他肯定觉得她笨手笨脚，杀个鱼也能伤到自己，如果是在家里，他一定会破口大骂，骂她这个死肥猪就懂睡，什么都干不好。她听到后面传来冲水声，他一定是在清理那块厚砧板，他一定把刀挪到一旁，认为这血光晦气，担心影响生意。这一排鱼摊，竞争激烈，一个月减掉租金，也只挣到七八千块，够花，不够存。他一定还担心，她又要花掉一笔钱，把那块肉接上去。他的电话一会肯定打来，告诉她，掉就掉了，反正没这块肉也不影响她干活。

　　她到了附近医院的急诊科，医生正查看伤口，丈夫的电话便在她的意料之中到来。他所说的每一句话，用的每一种声调都被她提前知晓。她说她不会做移植手术，即使想，也没有足够的钱。她的微信零钱不超过三百块，她的现金不超过两百块。

　　还好，这块肉根本移植不了。医生让她把它扔到旁边的垃圾桶里。她扔了，然后医生给她包扎伤口，开了一些消炎药。她便离开医院大楼。

　　陈顺辛拿出手机。这是一款拍照很上相的手机，虽然贵，她还是买下来。她下了好几款美颜相机，一个一个地拍，筛选出自己认为最好看最好用的软件后，她终于敢在朋友圈露脸了。朋友圈里的她没有皱纹，没有疤痕，拥有百变妆容。当她拍照时，她发现自己烦扰的东西似乎被这手机的魔力给夺走了。发完照片，她经常刷回复，看有几个人叫了她美女。

　　陈顺辛在朋友圈里晒她受伤的手指，因为整日泡在水中，把她的年龄把她的身体的某些部分都给泡老了。那是一双四五十岁的人才会有的手。她忘了手也是需要美颜的。她的朋友圈没得到多少的回复，点赞的数量还比以前发自己做菜的短视频少。只有几个以前的工友叫她以后小心点。

这时，已是正午，她有些饿。路边有卖吃的，她便去买了一个花卷和一瓶饮料，蹲在亭子的一侧慢慢地吃。突然之间，她感到包扎像脂肪的拇指变得越来越疼，她便有一种特别的迷信，她记起她吃过的所有猪肉。

前些年，甲亢好了之后，她突然变得很能吃，尤其是喜欢吃肥肉，那白花花的脂肪总是让她无法控制手中的筷子，颤抖地伸出去。她经常买猪肉摊上剩下的各种肥肉，放在冰箱里，一日三餐变着花样吃。她的儿子也跟着她吃，渐渐地，才上五年级的儿子也有了大人的肚腩。还好，今年她把儿子送回镇上读书，儿子看上去似乎瘦了一些。她突然有些心疼，她的父母都没有机会胖过，现在，她和儿子都有了时机，为什么还要瘦。

节日，她杀了一只很肥的公鸡，给儿子吃。儿子胃口大开。节日后的第二天，她就断了手指。这是报应。此刻，她不知该哭还是该笑。

食物渐渐让她的身体放松。她又换了一种想法，这受伤的拇指应该不会让她跟丈夫再发生争吵、打架。在她租住的那栋民宅里，一层有六七个租户，经常有吵架声，而她与丈夫是其中的领先者。她能听到人们恰到好处的叫喊：卖鱼的开始了。人们把她和她的丈夫统称卖鱼的。

那么多的人轻轻地从楼上楼下，走到她紧闭的房门前，认真地听里面的动静。她忍着不发出声音，怕被外面的人听了笑话。

有时太痛，她会呻吟几声……一切结束后，她歇一歇，又去摊子上卖鱼。总会碰到几个认识的人，都是老乡，彼此都把对方了解得一清二楚。可他们跟她没说几句话。她觉得难堪，因为每个人都知道她丈夫打她。

灵活一些，做一些反击。一名年长的摊贩对陈顺辛说。还好是冬天，这短暂的冬天能让陈顺辛用围巾蒙脸。市场四面通风，比别处冷上很多。她又骑电驴，所以总有各种光明的借口把自己遮得严实。她在摊子上，也从不把帽子摘下来。那是一个青色的贝雷帽，儿子在学校演新年小品用的，后来不戴，她便拿过来。正好能把她头上的破伤疤盖住，那缝了几针的头皮，再也无法长出头发。当她跟丈夫独自在家时，他嘲笑她是个丑八怪。她想，他忘了这是他的杰作，这个在学校时一个打趴五个的虐待狂。他把她的头按到滚烫的猪油里，肥肉正在锅里慢慢地缩小，那透明的热烈的液体抱着她半边的头皮使劲地亲吻。可怕。可怕。她拼命地不去想起这经历，不想起，就有可能会忘记，就有可能还有温顺的人生。

陈顺辛听过年长者的故事，她那沦陷一半的脸是被她那已死去的丈夫弄的。不知用的什么利器。年长者的故事在她那一代人中家喻户晓，夫妻之间，不都吵吵闹闹吗？这才是日子。年长者自嘲，有些听故事的人当了真。当真也不能改变什么。在那些封闭小镇的旧俗里，不都存在这样的现象吗？普通而又普遍，见多不怪。兴许，还有一些喜好热闹的，希望闹得大一些，最好弄得整个村子整个镇子都鸡犬不宁，这样才有故事可听可看可讲。年长者的舌头是有些恶毒的。她不时脱口而出那些锋利的字句。这时，陈顺辛是不答话的。有些话，她吞下去，会消化不良。

年长者不遮不挡，就任这张变异的脸对着所有的顾客。这是在时光中枯燥的脸，这也是一具在时光中枯燥的身体。

陈顺辛的摊子就在年长者的对面，隔着一条通道。只有她一个人守摊时，她便会跟年长者聊上几句。她注意到，年长者会不时摸一摸脸上的残疾。她知道，年长者所在的村委会曾让她去办残疾证，她伸伸手，抖抖腿，原地跑了几圈，然后把年轻的好心人的祖宗问候了几遍。年轻人沉得住气，目光并未从她的身上移开，她的半只鼻子塌了，年轻人觉得，如果不是这样的脾气，年长者应该不会被打。活该。

年长者来到这市场做生意几乎跟她同一时间。这市场，服务的几乎都是进城务工的人。周边却都是高楼，这条路通往乡下，路边便逐渐有迁徙而来的乡民盖起了民宅。

当年长者忙着应付客人时，陈顺辛便会陷入某种自己也说不清的情境，她忍不住去想年长者在她这个年纪，或者更年轻时是怎么样的。年长者的声音响亮细腻，这嗓门是后来练摊子才有的。先天的和后天的，陈顺辛能分辨出来。

陈顺辛想起自己年轻时，年轻的时候是至少十二年前。十七岁。农村的义务教育不像城里，孩子普遍上学晚。上了初中，便都是情窦初开的年纪。她的丈夫就坐在她后排，长得高大，深受体育老师喜欢，每次学校的排球比赛都会有他。人们提起他，不一定知道他的名字，但一定知道他的外号：排球王。

从初一到初三，他一直坐在她的后排。他比她好看，他喜欢上她，这让她受宠若惊。在其他同学的羡慕中，她感觉自己占了

115

便宜。他们在初二那年就开始谈恋爱。初三还没毕业她怀孕,两人便辍学办酒结婚。

"反正婚都要结的,结得晚不如结得早,以后孩子大了你还很年轻。"她的婆婆说。她的妈妈瞅着她日渐变大的肚子,也这样说。长辈都是那样过来的,他们有经验。她便糊里糊涂让他们安排起她将来的人生。

也许擅长体育的人,动手动脚的概率也比一般人大一些。她清楚记得,他第一次对她动粗,是从医院做完检查回家的路上。她坐在摩托车的后座上,突然肚子一阵痛,可能是中午吃多了龙眼,她买了两斤,一个劲一个劲地吃,太甜了,她舍不得放弃那甜味。

她捂住肚子,察觉到翻山倒海的剧痛,她面色青白,几乎无力地腾出一只手搭上他的肩膀,让他赶快停下来。他不耐烦,并未减慢速度,叫她忍一忍。路的两侧有店铺,有商场,他要是立刻停下让她冲进去找厕所,是来得及的。他却一直开一直开。

她叫着,他开着。她突然肚子一阵舒畅,她哭了。他停下来,站在一边瞪着仍然坐在车上不下来的她。他叫了她很久,城市里的人是陌生的,虽然会朝他这边观望,但时间宝贵,人们都很忙。何况,他经过的,也不算这城市的主干道。他不叫了,伸出手脚,把她拉拽下车。她捧着肚子落在地上,她感觉臀部磕着石块,很疼。隆起的肚子软绵绵的,好像那不是胎儿的房子,而是木棉的果实。

他骑上摩托车离开,把丢脸的她扔在原地……

二

　　这是来自身体和外部的屈辱,这屈辱来自她身边最亲近的人。

　　那是她人生中最艰辛的一天,生孩子都不能跟那天相比。她浑身发臭回到租住的地方,已接近黄昏。

　　这是一栋位于城中村的私人自建房,又瘦又高,每一层都不浪费一厘米,每一间房很小却功能齐全。有敞开的灶台,独立的厕所。进门首先看到大床,其次便是靠着窗户的灶台。她走入厕所,她不习惯把厕所叫作洗手间,这文明的说辞不适合她这样的粗人。她是粗人。一名二十九岁在聚会上习惯挤出难堪的笑容羡慕地瞅着一群大声叫生叫死的同学的人。

　　电热水器还没来得及让水热起来,她就用莲蓬头喷浑身发臭的下体,那黏稠恶心的黄色随着水流落得满地都是。臭气环绕她的哭声,她觉得自己很脏,这脏似乎连着另外一个无比绝望的世界,这脏让人无法铲除,潮湿的地板上都是污水,空气里充满难闻的异味。

　　她很累,穿好衣服走出来,坐在凳子上,望着没有关上的厕所,她听到水像沙子那样沿着墙砖流下,落在她肥厚的耳朵里。她跟他谈恋爱,坐在月光皎洁的野地里,丈夫说怎么没注意到她那男人一样的耳朵。他揪着她的耳朵,仔细地研究着,他手劲大,拽得疼,她叫他松手。他却笑着更用力地揪住。她觉得耳朵掉了。他觉得这是调情,他看到那耳朵在他仿若沾满颜料的手中慢慢变红,一种快感突然升腾而起,他松开,把她扑倒……

孩子应该是在那时候怀上的。

浓郁的气味争先恐后地往外涌,肚子里的宝宝踢了一脚。她蹬了蹬发麻的腿,站起来,决定把厕所洗一遍。

她用香皂抹墙,用手搓出泡沫,又把它们冲净。她羡慕瓷砖的待遇,她要是一块瓷砖,也比当一个女人有价值得多,至少可以被人精心照顾。她突然想,不论是出租屋,还是买下的房子,人们一定都很尽心尽力地照顾,因为房子贵,而她呢,谁照顾她呢?还是说她这辈子根本不需要人照顾?

她感到很累,便躺到床上,把身体尽量往墙壁缩,墙壁像海绵,正努力地把她吸引去。她感到自己的骨头嘎嘎作响,是劳动太尽兴的缘故。难得的好眠。

仅仅过去十分钟,她的身体抖了下,梦被推门而入的人掐断。这是丈夫进来时她姿势的警醒。那熟悉的推门声不轻不重,甚至极度温柔,却让她从梦中醒来。她睁开眼睛看到眼前的庞然大物:她的丈夫。

这是一个壮实的年轻人,有着一副好身板。他热衷劳动,劳动指的不仅仅是下地,他还开车,搬运东西,干一些杂活。在镇上,只要有人叫他,他都是立刻放下手头的工作,去帮人家。人们给他烟,叫他一起碰杯喝酒,有时还会叫他上牌桌厮杀一番麻将。有时,他会输钱,输了心情会很差,会和别人吵架,但通常都被几个人劝回去。他会在门口让他们留步,然后等他们走远后才进家门,上楼梯,往二楼的卧室去。那栋小楼,是他父母攒下的所有家当。他在这家当的中心,在已然睡着的她旁边,发出了惊天的吼叫。那时,他还没有动她,只是用这种嘶吼刺向她。

他走到床上躺下来，说，怎么还没做饭。平静的语气，跟以往的暴虐不同。一个粗嗓门的人，一个容易被激怒的人，一改素日的作风，总让人有几分胆战心惊。即使她明白，他突然更改了语调，用不自然的温柔的声音跟她说话的原因。但是，这种陌生的音调，像暗器，长期的警觉让她不得不防。

这是一个单间，靠窗的位置有一个简陋的灶台，煤气灶架在上面，旁边的碗搁置在台上，半夜蟑螂没少爬过。塑料袋里装了几把白菜，半打鸡蛋靠着灶台角放着。她走过去，开火，火焰蹦出的一瞬间，她眼前一亮，心里似乎落满了来自外部的杂音。

她炒菜，一边听他说她让他丢了面子。他的话语把她的后背灼伤，她不敢回头看他的眼神。就在她跌坐在地上的那一瞬间，她畏惧、惊悚、战栗，恍然觉得自己要死去。死去可能更好。她心里快速地想着，千百个念头从脑海闪过，很快，鸡蛋就在这分神的刹那熟了，有点焦。接着是菜，她把它们端到那张小方桌上，仍然是低头。他说："你神经吗？头都要掉菜里了，想让我吃你头发吃死吗？"他拿筷子用力地敲了她的脑袋。

她心里陡然一空，一切终于正常了。她可以很生气，可爆发不出来，只是在体内流动，热，她觉得自己快要爆炸。她把碗重重放下。他顿住，抬眼看她，冷峻地说："我叫你好好吃饭。"她听出威胁之意。这饭已经不香了。

那时，他还没有拿下铺位，只是在城里拉客为生，靠着那辆摩托车，他穿梭在大街小巷，他开得比机动车道上的汽车还快，他喜欢急刹，尤其是后排坐着女生的时候，他喜欢听后座的客人失声尖叫。虽然有时本能反应，他会获得一个突如其来的拥抱，

119

或者感受到一对滚烫的胸脯紧紧贴着他的后背。但他并未有特别的冲动，他很确定自己不是好色之徒。也许，他所有的快感所有的本能反应都在那些突然而至的杂音与动作中。

他会跟她说这些恶作剧。原先她还会附和地笑，后来渐渐不装了。只是吃，她在这反复中练就了很好的厨艺，她的调料总是能用到恰到好处，她低头闻着那些香喷喷，怎么可能还注意到坐在对面的他呢。她的专注她的爱都转移到做菜和逐渐变大的肚子上。

他注意到她的变化，内心开始多疑。他觉得他在外面赚钱时，她必定跟别的租客有奸情。他被这样的念头折磨得很痛苦。他半夜睡不着，便爬起来坐在床边抽烟。她没有醒，他很生气，她睡这么沉肯定是白天太累，可什么都不做的她为什么累呢。他更确信自己的怀疑。他开始翻箱倒柜，其实没什么好翻的。这狭窄的屋子没有多少东西。他瞅着她，手一寸一寸地摸上她的脖子，稍微一用力，她咳嗽了一声，她还是没有睁开眼睛，也许她只是觉得自己在梦中被什么东西给绊倒。他把手缩回来，感到一阵刺激，一阵满足。对面那栋楼亮着的最后一盏灯灭了。他突然冲动地开始剥她的衣服，急迫地冲动地进入她，这个浑身难受难得一夜安眠的孕妇。她疼醒。

她在白天里无人的房间坐着，窗外有学生模样的年龄跟她差不多大的女孩经过，她突然有些迷惘，她为什么要结婚。她拿到的都是最垃圾的牌，必输无疑。

如今，她又住在那张床上，这张床一直没有换，旧床垫，旧床单，旧被子，就连躺下去的两具身体，也是旧的。

他说把碗筷收拾下。她说她要回家。他一愣。他知道她的性情，他知道她的情绪从何而来。他走到她面前，突然扑通跪下，抱住她，把头埋在她的肚子上，哭得很大声，说他错了。他说他没经历过这种事，一个大人怎么可能拉到裤子里呢。他只想逃离尴尬的现场，下次不会了。他反复地说下次，眼睛里淌出诚恳的热泪。她没忍住，心一软，觉得这男人是可靠的真诚的富有道德的，他不喝不赌不嫖，只是脾气恶劣些，她有什么不知足呢。

    可她还是决定要回去。他瞅着她收好几件衣服，独自搭车回到镇上，没有阻拦。他已经计划好如何去她家哀求她，柔声细语地跟她的家人说好话。他已经想好要买什么作为上门拜访的礼物。

    他计算好时间，在第二天的早上给岳父带了两条烟还有一瓶本地白酒。他跟岳父聊天之时，他听到她正被她妈妈训话："不要发小姐脾气，现在是别人家的，动不动就跑回娘家，丢脸。"

    他在岳父家吃了一顿丰盛的午餐，然后，把她哄回家。门口贴的是百年好合。新房里还有新婚宴尔的痕迹。红色双喜还没拆，大红喜被折叠得整整齐齐，像一块巨大的麻将牌放在床角。她把衣服往床上一扔。一坐下，他便朝她的脸扇了一巴掌。她还没反应过来，他又狠狠扇了一下。她号哭，顺手拿起枕头挡住他的铁拳。婆婆听到，推门进来，喝了一声，他住手，对自己的母亲吼："你给我说说她，再耍性子我就把她打死扔河里去。"他出去，很快就没了人影。婆婆只是看了看她，说："你们夫妻的事自己要处理好，不要那么娇气，你可不是姑娘家了。"

    她很瘦，脸却很大，那几下的抽打让她的脸更大。脸肿。她的行动彻底失败,将受制于他。

那几天,她没有出门。她怕被人笑话。她想:温柔是什么?

现在,岁月让她,生产后的她,爱上吃肥肉的她,得过病的她,变成了一个皮糙肉厚的胖子。噗,小小蛋糕上小小的蜡烛灭了,她二十九岁。她是一个卖鱼的。她觉得,温柔就是她这些年来喂给自己的脂肪。温柔就在她的肚皮上,在她所有变胖的地方。

她心里想那块掉在鱼身上的肉,想着最后鱼鳞她是不是刮干净,那说买菜后回来取的客人会不会发现血腥味。

三

陈顺辛带回新鲜包扎的手指,又在下午的摊子上忙碌。他只是看了看她,又扫了扫她的手指。她知道他宽心了。她把不同种类的鱼分好,突然觉得脸上丝丝疼。她想,给鱼刮鳞片时,鱼也是这样的痛法吧。天气预报说,明天傍晚会有台风,这时的风也提前变得怪异,即使经过长途跋涉,刮到市场来,落到她脸上,也没有柔软的迹象。她突然感慨,冬天到了,又到了擦面霜的时候,又是一个必须要赚钱的季节。

她兜里的面霜,是藏着掖着。他要是看到,又会说她把钱花在无用之物上。他会说:"就你爱美,就你费钱,就你脸难受。你看看这里的每一个婆娘,谁擦了谁擦了?"她在他面前,是一个没有年龄的人,她可以是五十岁,也可以是八十岁。她在他面前,已不是一个女人,而是嵌在他身上的一块赘肉,一捏就挤满掌心。

他在下午的市场上嘶吼着,那凌厉的喊叫像要跟人决斗一样。邻近的摊贩都不接话,仿佛他不存在。他觉得自己是一个胜利者,有了一种统领天下的虚妄之感。他叫得更起劲,对周遭的目光视而不见。或许是他误读了它们,觉得那是难得的崇拜,崇拜他的大声,崇拜他通过斥责获得的普世尊严。除了对客人吆喝,谁又敢对谁那么响亮地号叫呢。

出声的是年长者,她捡起一个活螺,朝他不偏不倚地扔过去,说:"再叫就把你宰了。"年长者的摊子,永远有几把长短不一的刀,还有尖利的挖螺工具。他看向她的脸,任谁对着这样的一张脸,都会心生几分惧怕。他住了口,啐了下,别过脸去。

当大家都处在一个严酷的环境中,无人能够意识到,这不是一个人该有的正常生活。我们生来不就是这样的吗?生来如此,生来就是这样的命。这句继承而来的话几乎是她生活里的金科玉律。她忍着,忍着这难以忍受的一切。有时,年长者会问几个犀利而戳到痛处的问题,她便露出凄苦的笑,她觉得这样的表情不合适,她应该悲伤,为什么要强挤笑容呢。年长者却毫不在意,她经历的一切她所有涌动的心思都在她明亮的眼睛里。年长者告诉她,如果她还是这样软弱,以后她只能去死。这通常是骂人的话,听起来却严肃正常。她觉得年长者就像一台没日没夜工作的挖掘机,把她心底所有的秘密都掏出来。

她说:"打老婆的男人,不都经常有吗?我爸以前就打过我妈,还打过我呢。那么大的一根棍子,我看到都吓死了,我爸却不眨眼地朝我抡下去。疼。唉,都怪太小不听话。"下午三四点之时,是一天中生意最冷清的时候。丈夫通常回去休息。她守着摊，经常跟年长者聊天。

偶尔会有人在这个点儿来买东西。她就曾遇到一个漂亮的女人，在这个特殊的大家都昏昏欲睡的时间出现在这里。她牵着一个大约四五岁的孩子，不时俯身跟小女孩解释，眼睛不时掠过各种各样的蔬菜，各种各样的鱼类肉类。或许她女儿需要一堂户外课，所以她觉得应该把她带到这个真实充满烟火气的市场来，让她了解一下人间实况。

她在电视上见过这样的女人。她看着女人，她知道年长者也在看着女人，她想象女人的生活，住在漂亮得难以置信的房改房里。那时她还不知道公寓和别墅，只知道房改房。有亲戚住在城里的人，都被一辈子待在农村的艳羡，他们联系着外部的通道，带回新鲜的食物与新鲜的用词，比如房改房，干净，整洁，厨房几乎没有油烟。

猪肉贩扛着半只杀好的猪从对面过来。

他弯腰，看到四只脚。小女孩瞪着他，说："妈妈，要撞过来了。"女人反应快，把小女孩迅速拉到一侧。油腻的猪蹄还是碰到了小女孩。小女孩说："叔叔，你碰到我了，你要跟我道歉。"猪肉贩脚步顿了顿，回头看了一眼，不耐烦："碍事，耽误时间。"女人懂，拉起女孩沿着猪肉贩过来的路走出这个市场。女人一定在想，这是保姆来的地方，她不该来。

陈顺辛跟年长者讨论这个冒冒失失的闯入者。那个女人似乎让她看到另一个世界。后来，每当她跟丈夫有了争斗，她去厕所重新整理仪容时，总会想起女人。那时，不管是村里的新房，还是租来的单间，厕所都没有镜子。她买的一面圆镜，照不完整张脸庞，平常就放在厕所的架子上。她忙得根本没有时间看镜子，那个女人，却像一面光鲜的镜子，一直照在她的心中。

她跟年长者说丈夫的拳脚越来越有经验。电视上的拳击赛，打得那么狠，人还是可以站起来。她说丈夫喜欢踢她的膝盖，那是关节，一踢人就服软跪下了。她长久地跪着，头晕目眩的，连喊救命的力气都没有。这样的情形有好几次。一次是半夜，她拒绝他的求欢。一次是看到她跟经常在市场外面候客的摩托车司机聊了几句，他嫉妒她从没给过他那样的微笑，他说她一定被上了好多次才笑成那样。然后，他打她，在屋外打，过道里只有一两个人经过。新来的租客不想多管闲事，只是侧着身走到自己的房门，开门进去。

"两个小年轻，一点正义感都没。"此刻，她说起这些，还有一丝愤愤不平。但她接受他们的态度。万一有个三长两短，她赖上他们索赔怎么办？这年头，还是多疑一些好。

"嫁鸡随鸡，嫁狗随狗。忍一忍。"她妈劝她。年长者说她妈是脑子进水："你要听你妈的你就完蛋了。不过你现在已经完蛋，你早就听你妈的了，不然你怎么会嫁给他。你妈应该要帮你把第一道关才是。"年长者丰富的阅历体现在她明智的话语之中。

年长者砍过自己的老公。那是在村里举行斋事，封村之时，神降不下来，上不了任何人的身，人们叫嚣着要把道士们生吞活剥，道士们的驱魔也不成功，村里的男丁仿若被下了迷幻药一般，摇头晃脑，神志不清，却始终没有一个站出来，用神的口气施令。她灵机一动，其实那天，她身体很疼，全身都是瘀青。她却把鞋一脱，捡起来扭动着身体，像某种不知名的舞蹈，胡乱朝人群一扔，便朝道士奔去，那祭神的桌台上，有很高很大的蜡烛，还有上刀山下火海的刀，她一抓就是两把，然后就在桌台前开始了她的表演。她的老公迷惑，神从来没有附到过女人身上。他觉得丢人，便要去拉她走。她却猛地一砍，老公的手臂被砍得很深，鲜血直流，人们乱成一团。她却叫起来，把从道士那听来的加上自己的变声，继续演示着神迹。

她一直怀念那次的成功。也是那次开始，在闰年举办的驱魔祈福的法事中，神开始来到女人身上。

那天，等她清醒后，人们问她成为神的感受。她只是很谦虚地说，什么都记不清了，感觉就像一个酒鬼。也是那次之后，她的丈夫收敛了很多，看她就像看一尊神一样。他不知道神什么时候还会再来。她有时也会编一些谎话，比如她这张特立独行的脸，在众人中很是醒目，神比较容易认出有特色的人。这时，她丈夫便会低下头，或者开始忙活其他事。他逃避但不会内疚。

她听到年长者这些事，是在她们认识很久，结伴一起去喝另外一个摊贩孩子的结婚酒时。她们要搭将近两个小时的客车。她们坐在后排的位置，或许是共同的旅行让年长者打开心扉，或者是车厢里的氛围合适谈论过去。年长者便跟她说了这些事。

年长者很年轻就守寡，没有孩子也没有改嫁。她说人生就是这样，没有任何意思。

四

这是一双瘦削的手，淡绿的血管比骨头还要醒目。她用一只手挤出乳白色的药膏，一只手擦着反方向的身体一侧。就在手的交替中，浸润在药膏里的上半部分慢慢散发出透骨的凉气。这是十一月的某一个上午，按照日历的说法，已经进入冬季。但除了这赤身裸体的人工制造的凉意，她实在感觉不到任何的寒冷。或许时节已被这冰冷的时光冻麻，以至于所谓冬日的风也是暖和的。

她肚脐的下方，有无法恢复的妊娠纹，肚子的左右两边还有上面，同样有皱纹，就像一张隐秘的老人的脸，仿佛为了告诉她，她的未来便是这样的模样。她站了好一会儿，侧头看拉得密实的窗帘，为这狭窄的宿舍的空无一人感到某种欢喜。

她终于把衣服穿上，把窗帘拉开，外面滴落着雨。

她望着窗外的雨。她要紧紧地目不转睛地看着这雨。她不想这些雨有罪可犯。她目光扫过另一侧的门，确定它锁得很紧时才稍微安心。这是一项秘密任务，她在这雨天里负责盯梢外部的一切风吹草动。她握紧拳头，仿佛这样就能把风死死控制出，她又松开，仿佛这样风就听从她的指令，让草动起来。她看到街外面的树，这条陋巷的一小片土地被人挖了一小块，不知为何一直没有修复，地里的杂草就在风雨里摇晃，一副垂头丧气的样子。她感到某种胜利，忍不住露齿而笑，她的牙齿像山谷，那缺掉的一颗像一个黑魆魆的豁口。她赶紧用手捂住，然后说，不好意思献丑了。在床边，在这个不大的卧室里，仿若围满观众，而她正在进行一场盛大演出。

那雨细密，可能是风向的缘故，这雨又像熄火的爆竹，哑然无声，甚是扫兴。她渴望那雨在傍晚时歇一歇，这样出去参加时隔十三年后的同学聚会时可不用打伞，也不用担心新买的鞋子因为雨天而泡坏。本城以排水系统差而出名，虽然时有改进相关排水系统的新闻见诸报端，但投诉电话在雨天仍然比过去激增。一名在排水单位的同学说，他是他们班唯一去读大学的人，即使是海绵城市也不行。

这个话题寥寥带过。他们热衷的还是谁又买了房，谁换了车，谁又离婚谁又有了婚外情。聊的是生意不好做，能够回本已经不错。不论是在塔尖还是在社会的底端，大家所关心的人类生活也就只有这些无聊的事。在一座小城里谈论精神性是廉价异常的，很有可能被别人当作疯子送到医院去。

她知晓他们中的一些，开餐馆，开服装店，各有各的门路。而像她这样的，基本都没有出现在同学聚会上。聚会也分帮结派，喜欢热闹的，或谈得来的，便都一聚再聚。

可她喜欢这样的聚会，只有在这样的聚会中，她才会有活着的感觉。她的一双眼睛难得有神采，她的手不自觉地摸着脖子，像一个恨不得掐死自己的人。这怪异的动作并未引起任何人的注意，毕竟，她是这群人中混得最一般的一个。但那又如何呢。只有在这样的聚会上，她才可以做一回年少的自己。她跟旁边的李活悄悄说话，曾经的记忆就像李活工作室里的那张能够无中生有的画布，很快涂满她印象深刻的事。

只有少许几个人，能叫出她的姓名：陈顺辛。李活是其中之一。

李活有绘画的天赋，初中毕业后就去城里一家画廊工作，然后跟着画师学画，顺理成章进入了本城的艺术圈。陈顺辛听她提起过圈子的故事，虽然她听不懂高深的艺术理论，但却热衷听那些情啊爱啊。那是一个让她胆怯又向往的世界。

陈顺辛的脖子上有一道像丝线那样细长的疤痕。一般别人都误会，误会一个日夜操劳仍然穷困的年轻人应该才会有的粗糙的颈纹。在漫长的夏天，她围过一条长丝巾，看起来不伦不类。李活希望她把丝巾拿掉，便给她买散粉来擦。但这伤痕似乎吞粉，每次都会被汗水沿着疤痕的路径堆出一条山脉。

但是，在头皮被烫坏后，她忙着掩饰与改造头部。她记不起那些丝巾围巾，也懒得再擦粉。因为，顶着这样一个脑袋的人，这脖子的小疤痕便根本不算什么了。

她戴起假发套。

出来之前，李活让她到最近的同学那里，给日晒雨淋的脸蛋化下妆，把不断滋生的衰老藏起来一点点。那是陈顺辛觉得自己最美丽的时候。同学会夸她裙子很好看，鞋子很好看。那都是她在附近的小店铺买的，拿的批发价，装在一个全黑的塑料袋里，寄存在同学那。她不敢让自己的丈夫看见，怕又被他骂败家。

"无论做什么都要过他的嘴。"她跟同学抱怨。

清官难断家务事。同学并没有说什么。只是收拾完，便一同赶赴聚会地点——一家露天的烧鹅山庄。

陈顺辛喜欢吃烧鹅，喜欢这里的每一道菜。她迅疾地伸出筷子，弹无虚发地把自己看中的那一小撮夹到自己的小碗里。因为这不断的成功，她几乎要溢出热泪。

这次，她戴了一个新的假发套，一头大波浪和在同学帮助下鬼斧神工的妆容让大家眼前一亮，都以为这是她为这次聚会做的新发型。女同学们都有几分竞争的意识，要给昔日的少年伙伴留下深刻的好印象。不过，陈顺辛从心里认为，从前和现在，她都没什么长进。

她这样自怨自艾时，李活就忍不住想扇她的脸。李活在她面前声嘶力竭地说即使再丑陋的人也拥有美的权利。

一年前的夏天，陈顺辛跟丈夫吵得厉害时，李活收留了她一夜。她关机。清净。不再有烦人的铃声，所有的糟心事都被扔在某处。难得。她喜欢李活家，那是一套一房一厅的干净的公寓，有漂亮的厨房，柔软的棕色沙发，还有一个很大的电视，一张套了舒服床笠的软床，还有很多画册堆满书架。也是那一晚，李活决定把她作为绘画对象。后来年长者也加进来。

公寓所在的位置，对刚需族来说并不友好，对李活却是最棒的地点。往左走十公里，是她的长大之地；往右十公里，渐渐进入繁华的城区。她不想离老家太近，那会让她情绪化，无法更客观自由地完成手头作品。居于市区，她又经不起诱惑，会把时间浪费在泡咖啡馆或商场上。对于购物，她毫无招架之力。而在这里，在这舒适的一室一厅之中，在一天中最重要的几个小时给了工作之后，李活终于可以用自己觉得舒服的姿势，坐在阳台上，喝着有机果汁，望着眼前开阔的景象，想一想接下来的作品与现实的关系。

作为一名半路出道的艺术家，李活的内心是意气风发的。虽然，在想法上或者某些激进的作品里，本城的批评家并不认可。但无所谓。李活的生活与艺术理念贯穿一致：生命的长度不重要，重要的是这一生这一年这一月这一日怎么活。

那天，李活不知道该干什么，只是用手抠着右眼下方那颗脂肪粒，它是这张平淡面孔最耀眼的部分，那么张扬地面对所能看到的一切。有时，她觉得那粒东西，里面越来越大的白色晶体把所遇到的美好事物都吸收殆尽。

她翻起手头那本莫奈的画册，那不适合她的风格，她又换了一本莫兰迪的，现在它已经成为家居装修里的流行色。她并不在意这些大艺术家，只是让双手不要那么闲着，一旦闲下来，便有危机感，怕自己被这社会所淘汰抛弃。手忙碌着，脑袋也在飞速地思考着。她决定把心思全部放在陈顺辛上面，她打算进行的创作计划里的主角。

此刻，陈顺辛的身体几乎占据了她的视觉、思想的全部。她考虑如何呈现那肌肤、那毛孔、那几乎无从寻觅的旧伤疤，想着它们的颜色，想给予细腻的分类，想让她在她的系列作品上有连续性。暴力是有颜色的，这颜色与暴力之间又构成什么关系？她又要如何做，才能跨过物理与生理的距离？天南海北根本不存在，只有她们，只有她们所认识的人，只有那一小片可供站立的土地，是她们的全部。

如果仅仅是复制她的生理伤害，那这样的展览意义何在？李活想着，不断地想着，以至于在这间平日拿来冥想与放松的公寓里也仍然精神紧张。

而在床上睡着的陈顺辛，却平生第一次打起鼾声。水声是寂静的，夜晚是寂静的。只有那一扇巨大的飘窗，印刷出一个硕大的圆月。后来，陈顺辛一直记得半夜她突然醒来时看到这静谧的风景，内心的恐惧有了平生第一次退潮。

陈顺辛看得懂这房间里所能看到的任何东西，她知道它们

131

美，她惊觉这不是她梦寐以求的人生吗？不，应该说是她跟李活待在一起的那晚，她才知道自己梦寐以求的生活是什么。

她没有告诉李活第二天她回家后遭遇的事。之后她开始做噩梦。梦到被洪水淹没的街道，梦到流体的冰，梦到丈夫推着她往前走，她却往下坠，丈夫扔来一把西瓜刀。陈顺辛对西瓜刀很熟悉。作为体育健将的丈夫，是打架的名家。她跟他谈恋爱时，他的包里也会放着一把西瓜刀，他说跟别村的青年结了仇，要打。

他将那把用了十几年的刀架到她脖子上，血渗出来。她求饶。他说："你以后还要这样做吗？"她服软说再也不敢了。她再也没到外面过夜。她也很少拜访李活独居的公寓。她只是每次挨打，都会往李活位于主城区的工作室里跑。她希望李活尽快把那新鲜的伤口画下来。这样她才能看到一个更加真实的自己。

五

陈顺辛看到自己出现在李活的画中，是一个明媚的午后。这样的时间是多余的，被人拿来作为午休用，就像她的丈夫必须在中午打个盹。陈顺辛例外，她会让年长者帮忙瞅几眼摊子，然后出去，骑上电驴，奔向李活的工作室。自从她答应李活，她便把这宝贵的时间送给李活。她从不午休，那是她最为清醒的时候。

她在画室里踩着水泥地板，看着挑高的墙，感到房间里生出的冷。尽管有各种各样的颜料，各种各样的耗材，各种各样她叫不出名的东西堆满屋子。她盯着李活众多的作品，明亮的色块在画布上也呈现出某种难以言说的冷酷。以至于陈顺辛想，原来颜色也是知冷知热的，跟人一样。

想法，渴望，或者说是欲望，就像关不住的聪明绝顶的逃犯，一再从李活设的囚牢轻而易举地逃出。李活的目光越过画布，看向陈顺辛——她灵感的来源，想着如何在眼前的空白放上自己对这个主题的看法。这很艰难。她决定追随内心的指引，黄色的黏稠的色彩遍布，那如同影子一样的变形的黑影像一摊融化的东西坐在里面，这是她追求的模糊性。她要给看画人制造说法。她要让某些东西晦暗不明。至少一周，她在不断的推倒重来中，完成了第一幅作品。她不想把它称之为画，它更像头脑里精密仪器指挥出来的东西。她知道，她进入了这个主题，在接下来的一年里，她一直保持进入的状态，她调动她的全部精神，跟陈顺辛、年长者——她知道如何称呼年长者——芳婶交流，让她们在有限的时间里做她的模特，让她们把自己的身体交给她。她们毫无遮挡，站在画布的前面，不自然，双手刻意地遮住隐秘的部位。李活画下来，那又如何？羞耻是人的本能。这种本能也应该出现在画中。就像她们在第一次经受来自拥有更强大力量的人的揍打后，出于本能的隐藏。本质都是一样的。

这不是无偿的劳动。李活按照时薪支付给她们工资。芳婶还好，有时晚归的陈顺辛需要一些解释，钞票是解决一切的方法。

一天之中，芳婶在这里停留的时间比陈顺辛长。芳婶的身体永远紧绷的，一直在战斗的状态。她细致地给李活描绘她丈夫临死的模样。应该是心肌梗死。这突然的暴毙让芳婶陷入不清不楚的流言中。毕竟，她在村里，是半神半人的身份。毕竟，在她还是完整的一个人时，她的丈夫并没有把她当人看。在她嫁过来之前，村里就有关于丈夫的风言风语，说他有特殊癖好。这癖好是什么，只有嫁过去的芳婶才真正经历。

她的笑，是苦尽甘来的笑，是胜利者的笑。芳婶坐在一张高凳上，那是在酒吧里最常见的高脚椅，李活为了能看清她们的腿，便买了这样一把椅子。芳婶很瘦，干瘪的肚皮紧紧贴着骨头，可那瘦里有无穷的力气，粗壮的双腿是常年的奔跑的积蓄。芳婶从未觉得自己美过。她在李活的对面说话，她说自己年轻时总是怕，怕各种各样的人，包括自己的家人，村里人，镇上的人。怕落人口舌。但是，当她决定假装成神的那天，她终于窥破了人们的心理。人们无法主宰自己，所以只能依靠别人为乐。我好也罢坏也罢，是我自己的事，为什么要他们给我做结论呢。她用一种聪明的方式，摆脱了各种缠身琐事。

李活看到芳婶的眼睛里有年深日久的风尘，突然没法下笔。她放下手上的东西，走向芳婶，问："我能观察一下吗？"芳婶满不在乎地说："你看吧，我这老皮肤。"李活无法从芳婶眼睛里剪去风尘，在这些年里，风尘已经无所不在，就像皮肤上每一个毛孔上的每一根汗毛。她想哭，为芳婶的话而哭，这些智慧的垫脚石就是芳婶这副惨败的身体。这一刀是二十岁，这一拳是三十岁，这疤痕是四十岁……现在芳婶是一名五十岁的女人。在她生活的环境，在周遭，像她这样年纪的，已经失去了所有作为女人的特征，失去了性吸引力。

芳婶跟抖音上那些发布自己悲惨生活的同龄人是不同的。当大数据不断给她推送相似的视频，对技术一无所知的她以为是手机出了毛病，愤怒地把一千多块的手机砸到墙上。她想她也许感染了一些丈夫从前的暴虐。她对待手机，不就是丈夫从前那样对她吗？坚硬的脑袋跟墙打比赛，她当然打不赢铜墙铁壁，肿起来的大包，还有脑壳子里的天旋地转，她记得那种痛。她微笑地告诉李活不该不该。

有些人的人生，摸上去永远是满手的粗粝。芳婶想把这样的人生磨平。于是，她喜欢上磨刀，或者瞅着泡在水里的贝壳或者各种各样的螺，水制造了某种幻觉：即使形状不一，但她的目光，永远看着最平坦的一面。

芳婶有几块大小不一的永远湿漉漉的磨刀石。无人时，她便把那几把小刀拿出来，慢慢地专注地磨着。她让陈顺辛跟着她学一学磨刀，陈顺辛知道她语气里的意味深长。

陈顺辛喜欢芳婶那把小弯刀，那会让她想起丁鹏，一部电视剧里的人物。当时她迷恋这部剧，甚至分不清自己活在哪个朝代中。她时时刻刻盼望着夜晚快点到来，好进入梦乡闯荡江湖去。也是在这样的美好的虚无中，她把那种迷恋投射到丈夫上——能打的人都是青年英雄。谁年轻时没有一个英雄梦呢。

英雄不一定是十全十美的。

芳婶将那把尖利的小弯刀送给陈顺辛。在她离开工作室之前，将另外一把送给李活。芳婶是在傍晚走的。李活握着那把没有套子的刀，目送她骑上电动车离开便重新进去。

她把刀放到一侧的小桌上，看了看四周，想着哪天叫阿姨上门做卫生合适。她以门为起点，一直走到尽头的墙墩，那里有白色管子从更高一层穿下来，她没有将管子包住，就让它裸露着。她喜欢这种杂乱，或者说，她喜欢制造混乱，从前她认为，只有混乱才叫人生。但当她不断深入这系列作品时,她从那些直接的伤口中看出人生的更多复杂,意识到自己从前在艺术认知上的浅薄。

她望向自己完成的这一系列的第一幅:被浓郁得仿佛要掉下来的黄包围得双眼空洞无神的孕妇,那些线条的中间,那一团东西让她确认那是一名孕妇,双手并未捧着孕肚,而是很机械地垂在两侧。那是无数像陈顺辛的人。

六

陈顺辛和芳婵的话题多起来。陈顺辛喜欢这样的聊天,浸润在这些晃荡的时间里,她可以忘记丈夫的存在。这让她可以顺畅自由地呼吸。她觉得,能够参与李活的项目是好的。她有点儿变化,但这变化她又说不清楚。

她告诉自己的丈夫,她给李活当模特,这算是副业。丈夫充满警惕地上下打量她,觉得去当生活保姆还差不多,还当模特。他所知道的模特,便是电视上那些长得又高穿得又好的女人。他从未真正相信过别人,作为家中的独子,他不仅仅是一个从小被宠坏的男孩。

他看着对面的她,这个被他塑造的女人,有一种掌控的快感,打老婆就跟打球或者捏橡皮泥一样,有万物在握的幻觉。他并不了解这种复杂的心理运转过程,只是越来越沉醉。他的脸上有越来越多的皱褶,这是每日凌晨开着面包车去水产码头拉货被剧烈的海风所伤。

那副感受疼痛的身体是陈顺辛完全交付出去的对象。她只是留下自己的心,让那颗心从怒不可遏到一片死寂。她把身上的几百块钱拿出给他,他吃饭的速度便快些。陈顺辛比他更快地结束,更快地溜出房间。

说话是有用的。说话能驱逐恐慌。陈顺辛跟芳婶说话,来自远处的恐慌就像以前看过的鬼片,仿佛有什么东西在背后轻轻地吹冷气。她知道是谁有这个能耐。她只是稍微分神,又继续听芳婶说下去。芳婶从自己破碎的过往吸取某种真知灼见,教她如何应对丈夫的无理要求。这些讨巧的方法只是在互相攀谈的一刹那有作用,过后陈顺辛总会忘得一干二净。

陈顺辛说,当她带着儿子去医院检查视力,才知道儿子有散光。她觉得,在旷日持久的生活里,她也有散光,看什么都模糊不清。她戴一副橡胶手套,摸着案板上的鱼,手套能避免她再次把手指切掉,悲伤的话里却是微笑的口气。这是长期压抑导致的表情和语气,失掉了丰富与灵活。

恰遇两个人一起有空,她会搭芳婶的电动车去李活的工作室。夏日午后总是漫长的炎热。芳婶什么防晒的物件都不戴,握着把手,手背在阳光下裸露,博弈炽烈。陈顺辛缩着身子在芳婶身后,感觉后背热乎乎。她跟芳婶不一样,她有一个小皮包,地摊上花二十五块钱买来的。戴假发套时,帽子就在包里;戴帽子时,假发套就在包里。儿子说她戴着两个都好看。她对美还是有需求。她问芳婶要不要穿她的防晒衣。芳婶说陈顺辛年轻,需要。她无所谓。

坐在后面的陈顺辛是没有安全感的。这座全面禁摩的城市,没有禁掉她对摩托车的害怕。这害怕是可以扩散的,从摩托车扩散到速度慢下很多的电驴。

那个片段一直存在陈顺辛的生活中,每当她独自骑着电驴在路上时,即使是艳阳高照,她仍然感到莫名的紧张与死气沉沉。现在,她坐在后排,这种感觉更加强烈,她抓住芳婶两侧的上衣,紧紧地。这是和往日没什么两样的平静的短途。两边不断缓慢往后的司空见惯的风景,冷静而毫无人类的所有情感。它们是不会明白她的。

就是这天,她在李活的工作室里看到另一个赤身裸体的自己。她站在那里,身后不远处是对着芳婶绘画的李活。她不敢摸,不敢摸画上自己隆起的肚子,皱巴巴的肌肤,还有那一张难以辨认的脸。这不是孕妇的肚子,这是一名发胖的女人的肚子,看上去跟市场里那些四五十岁的摊贩们一模一样。她惊讶画家可以把一个人画得如此逼真,她那一闪而逝的酸楚很快被兴奋的尖叫盖过。她没有比较跟她同龄的李活有着什么样的新生活。她仅仅惊叹李活的技巧,觉得有这样一位老乡同学真让人自豪。她凑向前,更近地看自己新新旧旧的疤痕,她撩起衣服对比着自己和画上,她找不出任何的破绽。她告诉她们每一条伤疤的故事。她在每一次的嚷嚷中说分开,但是最后还是回到原来的地方。她的古板被这日复一日塑造。

她觉得自己微不足道的生活因为这些恒久不变的东西,而获得了某种意义。她从不去想她的丈夫看到她们是什么反应。谁能预料到谁呢。她不是一个天生敏感的人,在这日久天长里生出了更多迟钝。这迟钝就像脂肪的量杯,不过她没把二者联系起来。她喜欢做菜,越来越擅长做鱼,各种翻新的花样。朋友见到丰满的她，笑着帮她找出发胖的原因，并且让她控制下自己的饮食。毕竟社会对胖子比较苛刻。别人不知道的是，那些根本没有必要存在的肉，却能减少力在身上的作用。

外面传来敲打钢筋沉重的声音。那是一个城中村改造项目。噪音与尘土从打开的门窗飘进来。她问李活要不要关上。李活说，她不想要太干净的工作室，她希望它们有尘土。李活总是不一样。陈顺辛心想。

李活把这一年穿针引线，于是，她拥有了这一系列讨论暴力的作品。堆满东西的工作室却让她一阵虚空，她有敏锐的直觉，接下来的展览将会给她带来什么。她觉得这些呈现出来的东西并未抵达她思想的尽头。想是容易的，行动是艰难的。

展览在十一月下旬的某一天，李活特意选择的日子。那时的日光不再嚣张，绿树也失去了夏日的趾高气扬。人在这样的温度下，会有一些变化。变冷的天气能让人更能感受到来自他者拳头或者利器袭来时的难以逃脱。

那天多云，李活把陈顺辛和芳婶请过来做了一个交流会。她们在那里没待多久，怪异的模样让她们成为猎奇的对象。李活叫来工作人员将她们带到休息室。她想着她们的感受，对那些陌生的观众述说自己创作的初衷，失望于自己与台下的隔绝。这种失望置身在众多奇异的感官中，别致而孤独。

七

仿佛是蓄谋已久。

陈顺辛回想他的凌空一脚，脑子里一闪而过曾经看过的武侠片。她跌在热闹而昏暗的菜市场地板上，她能从自己的头发上、衣服上闻到混杂了各种气味的污水，她还没来得及爬起来，就被别人拉到一侧，躲开了他的连续攻击。有人拦住他，给她创造了逃跑的机会。她不知道自己是如何离开这个赖以谋生的市场，一路跌跌撞撞在陌生的车水马龙前，像个无家可归的流浪者。她发现自己哪也不能去，那些她所熟悉的人，他将会一个个上去踢门，用力地、一脚一脚地踢着，把所有过剩的愤怒都踢出来。他不怕疼，他会持续到把门踢坏为止，持续到有人应声而止，持续到有人暴力地阻止他为止。

一个肮脏的相貌毁损的人，不会被人注意到她正处在一种糟糕的境地中。她敞开双腿，瘫坐着。她感到自己濒临死去，她似乎彻底垮了，没有东山再起的机会。她想到儿子，想到儿子从旁人那里听来的糟糕的言语。想到儿子终有一天可能会像他父亲那样，她便感到自己身上重要的部件正一件一件地耗尽气力、一件一件地损毁。相貌、皮肤、脏器……

她不知道自己的人生何时便开始真正的毁损。或者毁损是一点一点地在她毫无察觉时发生的。而所有残破的堆积都变成李活那一幅幅画，成为永恒的记忆。在这样的时刻，她突然想起那些画，她看不懂，但是她能看到画作背后无路可逃的情绪。她是一个永远被囚禁的人，在生活中、在画中。

她把自己往里面的公共草地挪，她还是有些怕，怕发疯的丈夫找到她，这城市小得可怜。她的恐慌与受伤让她的眼睛涌出海浪。

应该是昏睡。当她被芳婶叫醒时，她一睁眼便是看到亮起来的路灯，光是温柔的，芳婶的脸也是温柔的。她迷迷糊糊靠着灯柱，有一种得救的感觉。她对芳婶感激涕零。

芳婶叫了辆出租车，绕了可能会找到陈顺辛的所有路。她不心疼钱，在找人与救人面前，钱根本就是废纸。她用一贯的口气安慰陈顺辛。她把陈顺辛拉上那辆等待的出租车，回到了住处。陈顺辛下车，抬头看眼前这栋大厦，步伐颇为迟疑，她怕丈夫也会跟踪到此，由此给芳婶带来不必要的麻烦。她想着丈夫可能的举动，便死死地抓住芳婶的手臂，眼神充满渴求与拒绝。

这独栋大厦是烂尾楼改建而成，走廊悠长阴暗，一层十几户，清一色的工程门，估计房主觉得换门不值，反正是要租出去。芳婶几乎是把她拖进电梯，走到中间，拿出钥匙朝其中一扇的门孔插进去……

像一个随时准备消失或者离世的人的房间。每样物品都有自己的归处。

芳婶见陈顺辛靠着门，呆呆地望向这一览无遗的空间，说："把门关上吧，我也是有些怕的。"芳婶坐在床沿边一言不发地打量着她。她把门拉上，眼睛却放在床侧的棕色小矮桌上。上面的空玻璃杯底下，压着一张白色纸条。芳婶注意到陈顺辛的目光，便主动说："死了也不想拖累人，所以留了字条，谁知道自己何时死呢。"她想到自己浸在无名的河水中，作为无名的人默默死去。

　　也许是第一次有外人进入她的领域,也许此情此景适合谈一些悲伤的事。她便捡起最严重的事件——死亡。她本来想把自己随时准备自杀的计划告诉给陈顺辛,但是她不想惊吓到可怜的陈顺辛。她只是平静和缓地说,不想让自己的死去给别人造成麻烦。每天都有人死去,一天一天,一年一年,你看现在我们都经历了多少朝代,那些死去的人成了神,成了精。但我们能记住他们吗?千万万的人,也便有千万万的鬼。

　　陈顺辛想起芳婶的过去。在那闭塞的小村庄里,穿红衣的芳婶像个野猴子。陈顺辛仿若拼尽全力:"我想活。"她也想成为自在的野猴子。

　　"那你就在这住几天。"芳婶说。

　　也许住几天也不能让他回到从前。陈顺辛隐约觉得,这次丈夫不同寻常。他第一次不顾生意,在市场公开打她。什么时候打,在什么场合打,都有含义。这次呢?

　　芳婶说:"给你的刀子呢?"

　　陈顺辛说:"在住的地方。"她摸了摸自己的口袋,空空如也。

　　芳婶站起来,拿起烧水壶接水,说:"这最重要的东西也忘,唉。"她叮嘱她大门不出二门不迈。她一会就要去摊子上,离开太久怕被人起疑心。

　　芳婶回到市场时,看到对面的摊子空无一人。无人照看的活鱼在盆里奄奄一息。冰块正从台板上慢慢地往下淌水,还是之前乱糟糟的样子。

她开始磨刀，一边磨一边不时看下对面，一直到整个市场的人都收摊，一直到外面的灯光偷偷摸摸地溜进四周，她才出来。

她想，陈顺辛的丈夫去了哪里？她骑车，绕了几趟弯路，又东看西看确定无人跟踪，才回到自己居住的地方。

……

鱼摊在第二天就开始显出衰败。水和鱼共同制造的海底臭味慢慢在这一片散开。即便是习惯了的摊贩，还是忍不住掩住口鼻。他们不敢或者不想动手清理，万一他回来，万一他看到那些货物不见了，他索取赔偿怎么办？

它用气味驱逐了一些客人，让周边的摊子开始生意寥落。数日后，人们的私语已成公开谈论。似乎这些话题能够给中落的生意带来一些虚假的热闹。似乎这些话题能够吸引一些想听故事的客人，能带动一些销量。

芳婶没有几把刀子了，其中最尖的一把，在她别扭的打磨下，尖端那头差点刺破她的手指，万幸。她放下来，看着那根手指，觉得自己的丈夫不死，自己也是另一个陈顺辛。她想，再让陈顺辛多住一周，或者搬来跟她合租也行。

这样的躲避无济于事。陈顺辛不会看不到另外的有光的路。芳婶坐下来，看着自己面前的东西，仿佛正水汪汪地变成即刻可吃的食物。

芳婶从这水汪汪中看到穷途末路。

143

八

　　李活没想过会发生悲剧。她无数次坐在阳台上，看着平静的江面，想象陈顺辛的命运，想象自己对暴力的无知认识。在她跟陈顺辛共处的这一年，她感受到也亲眼看见陈顺辛家庭内部纷争的逐渐减少。她回想，觉得陈顺辛隐瞒了一些东西。陈顺辛曾经邀请李活一起回镇上她的夫家，参加丈夫妹妹的婚礼。同一个地方的人，参加同样风俗的婚礼，没有任何惊喜，却有熟悉的久违的快乐气氛。李活觉得，陈顺辛在那天是快乐的，陈顺辛是一个独特的人。在这世上，谁又不是独一无二呢。

　　她跟陈顺辛去镇上的店铺买来红色纸张，依照惯例给新娘剪出了一对巨大的红色双喜，陈顺辛的笑容是一瓣一瓣绽放的。在陈顺辛的房间里，贴着同样的大红双喜，这么多年，除了刷成白色的墙壁起了污，墙上的一切都纹丝未动。

　　李活不断记起陈顺辛操持剪刀的灵巧。那夺目的颜色渐渐填满面前的风景，她无法自制地抑郁起来。

　　那时，主题展览获得空前的成功，它提供了许多讨论的可能，热度持续地发酵。本地媒体都做了深入细致的报道。一些自媒体人更是把自己看展览的过程与展出作品结合起来，图文并茂发在自己的公众号中。他看到了。

　　李活想，这是不是加速了疯狂？

　　展览的热闹与影响已消退，创作重新回到日常的重复与单调。谁又能预料到一个男人有如此的耐心，把观展时候的情绪压制着，等待有朝一日把它们放出来，把活人咬掉。也许这样的方式对于他是最泄恨的。

她仍然保留被踢坏的门。那天的夜晚，他来，踢着，叫着，要把陈顺辛像剥鱼鳞那样搞死。他骂李活让陈顺辛爱上享受，从一个勤快的女人变成如今的好吃懒做。噪音传遍了整栋楼层。

清醒的李活没敢开灯，也吓得忘记要报警。她只是从卧室里出来，慢慢地走到客厅里，心里渴求保安快点上来。她第一次发现这里的保安系统如此糟糕，居然让非小区住户闯进来。突然，整层楼的灯都灭了。肯定是他拉了闸。她听到外面有了另外的声音，是别人。

"人呢？"

"是不是欠了高利贷被人讨债来了？"

"外面有光。"有人窃窃私语。保安来了。人却没抓到。

李活很失望，觉得保安没有责任心，这楼也不复杂，可能躲在消防通道或者是电井里。过了一会儿，声音消失了，被遮蔽的夜又在这寂静中闪现。

那天，李活一夜未眠。

李活颤抖地抽着烟。曾经即使是面对充满激烈气氛的酒局，她也毫不留情面地拒绝。这次，在事情发生后，她突然迷上了买烟和酒。她终于发现了它们的妙处。陈顺辛临死前，是不是又被骂了？被骂做的饭难吃，被骂长得太难看，被骂不会教养孩子，被骂不会孝敬公婆，被骂不会赚钱，被骂……

她在烟的迷雾中，在已知的寥寥的笔录中，一遍一遍地想象那个画面。

躲了两周的陈顺辛被儿子在电话里哀泣的哭声唤回来。

她像往常那样挨揍，她忍着身体与心理的疼，不叫出声。别人觉得，在这重大的事件之后，她的丈夫将有所收敛，人们觉得她这次的逃跑绝对能给丈夫一个警醒与教训。难道他不怕一个分崩离析的家庭吗？即使再不合，也要维持表面的完整。完整是要给别人看的，日子也是给别人看的。她存在的目的也是供人观看的。

她决定重整旗鼓，好好卖鱼。她摸着自己手上的残缺，怀抱一丝希望。

她有了多日的好眠。

那日，她依旧熟睡。她总是轻易入眠，这算是一种补偿。她在睡眠的世界做了一个噩梦，在意志与肌肉的搏斗中败北。

她睁开眼睛时，看到丈夫一手掐住她的脖子，一手握着那把她最喜欢的小刀——芳婶送的刀子。她挣扎坐起，这过于迅猛的动作在长期的扭伤中已不适合她。脖子趁她不备，停止了工作，这不是落枕，这是另外的扭伤，她感到皮筋即将崩裂，头就那么僵硬地对着他满脸的褶痕，什么都做不了。

"我找到你了。我一定能找到你的。"

他先看到新闻，接着看到持续很久的展览。他看到他的妻子是如何用身体告诉人们，她年轻的命运她年轻的人生正在遭遇什么碾压。她正嚣张地无情地用尽一切方法围剿他。她出卖了他。展览里并未出现他的面孔，却处处有他的存在。他气急败坏，她背叛了她。他并不在意在他生活的四周，别人知晓他和她全部的生活，知晓他们是如何度过一天中的二十四小时，虽然经常有一些让人惊奇的意外，但他就是要制造这种意外让生活跌宕，不然活着是多么无聊至极。他叫陈顺辛坐起来。他把关押已久的怒气放出来，让那怒气拿起那把小弯刀，一刀一刀地捅向她。

　　陈顺辛的身后是厚实坚固的墙，她没有任何垫底的东西，只能往无尽的深渊坠去。

　　……

　　一年后，李活的系列新作又在艺术圈引起广泛的讨论，而这次的主题更加阴暗与晦涩。批评大过赞美。她在那个场合，用另外一套高深莫测的话语系统反驳。这世上，谁敢说自己真正理解情感呢？我们一定要赞美吗？赞美是对恶的纵容。她一遍一遍地反复说这句话，这是她灵感的来源。但所有与这次展览有关的报道都没有提及这句话。

　　她去过那个市场，她看到陈顺辛的摊位空了很久，邻近的摊位也没能淋湿这空了很久的水泥柜台。它似乎凝结了时间与生命，让那摊子的原主人动弹不得。

　　气味消散了。她使劲地嗅了嗅空气。

　　她成为间接的帮凶。那里的人们，语词粗鄙直接。她插手了陈顺辛的生活，别人的生活关她何事，人家夫妻一个愿打一个愿挨，她才是凶手。

　　她是凶手吗？她想。她望着洒满月光的江面，江面也在望着她。客厅的墙壁上，换上了她最新的一幅画，画布只被一种颜料填满——无尽的黑。她把它命名为"光明"。只有懂得黑暗，才能明白什么是光明。她也把芳婶送的那把小刀，放在一个透明的盒子里，挂在一侧，它和那把作为凶器的刀子，像极了双胞胎。

　　芳婶依然卖她擅长卖的东西，每日迎来送往中，依旧觉得日子

147

还是那个日子,她让李活不要被这痛苦折磨,她说李活永远不会理解陈顺辛,也永远不会理解她自己。这世间万物之间本来就有屏障。她诡异地摸了摸自己满是缺点的面孔。

李活见芳婶,是在很久以前她离开市场那个有月光的晚上,市场附近的楼宇,分不清是属于乡村还是城区。天上的明月格外圆润,像一管出自优秀产品设计师之手的清洁剂,把这夜晚清洗得如此明净,以至于街上的人们走路都变得轻手轻脚,怕把这被夜晚包裹的大地踩疼。

灰　鸟

一

　　天空看起来很温暖，可空气是潮湿的，即使太阳出来，雨仍然像漏斗里的水，滴个不停。行人身上包裹的衣物有肉眼看不到的湿润，逐渐消散在空气里的谈话似乎含着特殊的气味，和封闭的衣橱味道一模一样。

　　阿茶的衣橱里都是衣服，一摞叠着一摞，从小时候开始，一件都没扔过。母亲曾告诉她，只有死掉，衣服才能被丢到垃圾场。阿茶打开衣柜挑衣服，便会想：我还没死呢。衣橱，似乎装下她来到这世上所有的时间。阿茶对付恐惧的方法就是面对它，她会害怕成堆的衣物全部倾倒在她身上，把她压死。但她又想，不会的，那些她穿不进去的衣物早就代替了她的死去。世界上，没有什么东西是死不了的。

　　死不了。衣橱里放着樟脑丸。活着的她喜欢想念死去的人，只有在想念中她才确定自己的存在。她手捧衣服，就像捧着祭神的圣器，走到阳台上，一边换一边望向外面的云，只要是节日，镇上村里总是在祭神，到处都是新鲜光亮的神庙，都是本土的。

阿茶在烟火熏陶中有过无数次的跪拜，但她仍然不想知道神的名字。太多的神，太多的名字，让她失去了解这些偶像的欲望。

身体的扭动，阳光的俯视，让她觉得心旷神怡，死去是一个样子，活着的每一天，又是全新的样子。她开心地低头看短短的街道，一眼望到头。都是老房子，历史不短不长，恰好一百年，巴洛克风格，加一层黑白滤镜，就可以冒充老电影里的意大利。

晴朗没多久，天空又飘起雨。在阿茶的想象中，植物本该被雨水泡烂，可它们越长越占地方。渐渐地，塘县便被各种各样的树木包围，孤零零地居于岛屿的东部。新开的高速公路绕过它，繁华在别处蔓延，而这里，则成了本省地图里必须用放大镜才能找到的袖珍。但是，春天又似乎从这里出发，只要死死地盯着它，慢慢地，会从地图上闻到春天的气息，一股浓郁的煤油味。阿茶的身上，便布满这样的味道。

极少有人会往天上看，天上的景致很枯燥，天上的人们居无定所，跟着云朵飘飘荡荡。阿茶却有事无事就喜欢仰望，她一边看一边数数，每次数到一百就将目光收回，做起手头的事。比如穿衣服。

阿茶住的是一栋三层高的楼房，这是街上最常见的房子之一。她跟父母住在这栋楼房里时，总是想何时能见到摩天大楼，那是文明与繁华的象征，她有一颗向往外面的心。后来，她跟母亲去过一趟城里，却没能进到那栋著名的大厦，只是和母亲急匆匆走过天桥时看了几眼，她记得那种压迫感，大厦像硕大的鸟，朝她俯冲而来，将她压碎。很久之后，一辆运甘蔗的卡车冲进路边的一家老茶馆，把店内的两名客人给压死了。那是她的父母，刚刚退休没多久，刚刚觉得开始新人生的人。从那时起，她便永远地活在回忆之中。永远，是她在阳台上的自言自语。一个自言自语的人，不能期待她的行为举止是多么符合正常与规范。

别处的阳台都空空落落，落在一隅的阳光越积越多，连味道都不那么正宗。这并不好闻的气味顺着风向，飘向玻璃窗。她装了透明的玻璃，只打开一侧，让她失神。她从玻璃中看到自己，歪着脑袋，像一张照片里虚掉的部分，让人很难想起这张面孔到底长了什么样的眉眼。

李河静拿着小石子站在街的对面，面无表情地看着她，确实是看着她，专注的眼神盯得人发抖。他有一头乱糟糟的黑头发，自然卷，刘海长得遮住眼睛，让他看起来更加阴鸷。

不要问为何他不去理发店，因为没钱。他父亲是不会给他钱的。不要问他的母亲呢，他母亲走时他的记忆才刚生长——母亲是一个买来的越南新娘，或许是又被人当商品那样转手卖掉。

李河静每次都会使劲地把石头往阿茶这边扔，一边扔一边诡异地笑，小石子在半空落下，没有砸到过任何人。

阿茶连眼珠都不眨，直瞪着那粒渐渐迷糊的小石子，落在她预测的位置。李河静双手插在前胸，笑，让他的双唇拉长，眼角皱皱巴巴，一个十三四岁的少年，有这样表情，总让人不舒服。阿茶却能理解他。

这像是他们经常玩的一个不言自明的游戏。李河静随时放肆，她则像一个年长的姐姐，处处包容。阿茶总是叫他的名字，而不是那充满侮辱的外号：杂种。阿茶每次听到别人那样喊李河静，心里会很疼，那叫声此起彼伏，如同全身上下贴满难闻的狗

151

皮膏药。

李河静慢慢走后,她会感到弥漫在半空中湿润腐烂的气味消散很多,随之而来的是皮肤的干燥。她开始抓痒,轻轻地挠着胳膊,起了一个小红点,那是凶猛的热带蚊子咬的一个包。下次记得让叔叔多带些驱蚊的沉香液。阿茶想。

阿茶的叔叔在一家生产沉香的农业科技公司当工人,把香粉卷成一条一条纤细的线香。公司生产的是人工科技沉香,产量大,销路不好,于是,公司的产品时常成为员工的节日福利。叔叔不喜欢这吹得神乎其神的东西,以前经常跟阿茶发牢骚,觉得没用,只有死人才烧香,活人烧香多不吉利。后来看阿茶用得多,这气味确实熏得屋子很别致,他每次来坐一会都觉得耳聪目明,便也渐渐喜欢上了。

阿茶三十五岁,饮食规律,不抽烟,偶尔会和叔叔一起喝红酒。红酒在塘县开始流行,是在几年前,也不知是促销员还是谁说的红酒能美容养颜,于是,塘县的女孩们个个都迷上了。阿茶喜欢拿红酒兑可乐喝。

叔叔喝酒。这让他的脸变得很像街心公园那丛怒放的大红花。叔叔很活跃,会讲这条小街的迁徙历史,人们如何漂洋过海,抵达异国他乡,再也不回来。最后,他的话题才会进入他最想聊的——失踪的李河静母亲。他说,记忆是某种永恒的东西,不会消失,消失的只是我们自己。

叔叔租住在临街一栋老楼的隔间里,有同样宽阔的阳台。阿茶知道他是因这阳台才委屈自己住在那背阳的屋里。他一周休一天假。休假当天,他会摆出古琴造型的香插,取出一根沉香点上,坐在那里看狭窄的街景,这街景,在这十来年间几乎没有变过。他便有一种永恒的错觉,仿佛过去那些隐秘从未离开。有时,他会在某个特定的日子触景伤情。那是新一年的起点,下着绵绵不断的细雨,把人心都淋得斑斑点点,把人心里埋藏的事都悄无声息地淹没。叔叔同样爱在雨天跟阿茶聊女人。这样的气氛也很适合人们吐露心事。

阿茶在楼下,撑伞仰头听他说。雨就像薄凉的蚕丝被,把伞柔软地盖住,没有风,空气很冷。他叹气,又问阿茶,人在哪里。阿茶在细雨中一阵沉默,这沉默里又有无穷的寂寞向她涌来。

她对叔叔轻微摇摇头,肢体动作比语言还能让人心领神会。

阿茶朝服装店走去。只看不买,美丽的衣服能让她轻松。

在这样的雨天,她应该只穿一双凉鞋,露出肥胖的脚趾头,这样不仅方便脚,也不会心疼鞋会被水泡坏。可阿茶觉得自己年纪大了,该好好爱惜自己,便裹得很严实。她穿起浅灰色羊毛大衣,里头套着线衫,过膝盖的厚重的深色长裙,还有单薄的肉色丝袜。她从前年开始涂粉底,有时图方便,就用气垫霜。叔叔说,化点妆看起来精神些。可这不应景的雨,让她依然憔悴。她能从叔叔的眼眸里看见自己浮肿的脸。她想,自己没有心宽,为何会体胖呢?

二

　　当别人说阿茶没有工作，不值得娶回家，会有其他人反驳，她父母死后领的抚恤金估计不少，你替别人发什么愁。谈起过世很久的人，就像谈论夏天忽然而至的雷暴雨，几乎把污垢洗得干干净净。离那两个死亡的人越远，那难以上台面的隐秘也没那么可怕了。

　　财富可以抵消内心某些不良感受。财富，有时能让人们的言论更加善良一些。那场意外过去很多年，却以梦魇的方式重回到阿茶身边。也是那一瞬间，生与死的界限消失，那些碎块，那些肉，那些被精神霸占的肉体，因为无所依附而彻底消失。人们把这样无辜的悲剧归为运气。运气没有好坏，也毫无善恶。

　　那家茶馆只是重修门面，再未营业，成为一所阴森森的宅子。阿茶有时会差遣李河静在白天之时去往那边看一看，再回来告诉她。

　　她会做饭，端到小小的方桌上，一边吃一边听李河静说。他除了被铺满尘土的拉闸门弄得一手脏，什么都没看见。阿茶会说李河静像个瞎子，她开始给李河静讲鬼故事。白天讲鬼故事少了几分恐怖与悬疑，李河静从未被吓住，依然吃得津津有味，仿佛怎么吃都吃不饱。李河静有轻微的脑瘫，轻微到一般人觉得那只是一场发生在儿童时期的意外，面瘫有时也会罕见发生在儿童身上。没有什么是不可能的，是不是？

　　阿茶最先吃完饭，她告诉李河静，吃完要把碗筷放到水槽里。她便去取出那张存折，上面的数字有一半费尽艰难才获得。

阿茶喜欢存折上面的数字,那是两条人命,一半是赔偿,一半是抚恤金,她的父母。她想了很多次"意外",她责备"意外"为何不让她做好准备再来,一遍一遍地想为何这么不公正。然后,她会想那名外地的肇事司机在牢狱里过得怎么样,会不会已经减刑去了更远的外地。她再也未能见到肇事者,但她记住那人的穿着。也是从那时开始,她做杀人的梦,一遍一遍,用利刃,一刀一刀在一具鲜活的肉体上往下划。她是一名熟练的屠夫,只杀,不卖。她醒来,会责怪自己是这么邪恶,她会给自己煮热水,水到沸点便吱吱地响,热气让那颗冷酷的心重新活过来。当阳光透进屋里,一切变得暖洋洋时,她觉得自己又恢复了善良的本性。

她对李河静温柔而耐心。

李河静跟阿茶吃过很多次饭,但他仍然不喜欢阿茶。应该说,他几乎不喜欢任何人,长期的敌视让他有一双骇人的眼睛,他的眼珠黑得让世界上所有形容颜色的词都黯然失色。他的皮肤也很黑,是一种金黄色的黑,他不喜欢这样的肤色,这不是一个生活在亚热带的人所该有的颜色。于是,他无时无刻不都在阳光最猛烈之时赤身裸体出来,想把紧紧趴在身上的金黄给晒掉。他失败了,无论他怎么晒,都晒不伤,晒不红,晒不掉那一层丰收后的金黄。

阿茶再次把他领回家里来,是在冬日某个早上的六点钟。派出所的民警给她打电话,说李河静又睡街上。他又被不知名的行人打电话到派出所,说一个可怜的孩子露宿街头。可怜是初见,现在,所有认识李河静的人都不觉得他可怜,而是这世上一个多余的人。你说他为社会做贡献没有?他父亲为社会做贡献没有?

155

他母亲呢？都没有嘛。

塘县的时针在很早之前仿佛被拨慢，慢吞吞地日复一日地走一个圆。笨钟就挂在一个重建的钟楼上，会莫名其妙地响起，沉甸甸地打在塘县的街道上。这钟楼的年纪大家都不记得了，这钟楼的历史大家也都不记得了。无人去想，为何塘县会有一座钟，也许是为了提醒人们不要忘记时间的走动，也许是为了提醒人们不要忘记长大与衰老。被拨慢的时间也让日出有迟钝的现象。

阿茶与李河静就在这时间的缓慢中，朝阿茶家的方向走去。

李河静灰头土脸。身上的白酒味浓烈刺鼻。阿茶希望他能说什么，但是他什么也没说。不过稍晚一些，她还是打听出发生了何事。他被一群婚礼上的青年敬酒，喝得很醉，也贪心地抽很多烟。他兜里还有几根烟，被他的睡眠压扁，他还拿它们当宝贝，说要带回家给自己的父亲抽。他说到烟时，微微的喜悦就沿着那言语蠕动。

他有一个并不友好的父亲，一个残疾人，终日坐在一张自制的活动轮椅上，在门槛边上面无表情地注视外面的树，一直从一年的开端看到末尾。那些树更高、更绿，即使强劲的风吹过，即使暴雨如注，从叶子的缝隙之间砸下来，它们的舞动也仅仅是一日比一日减轻。这样细微的变化，对于漫长的日子来说是毫无意义的。

烟能讨好父亲。烟能让父亲暂时转移注意力，不再注意他肮脏的穿着，受伤的身体。

父亲从不直视他的眼睛，每次吃饭，父亲端着饭碗侧着身，像小鸡啄米似的，不时模糊不清地说："你妈是个坏蛋。"

李河静年纪小，对许多骂人的词汇是无法理解的。直到有一天，李河静闻到蛋清发臭的气味，才知道父亲用坏掉的鸡蛋形容母亲，后来，他拒绝吃鸡蛋。再后来，他成为一个少年，对各种骂人的俚语有了了解，觉得不能拒绝任何食物，他抓着白煮蛋，还是没能将壳剥掉，他吃不下去。

　　烟能让父亲忘记问他又去干什么坏事。似乎人人都认定，他消失的那些天，肯定是去干坏事。他总带回一些父亲吃不到的食物，曾经大发雷霆的父亲的嘴便被堵住，他默许李河静的行为。即便邻居上门告状，他也摆出一副无可奈何的姿态，说："你看看我，看看我还有什么可以管他的。"

　　日子通常是风平浪静的。

三

　　阿茶喝冰冷的水，她也给李河静倒了一杯。李河静坐在沙发上，没有动。阿茶觉得身体逐渐冷了，就去衣柜翻出一件单薄的长衫，把自己罩住。她端着透明的杯子，目光并未放在李河静身上。她只是想，自己为何要照顾他，一次又一次。其实，她知晓自己最真实的想法，但在长久之中，她失去表达的欲望。她和李河静之间，都不会有太多话。他们的关系也很奇特，一个不断破坏规则，渐渐成为塘县人避之不及的对象，在经过一些所谓好心人的努力拯救后，依然没有转好，那就顺其自然去吧。

　　阿茶只是做一些被她认为是事实的东西。

　　人的好心是有限的，一个人怎么能这么久地照顾一个偷东西的孩子，还把他带回家，这不是引狼入室吗？面对那些将信将疑，面对那些执着反复的问话，阿茶只是一笑而过。即便这是她生活的地方，可她并没有那么多朋友，也没那么多亲戚，语言的力量作用于她，便薄弱很多。

她回忆十三年前，大多数是李河静离开房间之后。总有关键的字眼，跳到她面前，那是活动的有形象的字眼：越南新娘。阿茶从未认认真真地跟她们中的任何一个有过深入的交谈，包括李河静的母亲。她们当中的好几个，经常聚在一起，用乡音聊天。

李河静的母亲来到这里时，越南新娘已经不像20世纪90年代那么普遍，已经很难见到了。她到来的那天，在临近县城的这个村庄引发巨大的动静。那是一个奇热无比的下午，她穿一条素色衬衫、素色的裤子，长得黑不溜秋，即便经过奔波，气色看上去依然很好。村里人都觉得她还不到二十岁。

人们喜欢围观外国人，即使有过观看的经验，他们仍然对可能的不一样充满期待。人们讨论她的身材、外貌，露出失望之情：没什么区别嘛，一样的黑头发，扁鼻子。

阿茶跟叔叔都去了。叔叔包了红包，当作婚礼的礼钱。

阿茶记得那天，自己穿的是一条一字肩的大红连衣裙，颜色很正，据说是新娘的颜色，和她画的口红一样艳丽。她去晚了，女人早已被送进屋，她只是从窗户边上看到一个又瘦又长的人影。她嘴巴咬一块咖啡硬糖，认真想着女人会怎么度过今晚。阿茶用女人称呼她，把自己跟她隔开来。就在女人到来的前一天，阿茶刚刚跟心爱的男朋友分手。

阿茶站在那里，一边看一边伸出舌头舔自己的双唇，舌头沾满融化后的糖水，是甜的。这是父母过世后养成的习惯，良辰美景、人间喜事让她震颤,她便喜欢舔各种各样的东西。湿润的舌头温柔黏稠,她只要通过"舔"这个动作,那温柔就抚慰她全身。她也不知它是从哪里抵达她也无从知晓的内心的,她能感受到那里空荡荡、黑乎乎,这"舔",却能把某种感觉传到那宇宙般遥远的地方,让那里有一点光、一点亮、一点暖。

阿茶问叔叔女人今晚的命运。她听过一些越南女人的故事。有些至今生活得还不错,但仍然有思乡之情。有些却过得很不好,即便生了几个孩子,一有机会还是跑了。没有人知道她们跑向哪里,那些以为关系早已稳固的男人,一夜之间成为事实上的鳏夫。阿茶觉得,女人是健康的,这户人家的残疾人怎么守得住她,女人迟早有一天会离开的。

那时阿茶的叔叔还很年轻,会做许多活计,木工、泥瓦匠的活,种田、修路……只要有人找,他都接。他比现在富有,跟李河静的父亲关系还没这么恶劣。李河静的父亲还问他借一些钱。当时,他站着,居高临下地望着坐在轮椅上无法自由行动的李河静的父亲,觉得一个残废之人花这样一笔钱完全不值得。叔叔再三问他的意见,最后还是心软,把钱给他。他对叔叔说:"我会还你的。"

叔叔站在人群中,和阿茶一样,他看到一个陌生而模糊的女人。他想起自己借出去的那笔钱,觉得这女人的命运和他有牵连。叔叔看到一具透明的身体,一双陌生的手拉扯着女人,然后,那双手在胸部的上方停住,突然死了,一双手也是可以死去的。那是李河静的父亲的手。这是叔叔的白日幻觉。

当炊烟从林子的一端升起,得过喜糖喝过喜酒的人们几乎都

159

走了。李河静的父亲把叔叔喊过来,叫他继续一起吃晚饭,他应允。阿茶帮忙去打了半斤地瓜酒,也坐在石桌上,一块吃饭。女人在屋里躺着。叔叔一边喝酒一边想她是不是睡着了——能睡着吗?

酒过半巡,李河静的父亲叫他凑过来,在他耳边说了一番话。端着酒杯的叔叔,手抖了几下,酒洒出来,酒杯趔趄,没掉……他叫阿茶先自己出村。

这晚,在一片漆黑的屋内,叔叔爬上那张充满新鲜女人气味的木板床。李河静父亲的欠债一笔勾销了。这是他俩的秘密。这秘密在长久中撕裂了他们……

闲言碎语随着女人逐渐大起来的肚子长起来。

女人在闲言碎语中把本地话学会,在这闲言碎语中把李河静生下来。李河静的父亲在黑暗的屋角沉默。他觉得自己做错了一件事,无穷的嫉妒与恨意就随着黑暗一浪一浪地没过他的头顶,又退回去,一次一次地。他厌恶那个孩子,他无法善待那个孩子,那孩子长大后肯定不会孝顺他,肯定会把他这个残疾人扔掉,跟着他的母亲以及别的男人一起生活。

女人正抓着婴儿的小脚,给婴儿擦沾满屎尿的屁股,他便是从这一幕中看到自己的一生,独自的一生……他爆发歇斯底里的叫声,他奋力地挪向他们,女人赶紧把孩子抱到安全的床侧,他摔倒在用过的尿布上,在满脸的尿骚味中,很久都起不来。

四

　　李河静的父亲必须手握一些东西，心里才踏实。现在，他拿着自己的残疾证，想扔掉又舍不得扔掉。这份证明他无用的东西，却给他带来最低的物质生活保障。他觉得这份证明就像面前的那些葱茏之树，他是树底下最微不足道的根，埋在地下，于黑暗之中。为何要歌颂根，为何要歌颂这些永远看不见的丑陋的东西？他不想做树根，于是，他睁开眼睛，用眼睛去侵略所能目睹的一切，用渺茫的希望、残存的力量去撞破生活，就像从前父母给他讲的革命故事一样，来一个旧貌换新颜。那是很久很久以前，他还是一个健康的孩子，他永远活在那个健康的年纪，成为记忆的困兽。

　　他最先看到的是李河静鼓起来的肚子，肩膀也比出去时有力许多。那意味着李河静在外面已经填饱胃。接着，他目光移向李河静的脸，他显然洗过脸，有干净的气色，他肯定是刚从阿茶家出来。对李河静最有耐心与爱心的只有阿茶。

　　以前，阿茶会从县上来到村里，借口找朋友，顺便过来看看李河静。她不进屋，只在门口，留下一些文具，有时会略微尴尬地笑一笑，没话找话。他不理会她，他是一个粗野的人，不需要虚伪的客套。

　　有过一次例外，他经常想起那次例外。是阿茶走后的某一天晚上，他很久没看到女人了。他的鼻息之间全部是阿茶如水之味。他记起很久的从前，他总是叫李河静的母亲拿过装满水的木桶，脱光衣服，在他面前洗澡。他会兴奋，激动。很久之后的某一年春节,他听到回家的几个大学生讨论一个流行的明星,他们说她很性感。他不理解,便开口问他们,他们笑嘻嘻,从手机里拿出明星的照片给他看。他对性感有了立体的理解。后来,他无数次想念李河静的母亲,想念那些香艳的场面,心里便会默念:那就是性感。

那天,他做了一个奇异的梦,他梦到自己站起来,像一个正常人那样,他走到挂有粉红蚊帐的床边,看到熟睡的阿茶有一张湿润的面孔,原来是不知从哪里落下的雨水一滴一滴落满了她的五官。然后,他醒了,在整个白天反复去想这个梦的意义。李河静的母亲走后,他已经很久没有梦。

活死人才没有梦。

很久之后,他再次见到阿茶,他突然问,阿茶会梦到什么?

弓着腰的阿茶站直身子,看向这张扭曲的脸,他的嘴有些歪,还好下巴是干燥的,没有流口水。阿茶决定好好想自己最深刻的梦。梦中她是一个奇特的农民,有成千上万亩的土地,她每天凌晨起床,去捡拾别人失落或丢弃的梦,那是庄稼最好的肥料,就像——人的排泄物。这样的比喻颇为肮脏,因此,阿茶什么话也没说,只是又看了一眼带过来的东西,用沉默与笑拒绝他难得的友善。

李河静通常会在傍晚回来,把文具捡走。有时李河静想,自己的血跟阿茶的血是不是一样?他听说拥有一样的血就是亲人。他听说许许多多几乎能把风击碎的传言。

李河静用那些笔,画母亲的肖像,把本子带回来问他,这是不是母亲。他一次又一次冷静地否定。他骂李河静脑子不好使,把自己母亲都给忘了。李河静狠狠地脱下鞋,负气地光脚跑进厨房,把那些纸张当柴火一样烧掉在土制的炉灶里。

他从未想过安抚儿子。某些时候,他觉得儿子不怀好意。有一次,李河静帮他拧毛巾,说要帮他洗澡。他接过毛巾,冷然把毛巾朝他一甩,拧起来的湿毛巾像一根柔韧的短鞭,正打在他的鼻子上,一条红印随着他的话一并出现:别跟我耍花招,滚一边去。李河静整张脸火辣辣地疼,眼泪在打转,他跑到屋外。

李河静在学校学得最认真的是美术课,一次不漏,他反复画母亲的肖像,却一次次地推翻自己的记忆,他怀疑自己错了。有一次,他在课上,面对失败的绘画本,面对那张完全不像的脸,忍无可忍地当着六十个同学的面高喊起来。他的声音就像一张尖利的鸟嘴,能把人啄伤。美术老师认为他扰乱课堂,打断了艺术连贯的思路,一气之下将瘦弱的他拎起,叫他到外面单腿罚站。李河静拿着本子走到外面,发现自己的手指被笔芯戳破,迟到的血流出来,他把手指在本子上沾,然后撕了粉碎,又拿起笔,跑进教室,朝正在上课的老师戳去。一根铅笔,一个孩子,怎么伤得了大人呢。他第二次被老师拖出去,教室的门从里面关上了。也是那天开始,李河静再也不回学校。

那是李河静第一次夜不归宿。他并未特别担心孩子。他知道那些画。其实,李河静只要画自己就好,因为他长得跟自己的母亲一模一样。可他不会告诉李河静。谁让他母亲一走了之,这是对她出走的惩罚,在她的孩子身上。

惩罚能让他枯寂的生活有些起伏。对于一个无法行走的人来说,起伏有巨大的诱惑。每年年关,县领导都会来慰问他,送他一些生活用品，大米、食用油、面条、盐、毛毯。那是一条正红硕大的毯子，因为这条毯子，他整个都充沛起来。当领导问他有什么困难尽管提，他差点说缺个老婆。他心里说算了算了，不能太贪。

只剩下他与李河静时，他叫李河静帮他把毯子裹在身上。傍晚的光穿透树木，一闪一闪的，怎么也亮不过这鲜明的颜色。他很高兴，口气也是一年中最柔软之时。

奖赏，也是巨大的诱惑。这诱惑难得让他像一个正常人那样说话与思考。这是他一年中最开心的一天，也是李河静最开心的一天，那真是绝无仅有的一天。

五

李河静有顺手牵羊的毛病，这让他进入每一家店铺买东西都会获得非凡的注视。一个穿着不怎么样的孩子，人们心里已经预设他有罪。何况，李河静因为偷店铺里的烟被店主追上按在地上狠狠地打过。李河静皮糙肉厚，是不怕疼的。他看起来那么小，但那不是一种让人心疼的小，那种小是走在小径上突然横生出来的荆棘，让人生厌，随时折断的那种。

那拳头让他的身体扭曲，出奇地丑，让这运动中的暴力变形，他看向旁人的目光也跟着歪了视线。恐惧在心里泛滥，接着是蔓延的茫然。那天的阳光像瀑布从头顶倾泻，把人都淋红了。红，显现在身体上。最先是脸，其次是裸露的手臂，最后是脚。这红黏稠，像熬了很久的粥。李河静觉得自己就置身在那红里面，这滚烫的红里蹦出一张张模糊的面孔，这是记忆在使坏，让某些东西隐藏在这些红之后。

他想,人们是不是也这样,他听到振聋发聩的声音,在他晕过去之时像一床沉重的棉被甩到他身上。

他醒来时,并不知道几点,目光穿透浓密的印度紫檀树,那一片稀疏就像一个箩筐,把阳光筛过一遍后泼洒到他身上。他仿佛在笑,他两手空空,什么东西都没了。他努力地把手举到鼻子下,觉得烟味还在,他使劲地嗅着,那能让他有些精神。他闻到奇怪的香气,他的旁边站着一个人——阿荼的叔叔,他身上有一种奇怪的香味,木屑的香气。李河静想,这就是沉香吗?他有些清醒。阿荼的叔叔把他扶起来,让他在台阶边坐下。阿荼的叔叔想给李河静递烟,但最后还是没有给他。

他想起李河静的母亲,他看这空寂的路是柔和的。他没有任何能够挽留她容颜的东西,他最先失去她是从眼睛开始的。眼睛每天要接触的东西太多,景象日复一日地累积,谁又愿意去花力气翻出过去呢。现在,留在他心里的,是李河静的母亲走前的嘱托,只有一句话:不要让他学坏。这句话像一根针,竖在心里,把心扎疼。他不知如何定义"坏",所以李河静目前这样子,他也不知道是不是"坏",或者,李河静"坏"了,但是"坏"的程度不够深,那么是不是可以原谅,是不是说他没有辜负她的嘱托?

在李河静母亲消失后的生活里,叔叔有过女人,见过各种各样的女人。他在街上默默地坐着,看似心不在焉,其实,他是在看女人。他看女人裹在裤子里的双腿,看女人的丰乳肥臀,也看女人的面孔,就在这千千万万次的看中,他觉得把她忘了,却又

165

在一次又一次与李河静的碰面中把她记起。就在这样反复无常的折磨中,他体会到有别于日常的痛快。

他们坐了一会儿,便去阿茶的楼上。里面还有一个客人。在长期的独居生活中,阿茶已经很难邀请别人进入她的房间。她不把这套房子称为家,而是用一种生疏的称呼——房间。叔叔认识那人,住在老街心另外一栋一直没有翻新的木制古宅里,经营某些不为人知的生意。他是余扇。

阿茶说她正和余扇聊如何做生意。他们想合伙开一个酒行,县上还没有一家真正销售酒的店铺,余扇又恰好有一些门路。余扇在县上算是成功的人。无论是什么职业,只要拥有某种突出的特质,就能掩盖所有的短处,余扇就是这样的人。

阿茶的叔叔觉得十四年过得真快。那时余扇还没这么胖,头发还很浓密,他还是阿茶聪明的男朋友。如今,如果不去想余扇已经结婚生子,他看起来还是和阿茶很般配。可现在,他们在这房间里,又有什么意义呢。

阿茶又说起自己被一个年过五十的女人毫无理由地骂了。她在市场的一处肉摊前,考虑买排骨还是瘦肉,头发可能被风往旁边刮一把,女人就凶巴巴地叫她闪一边去。她挪了挪,另一名妇女打抱不平,大声骂了一句三八婆,两人便对骂起来,各种脏话乱泼。阿茶听得面红耳赤,连肉也不买,逃难似的回来。所以,今天的午饭将是最简单的,全素。阿茶边笑边看了一眼余扇。余扇说:"你很可能在说我妈。"阿茶说:"你猜对了。"

是久违的快活的气氛。

余扇的妈妈什么都做。叔叔默默无声。用现在的话形容余扇的妈妈,是人贩子,一个贩卖新娘的人。她去过离塘县很远的地方,据说冰天雪地的。塘县人觉得,只要离开塘县,别处的冬天都是冰天雪地。见过冰天雪地,意味着见过大世面,所以塘县的光棍都有求于余扇的妈妈。很久以前的一个冬天,艳阳高照的下午,余扇的妈妈拿出一件黑色的长款大衣,告诉那些好奇的人们,说那是羽绒服,去北方都要穿这个。有人问:"那越南呢?"她嘲笑问话的人不知天高地厚:"越南就在我们旁边,穿这个是要热出人命的。"那时,她在县上是说得上话的人物。她也是有名的悍妇,但凶悍只是让她的人生履历看上去有些轻佻和调皮。阿茶已能轻松自如说起这个让她讨厌的人。现在的年轻人,出去外面读书的越来越多,人们对北方、对冬天的了解更多,心理距离也就比从前近了很多。

阿茶觉得这些变化,都赶不及感情的变化。

山盟海誓的爱情不过是镜花水月,美好的感觉也不过是雾里看花,大雾散去,万物尽显。余扇的妈妈有看清真相的本事。于是,余扇遵从母亲的意愿,娶了别人,他的妻子是县上连锁药店老板的女儿。阿茶独身至今。阿茶想,没有父母就意味着没有靠山吗?没有父母就意味着没有爱情吗?没有父母就意味着不配拥有残缺的生活吗?这是阿茶恨余扇的妈妈的理由。

叔叔并不想看到余扇,看到此人,他的记性会突然好得出奇。不是他不想融入这样的氛围,而是记性像《聊斋》里的狐狸精,魅惑了他。

他不知晓余扇与李河静是何时走的,也不是很清楚午餐吃了什么,就记得阿茶清淡的厨艺。

阿茶让余扇送李河静回家,这时,已是傍晚。阿茶独自走到阳台上,注视余扇骑着摩托车,消失在路口。有些感觉还能清晰地感受到,有些却已荡然无存。是年龄与心境改变的缘故。刚刚她送他出门时,不小心碰到他磨砂般的手背,可能在太阳底下晒久了,老化。

李河静坐在后面,双手紧紧抓住后面的铁架子,速度很快,拐弯的速度也很快,李河静害怕自己会被车子甩出去。万幸,他安全到家,紧绷让他身上的疼痛彻底消失。他下车时余扇把半包烟递给他,他毫不迟疑地接过。余扇是教会他抽烟的人。

余扇往回骑,他则沿着路走到自己家门口。

他看见父亲。

父亲红着一双眼睛等着他。那不是一双因为流泪而红肿的眼睛,而是因为长久的等待被愤怒淹没的眼睛,愤怒是红色的。那红色晕染到眼睛四周,被细纹夹成细流,像眼泪一样在灯光中落下。他并不问李河静怎么了,而是为自己饿了一天一夜的肚子寻求公道。轮椅下方有一根棍子,李河静认得它,他每次劈柴,都尽量将每一块木柴劈得大小相近。父亲叫他过来,他没过去,只是像变魔术般拿出一包方便面,给父亲冲泡去。他知道过去会发生什么。他不会白白让自己的皮肉受苦。

李河静把方便面放到桌上,水不是很热,但可以冲。他不想重新去烧水。桌上还有一个坏了很久的电视,黑白的。父亲一直没找人修,拖到现在,这电视连零件都没得换。泡面的气味在电视机前氤氲,恍恍惚惚。某些时候,交流还不如与电视机对视来得有意义。

　　李河静分神，父亲叫他。李河静没搭理，看准棍子的位置，把灯一关，然后快速地把棍子捞走，扔到外面。接着，灯又亮了。李河静把方便面放到桌上，想，父亲会不会又坐到天亮。

六

　　阿茶发现自己钟爱的蓝色保温杯不见了，细长的，只能装很少的温水，保温效果很好。她四处翻找，努力回忆把它遗落在哪里，都徒劳无功。一个没有腿的保温杯，不会平白无故地失踪，它只能待在它能待的地方。

　　阿茶觉得是李河静把这个她使用几年的杯子拿走。来过家里的人当中，最可疑的是他，余扇不可能会拿，杯子是余扇给她的。杯子，就像那些失踪的越南新娘；杯子，也像那些某一天突然来到塘县的越南新娘。这些外来者，都老到和阿茶死去的母亲一样。失踪的杯子让阿茶陷入忧郁。她经常为各种物件烦恼，如果不能因为人而烦恼，那只能用物件来代替。

　　想到这，阿茶心惊肉跳，她怕自己会变成一个只会养小动物的怪人，那么，人们更有理由聊她。当别人在谈论她之时，她总觉得心智会被那些言语剥夺，让她越来越蠢，这是她的迷信。很久以前他和余扇聊过这个问题。余扇说这是幻想。那时余扇很温柔。当然，对于一个刚刚失去双亲的人来说，哪怕是很平常的一句问候，都能让她感受到温柔。阿茶有和叔叔一样的感觉。他们没有任何能够挽留容颜的东西，他们最先失去它们，都是从眼睛开始。眼睛每天要接触的东西太多，稍不留神想挽留的东西就从

169

眼睛跳出去。

她的脑子又在转，温柔是什么？

温柔是她前几天下楼遇到余扇的一瞬间。这是近期最让她感到高兴的事。

余扇说有人想杀死他的妈妈。阿茶让他上楼来。只有他们两人，时隔多年后的交谈，听到彼此的嗓音都有一些陌生。阿茶想，素日也偶遇过，但这次真的很不同。

杀死。死亡。

余扇的妈妈。

"是因为逃走的人吧。"阿茶说。

"是因为离开的人。"余扇说。

有人叫他的妈妈赔偿一个老婆、一名母亲、一个家庭主妇。食物有保质期，那么，人也应该有个保质期，不是吗？失踪并不代表就过了质保期。他妈妈要为此负责。

阿茶从冰箱拿出牛奶，给余扇倒一杯。她联想到三聚氰胺，所有不好的事情，令牛奶倒得很迟疑。她自己喝时，从来没有想过，为何余扇一来，就变样了呢？她的眼前出现一个女人提着裙子在深林里奔跑的景象。塘县处处遮天蔽日，却始终有路，冬天很热，人是很容易逃跑的，反正不会被冰天雪地冻死，现在，也不会有饿死人的事情发生。人们比从前富有，可还是娶不到妻子。独身主义开始在大城市流行，塘县也扫到一些皮毛。

三十五岁的男人，眉梢之间开始有忧郁。阿茶想，时间是公平的，从不厚此薄彼。

此刻，轮到阿茶安慰他，威胁不代表会真的发生。

他们时而沉默,时而交谈。后来,余扇说,自己想要开一家酒行,问阿茶有没有兴趣。

阿茶心里一冽,敲门声响起来。是李河静和叔叔……

那天他们待很久,使得阿茶没法午睡。直到下午所有人都走后,阿茶才进洗手间,打开莲蓬头冲凉,她要恢复精神。水从她赤裸的脸一直往下流,温柔的,细腻的,光滑的……待她想擦干身体,发现毛巾晾在阳台上,便用换下的家居服擦干身体,裹着来到卧室,换上最喜欢的条纹衬衫,对镜给脸蛋擦乳液。也是在那半身镜中,她看到这条低胸的衬衫丢了一粒白色纽扣。这条衬衫是很多年前和余扇去某品牌店买的,不知为何居然这么耐穿,也是从那时她再也未长过个子。纽扣何时掉的?她盯着这条淡蓝色的上衣,感觉自己正跟生活的枯燥与极权搏斗,这纽扣的失去就是一个例证。她必须要忍受生活的庸常与残忍,她必须要忍受它们毫不留情地割伤她,她必须要忍受——变质。

七

李河静父亲的怀里有一把刀,被棕色的皮套包住,很小。这些天,他总抱着这把刀,或许他想杀死什么人。他的眼神却比从前安详,看向李河静时很宁静。或许对于他来说,捅死人跟没有捅死人,都不是罪过。他只是随手抓取能与之相伴的某样物品。他能活动的只有上半身,他用力地捏软绵绵的大腿,可以看到皮肉的变化,疼痛感却完全消失了。很多次,他都希望自己的双腿有痛感,希望自己的双腿能将裤管塞满,而不是越变越小。

他用锋利的刀刃划破棉裤,从棉裤的洞里对着大腿划拉,皱巴巴的皮划起来还挺费劲。很快，优美的线条就在那片地方渐渐有了颜色。它本来是好的，他想。如今，它不属于他了。他把刀子在裤管上擦一擦，又把它收进皮套里。

这几天，他一直穿这条破裤子。他要观察那些皮肉伤如何结痂，掉落，痊愈。

李河静每次回来，都提防那把刀。他了解他的父亲，知道他一旦发疯能干很多事。他会用摔倒的方式吸引你的注意，然后用那双有力量的手敲打你。

这日，父亲说："这么久才回来，去哪里了？"事实上，李河静回来得比往日还早。父亲的话让他感到异样，李河静沉着脸，他在家从来不笑的，侧身从门的另一边进入，跑去被柴火终年累月熏黑的厨房，习惯性揭开锅盖，里面什么都没有。厨房充满寒气。他听见父亲平稳的口气，在门边嗡嗡作响。父亲见到那辆离开的摩托车，待人彻底走后，他便自问自答。他讲起余扇的妈妈。李河静见过余扇的妈妈，却想不起来她的样子，有些人，在别人的记忆里，是没有脸的，那张脸毫无意义，证明人存在的东西便是她所做过的事。余扇的妈妈便属于这一类。

李河静拿起烧水壶去接水，他要烧开水。他熟练地生火。屋内存有一些干枯的树枝，够用一阵子。他家买不起煤气，过不上方便的生活。由于穷，父亲对比自己富裕的人便滋生出许多的仇恨。李河静望着在炉灶里燃起的火，觉得父亲光是凭借那股火气都能把水烧开。

他的旁边，立着一个小巧的保温杯，蓝色的，看上去用了一段时间，却依然很新。那是阿茶的杯子，他拿回来了。他想，阿茶不会怪他的,他本来就是一个偷东西的人,谁叫她要让他进屋呢,出于本能,他总是要拿回一些东西的。

当时,他坐在那里,听他们几个说话。余扇说:"你应该把重要的事交给放心的人来做。"李河静的目光落在旁边抽屉柜的杯子上,那是一个神奇的杯子,能将水保持在合适饮用的温度,不烫嘴。好多年前,母亲很渴,水烧开了,却要等很久才能凉掉,于是,她把水倒了半碗,加进生水,一口气喝光。他问:"妈妈,你不怕拉肚子吗?"母亲说:"人渴起来哪能管那么多。"这水温得太慢了。同样地,他不记得母亲的脸了,却记得她的声音,她讲塘县话时浓重的口音。

她就用这样浓重的含糊不清的话告诉李河静,没有什么是绝对正确的事。

世界上许多错误都是人为的,可人们不会承认的。母亲大概是这个意思。直到现在,他仍没懂。他把保温杯带回来,是脑子突然冲出这一段与水有关的回忆,他觉得母亲需要这样一个永恒的杯子。他就把它拿回来。后果呢,他从来不知道什么是后果。

一壶水开的时间,是一个人死亡的时间。

他迈着少年的小碎步,走出来时,看到自己的父亲面朝下地趴在地上,流了很多血。他死了,他居然这么安静地死了。不应该是被胸口的火气烧得噼里啪啦吗?在这期间,居然没有一个人从屋前经过,周围静谧得可怕。

父亲一定很疼,刀插在能感受疼痛的位置。

李河静觉得父亲肯定跟余扇的妈妈见过面,不管用什么法子。在他去外面的时候,余扇的妈妈一定来过。父亲肯定用尽气

173

力地喊要把她杀了。有一段时间,父亲经常做杀人的梦,可他不会醒来。李河静站在床的不远处,瞅着父亲在昏暗的梦中健硕地厮杀,梦中是一个四肢健全能走能动的人,他怎么舍得醒过来呢。李河静看了一会儿,再也睡不着,就会走到大堂,大堂总点着一盏煤油灯,起夜撒尿时人不至于磕磕碰碰。

此刻,他就如半夜那样,坐在门的另一边,等待路过的人,等待他们惊慌失措的样子,等待他们的问话,等待那鲜血染红人们的记忆。

安静是一种长久的痛苦,慢慢地融化到李河静的躯体中。

八

阳台上有一只灰色的鸟在做客。一年四季无论是天上或者地下,都很难看到自由的飞鸟。它们要不在猎人的陷阱里,要不束手束脚地在猎人打了死结的绳子上,在市场上等着最高出价,它们唯一的命运是被吃掉。现在,居然有一只颜色如此罕见的鸟出现在她面前。它的眼睛那么明亮。

阿茶走过去发出的响声也没能吓跑它。阿茶假装自己手里拿着食物,朝它伸出去,希望它能啄食自己的手心,这是一种安慰。鸟迟疑地看了阿茶几眼,还是不信任地飞向天空。后来,这只鸟几乎天天来,还是跟她熟不起来。阿茶把手缩回,注视自己粗糙的双手,自从双亲去世,这双手就变成现在的样子。

她最后一次见到这只鸟,是在李河静父亲去世后的第七天。

他的死,让阿茶某些痛苦的感觉再次归来。他是一个唤醒的媒介。面对似是而非的事情,她不只是一个旁观者。她花很多时间重新回忆多年前父母遭遇的那场意外,那年糖厂如火如荼,如今衰败成废墟。即便是废墟,它依然留存在许多人心中,亦如,意外。

阿茶本来不想去现场,但是余扇来找她,说他妈妈叫他去看一看。她问他为何不找自己的老婆。余扇对答如流,他老婆值班。

阿茶、余扇与叔叔都去了现场。阿茶相信,那是一把梦中拿来杀人的刀,残疾人要想获得完整,只能在梦中,梦是治愈一切的麻醉剂,把人们所想象的不可能的事,变成一种真实,在梦中,在另外的世界。

阿茶就站在杨桃树下,远远地看着,那是无法扭转的事实。死亡不会让她有任何的害怕。有警察,出面的还有县工会的几个领导。这个屋子像这样热闹,还是在李河静母亲到来的那天。余扇周旋在众人之间,阿茶觉得他很陌生。人是会变的。变老,变丑,变心。

尸体已被一床薄被盖上,阿茶听到有人说可惜那床崭新的被子,盖不着了。李河静走过来站在她身边,他没有哭。

李河静突然问阿茶:"是谁杀死了我爸爸?"谁也不知道少年的心里想什么。

是谁?阿茶无从作答。她轻声说:"自杀吧。"她的眼神很空洞,她的身体大不如前,器官正在衰朽,走路喘气更甚从前,是那场意外一直存在的缘故。而现在,她面对的不是意外,而是一场"故意"。阿茶又一字一顿地说:"是自杀。"

对,是自杀。可自杀的背后是什么呢?李河静从未如此动过脑筋。他的目光落在余扇身上。他觉得应该找一些东西来恨,余扇吗?好像不应该。他那么迷恋烟,余扇过来时又偷偷塞了两包烟给他。他不应该恨他。

他往森林走去。阿茶拉住他问他干什么。他说不知道。其实他清楚得很,他想弄明白为何父亲总盯着这片森林看,父亲是不是藏了什么东西。他甩开阿茶,往里跑。

森林藏起许多不幸。森林有少年们的秘密。他看到几个比他年长不了几岁的人,正聚在一起抽烟,看起来像是烟。他们慌乱一阵,见是一个孩子,便镇定下来。李河静想,或许父亲想弄明白这些声音到底代表什么。他想往回走,太慢。他被几个人围住,按在地上打。他突然用力地笑起来,这笑把树叶震得东摇西晃,发出吓人的叫声。

神经病。他听到三个字。他看到低垂的树上飞起一只灰鸟,它另外一只爪子没有了。他没有无力再打开眼皮,他睡着了。睡着的人儿,什么都不用想。睡着的人儿,想干什么就干什么。睡着的人儿在想,如果不醒来多好。

这里没人说再见,用"走了"代替所有的分别。"走了",跟"再见"不一样,"再见"是虚伪的承诺。

内心是一片深渊,一个专门培育黑暗的地方。内心是一座高山,它的耀眼遮蔽眼睛,目光掠过去,几乎是毫无变化的风景,那是被树木遮蔽的山,是另外一种明亮的黑暗。

李河静终于明白,寂静原来是有噪音的。父亲专注地看,专注地听,是为了辨别噪音的种类。

九

塘县的天气多半是明朗的，即使秋天也是如此。

李河静躺在一张废弃的椅子上，身体缩得很紧，像被敲破一头的蛋壳。他是被烈日晒醒的。一双蒙眬的眼睛看向周边是发黄的。他不知为何会看到这样的颜色，即使是秋季，塘县也永远不会变得苍黄，即使是冬季，树木也不会光秃秃，仍旧是没日没夜的绿，绿得人们都懒得去细分绿的种类。

那天，父亲的棺木上，放了一束黄菊。李河静不知是谁在混乱的入殓中放的。他的眼睛也便从那一刻起塞满黄色。

一名中年环卫工正拿着打扫的工具在街的对面看着他。

他的夹克像是从垃圾堆里淘出来的，到处是洗不掉的污迹，夹克左侧的口袋装不下一个保温杯。一个杯子的力量有时是无穷尽的。如果没有它，他绝对迈不开腿去找妈妈。

他走向环卫工，她却避开他。邋遢的人被戒备也是常理。不远处的工人正整理着那辆庞大变形的垃圾车，难闻的臭气从车上飘散过来；司机穿着肮脏的工装爬上爬下地将绳子拉紧。

李河静走进刚开始营业的杂货店，一排架子上全部是方便面，有些是进口的，写着他看不懂的文字。他向老板打听母亲。仅凭六岁以及从旁人那里听来的东西，自然不能有准确的描述。老板尚算耐心，听他说完，一边把收银台收拾整齐，一边说，不知道。李河静举起保温杯，说："你要是见到我妈，就说我要拿这个给她。"他拙劣地模仿成人的口气，求人时低三下四地说话，收到一种奇异的效果。老板答应他，并送给他一袋临期的方便面，告诉他如果要冲泡后面有热水。

他不吃,左手拿杯,右手拿面出来。太早了,日出那边的阳光是金色的。他看到附近废弃的戏院建筑有绿油油的丝瓜藤,覆盖着金色的印迹。他走向街边的椅子,其实那不算椅子,是把行道树围起来的四个水泥长台,不过经常有人在那里度过漫长炎热的下午。他总是固定待在第三棵树面对街道的那个台子上,那俨然已是他的一个家。

之前,阿茶的叔叔想收留他。在他父亲入殓后,他说他可以住到他家里去。他告诉李河静,他那栋房子所在的街道,有一个又古老又好听的名字:糖心街。你到哪里都找不到。从前的糖厂鼎盛时,每年冬季拉甘蔗的大卡车都会从这条路经过。那栋房子的对面,是从前的茶馆。

李河静知道那所房子,阳台边上种了一盆三角梅,开紫色的花,挤在角落里,又长到半空中。

李河静的脸是灰灰的,可能是没有眼泪。他不知晓为何他没有哭,也无人教他怎么哭。他照旧和往常一样,从村里来到县上,继续走在那些街巷,有知道他的人,会在他经过时私语一番。他曾在阿茶的叔叔房前止步有一分钟左右,大门紧闭,他知道此刻他坐公司的班车去郊区的基地上班了。那是一栋漂亮而冰冷的房子,房子的主人定居海外,壁上一些精美的浮雕早已破损,叔叔的那些花,挽救了它,也不知是否可以挽救李河静。

李河静不觉得自己是一个应该被挽救的人。即使犯错,但那些错误都是可以被原谅的。这是阿茶的话。每次阿茶都会一遍一遍地告诉他。阿茶相信,重复的语言可以教化一个人。她不厌其烦地在李河静身上实验。

阿茶刚刚结束早餐，在一家粉汤店，吃了一碗不算难吃的酸粉。她走回来，看到李河静在第三棵树下坐着，杯子在他的右边。阿茶觉得里面应该什么都没有。李河静的成长环境决定他是一个粗糙的人，他不会想到在杯子里装上水。渴了，他会直接走到县政府大院的公共厕所接生水喝，那里有很大的镜子，几乎把整个空间都照得清清楚楚。

李河静也看见了阿茶，他没想过逃跑。阿茶走过来伸手想拿杯子，李河静抢先，抱在怀里说："不行，这是给我妈妈的。"阿茶觉得自己应该愤怒，可她愤怒不起来。她在早餐店里，用手机刷消息时读到一则让人悲伤震惊的新闻：三十九名来自越南河静省的偷渡客被活活闷死在一辆英国的卡车里。也是那一刻，她突然觉得自己明白李河静名字的由来。

阿茶说："我带你去找妈妈吧。"

白日月光

黑

刘加开着二手破皮卡，穿过树木围起来的管道般的路，眼前豁然开朗，宽阔的街旁散落着稀疏的白房子，在几片绿叶中被风喷绘成巨型广告牌。冬日似乎拖着夏天烧焦的气味，混在俗气的日光之中。拐过废弃的拱桥，几条岔路都通往同一个方向——塘县县城所在地。这些路都是塘县近年扩大的延伸，如同为了迎新而加了滤镜的人像照片，又像一张为了让肤色看起来更好而敷上昂贵面膜的面孔。

刘加把车窗全摇下，两侧的风吹散毛茸茸的阳光，车内丝丝冷，他想着先把货物放到店里，再回家吃刘阿姨做的饭。她上了老旧狭长的海水街，开得缓慢，离合没控制好，熄过一次火，她仍旧不急不躁，这是被破车训练出来的耐心。

店是一处木制的旧宅，一楼是铺面，二楼是生活室，附带一个要弯腰爬进去的小阁楼。隔壁日货店的女老板周延一见到那辆墨绿色的皮卡车，就背着小皮包走过来，告诉刘加卖了两瓶洗面奶，说是看了数字标签，大概知道进货价，应该不会看错。刘加接过她递来的钱,说:"进货价是十五块,对的。"刘加站在车尾,说:"这利润都堆在货里了。"周延顺着她的目光望向车厢里的纸箱:"可不是嘛。"

刘加从自己的小挎包拿出一管口红,流行的豆沙色,递给周延,说:"新产品,好用。"周延一边接一边说:"客气什么。"刘加说:"这不是客气,为了让你生意兴隆,红红火火。"周延笑盈盈,说:"一会儿涂给你看,帮你宣传。"周延三十岁出头,一张雀斑脸,原来素面朝天。一年前,刘加的美妆店开张,一回生二回熟,她每次都爱来店里涂涂抹抹,遮瑕膏将她的雀斑变没,妆容阴影下她的宽颌骨变窄,整张脸一只手就能托住似的。

刘加理完货,全身臭烘烘,到隔板后面的灶台洗了手,出来,又托周延有空瞅瞅店里,她要回去吃饭。周延说没问题,又凑过来,低声问刘加她母亲身体还好吗。刘加鼻孔哼一声,说:"废人了,能折腾什么?"周延又问起钟晓——刘加的男朋友。

周延人热心,就是嘴碎。她卖日常生活用品,停电缺蜡烛、灯泡坏了要换、锅碗瓢盆差一个,人人都爱来她这买。她帮着人们挑选,这锅用的什么材料,那盆是哪个牌子的……又会帮人断家务事,人们争先恐后把知道的隐秘送给她。隐私有兴奋剂作用,用久了,后遗症跟出来,动作表情都夸张,眼圈黑,眼袋重,还好一双眼睛大,看起来还是很有神。跟她处久了,刘加的秘密压都压不住,也被她生拉硬拽了去。

刘加不情愿,词语却一个一个往外蹦:钟晓昨天出差了。然后,刘加扫了一眼店内,玻璃长柜台,装满货,右边墙上的一排木架,摆着她推荐的祛痘产品、美发用品,基本都是省城化妆品批发市场淘来的，小品牌，也不知好用不好用，反正她给客人讲得天花乱坠。进回来的假冒迪奥香水摆了一年，至今一瓶都没卖出去，只好拿来喷简陋的厨房与厕所。几张一级美容师证书牌交叉着放，有中文的，也有英文的。她是绝对想不到有一天她会在自己长大的地方谋生，成为一名美容技工。

波罗蜜树大张的枝叶抽走冬天，周延站在波罗蜜树下，和路过的行人攀谈。刘加走开，心里想杭州冷，不知钟晓带够衣服没。

钟晓回到塘县比刘加早一年。他后来告诉刘加，回来那年的冬天最像冬天，证据之一就是他穿上了厚厚的毛衣。那天晚上，他迫不及待去那家最出名的大排档要了一盘河口螺、一份炒粉、一瓶冰镇啤酒，吃得餐盘精光干净。刚刚下过雨的路面很潮湿，他看到老板趿拉一双橡胶拖鞋，在冷风里一只手拿锅，下油起火。他把穿白球鞋的双腿伸到小桌下，觉得自己像是镇上格格不入的访客。

刘加告诉他，自己回来也是一样的心情。

刘加与这个幼年好友久别重逢，是他不知听谁的介绍，说她是一个治痘专家，代理的某个化妆品品牌治痘很有疗效，他便过来。他戴着口罩，露出戒备的眼睛，像一位执行任务的忍者，隔着柜台使劲地瞪着她。刘加觉得他面熟，他吞吞吐吐："你是刘加？"刘加说："是。"他又说："加减乘除的加？"刘加喊出来："你是钟晓！"他尖叫："加加！"他把口罩摘下来，露出一张白净却满是痤疮的脸，难看。

那天，刘加叫他到隔间的美容床上，手指温柔地绕过他的眼睛与嘴唇，将他的面颊细腻打理，给他挑痘、消炎。他放松的身体满是信任。刘加说他是开店以来的第一个男客人。他说："我也不想，但是这痘突然出来，实在受不了。"他在北方待了好几年，除了待出一身细皮嫩肉，一无所得。被父亲喊回来，跟着家人做绣花加工生意，没料到一回来，绣花生意还没开始，痘痘先绣满了他的脸。塘县服装加工业发达，处处是小工厂，连带相关产业也跟着兴旺几十年。南区最新的那条街，一爿一爿的针线店、绣花工作坊，机器喳喳叫，压得水泥路面都喘不过气。

刘加一边给他涂上面膜泥，一边说自己学的考古，钻过墓地，被凸起的土堆绊倒，跌在皑皑白骨上；也去过大西北辽阔的荒漠，魔鬼城的呜咽至今仍在梦乡游荡……走在那种地方，总像走在另外的朝代。他惊骇，这个跟白骨打过交道的人，会不会把自己这张脸也当成了没有筋肉和肌肤的骷髅？这想法让他后背一冷，打了个抖。刘加说："手重了？"钟晓说："没。"

那次调理，刘加没收他钱，说第二次来了再收。他不好意思，推辞不过，说干脆就拿这钱请她吃饭。他们去河目街街心那家新开的炸牛排店，据说牛肉都是从岛屿中部山区运过来，纯天然无污染。味道确实美。刘加吃得毫无节制。他震惊她的食量。她说："你亏了吧。"他夹起一块香味四溢的牛排放到她碗里，说："亏得起亏得起。"吃到满街灯火，他们才结账走人。

俩人走入夜色，话突然像街上的行人一样变得很少，默契却随着夜色的加深而无限延长。更多的回忆被挖出来，摆在那刻，像自助餐一样随意挑拣。不知不觉，走到拱桥处，拱桥是旧时盖的，日晒雨淋，吃了许多土，长出飞机草。刘加站在路边，皎洁

183

的月光照出半裸的天空，炼出一地水银。钟晓蜻蜓点水在她面颊上一吻，一辆摩托车飞驰而过，年轻的司机怪叫一声。她扭过身，往回走，心里特别快乐，这是一个远道而来的吻，这吻走了多少年？

钟晓追上来，与她一起回到繁华的商业中心。印度紫檀枝叶繁茂，五颜六色的灯丝绕了它一圈又一圈。两侧的茶店摆起桌椅，过一会儿将人头攒动。她借眼角余光看他，脸上是痘痕，就像一把小刀子乱挥，有密集的刺痛感。这夜晚太好，完全不像是真的——好就好在，有些梦幻，又有刺痛。该回去自己所在的那条街了，那里白天有人气，晚上冷冷清清，没有月亮的晚上，就是去往黑暗的甬道。母亲声嘶力竭的叫声，就是那黑暗榨出来的。

红

母亲的身体突然掉了个螺丝，多米诺骨牌效应，哗啦啦散架，经过手忙脚乱的拼贴，只抢回半边，她半身不遂了。如今，她躺在床上，身上笼罩浓烈的阴郁。刘加洗一盘圣女果，端进来，坐到圆桌边，堆起来的那盘红，让房间生机勃勃。她把一个放到嘴里，瞅了母亲一眼。母亲假寐，宁愿在自己逐渐消失的梦境中张望，也拒绝看一眼熟悉的世界。

刘加叫一声："妈。"

沉默。

刘加望向那扇窗，窗像严密的墙剪破的一个大洞，日光从紧挨的房屋缝隙中费劲地跳进来。正午的光像一床暖好的棉被，铺在母亲的身上。她想,母亲真是命好,要是扔村里,估计全身都发臭了,哪还发得了脾气?自从母亲得病后,无论她做什么,都吃力不讨好。母亲三番四次叫她把水果扔出去,说污染了房间的气味。她回嘴,药味需要被水果味冲刷冲刷。母亲说这味堵鼻孔,出不来气,看来她是想让当妈的赶紧死。母亲的骂声像膨化食品被咬破。

多次争吵后,母亲换了对付她的招数——沉默。而她,完全适应母亲造出的逼仄。

刘阿姨端着饭放到小圆桌上,一般是白米粥或者粉汤。刘阿姨的到来,才能真正让母亲醒来。母亲衣服领口垫一块白方巾,左手拿汤勺,慢悠悠地往嘴巴送。刘阿姨问:"需不需要喂?"母亲冷冷地说:"不用,还没彻底残呢。"

刘阿姨是刘加雇的看护,之前在县医院的临终病房里当护工。这些年,得病的人很多,县医院临终病房的几张床位从来不缺人。这些年,天气热,什么东西都经不起高温的暴晒,人也是一样的,那仍然活着的躯体加速腐烂,哪怕是最亲密的人,口罩手套防护到位也不一定愿意贴近那个跟自己有过长久朝夕相处的人。所以,刘阿姨是很抢手的。

周延跟刘阿姨有点沾亲带故的关系,叫刘加去找她。刘加忐忑地在病房外见到她,她戴着白手套,头微微侧着,认真地听,不时点头。刘加一直没法说出低廉的月薪。她觉得月薪就像水里的小鱼,再小的网眼也捞不起来。最后,是那些字强行撬开她的唇齿:"工资一个月两千,如果少可以再商量。"刘阿姨一口应承,一周后就收拾包裹过来。刘加用了很久才消化掉这个意外之喜。

刘阿姨来刘加家没多久,就问能不能给一间房住下。空的就只剩刘加父亲的那一间。刘加说:"我爸那间闹鬼,你敢住吗?"刘阿姨面色一阴,说,那房间她收拾过,干净得很,如果同意她就借住下来,她在这主要是方便照顾她母亲。

最后一句让刘加彻底答应她。

刘加经常看到,刘阿姨不是正忙着拖地,就是搜寻各个角落的遗漏物。刘阿姨说,没有声音,房子就是死的——她在制造各种声响,让房子活起来。刘加对她所知甚少,但不影响和她说一些事。通常,都是在父亲死去的那间屋子,那里还保持着父亲生前的原样。刘阿姨带来一床棉被,夏天她把棉芯取出,叠成方块放在床角内侧,身上就盖一个被套。有时刘加看到她倚着枕头,盖着那床花色错综的俗艳被套闭目养神,总会想起父亲。父亲的遗物是她与母亲一起清理的,父亲的被套与刘阿姨的一模一样。他们这代人,物资匮乏,连被套也没得选择。

有时刘加独自到阳台上,望着挤挤挨挨的海水街,心底晃荡的水声便奔涌而来。她想,取这名字的一定是一个有知识有涵养的人。据说那是塘县唯一出过的一个秀才,众星捧月似的,名字与生平都被隆重地写在塘县县志里。刘加翻过那本厚厚的书,却发现上面记载的东西都乏善可陈,和内陆那些有着古老文明的古城没法比。这或许是一种职业通病,就算不干考古的工作——她自嘲是盗墓的活,这比较也是在心里的。

从前父亲也是喜欢来阳台上,蹲下来摸那些花墩,说海水街下面的市场街一带,有很多很多的故事。这花墩便是故事的一部分,那些死去的匠人留下的东西。可是父亲却不多说了,再然后,父亲死了。生活似乎没有改变,白天依然是白天,夜晚依然是夜晚。父亲去世那年,正是菠萝大量上市的时节,几乎每一个走过海水街的人都一手拿着辣椒盐,一手抓着金灿灿的菠萝,吃得整条街甜中泛酸,酸得她的眼泪落在地上,惊吓日光。那时,刘加就见过刘阿姨,她记得刘阿姨站在街边,穿一条苎麻长裙,脚上是一双布鞋,绣了一朵花,看起来像北方春天常见的芍药。这花色在塘县极少见。刘加觉得刘阿姨就像古代里出来的人,不属于这里的。这是她一眼注意到刘阿姨的原因。她还记得,刘阿姨接触到她的目光,慌里慌张的躲闪样。可能看出殡,总有那么一点不厚道。

刘阿姨一直未婚,年龄大,生不了孩子,又不愿意嫁给拖儿带女的鳏夫,便一拖再拖,成了人们口中的老姑娘。按理说,老姑娘应该会有一些怪癖,认识她的人却找不出她乖戾的一面。周延对她也是赞不绝口。刘加觉得周延说得夸张,但也承认刘阿姨确实与镇上的妇女不一样,可能是没结婚,人又爱干净,照顾濒危病人,见惯生死,便什么都看开了。

刘阿姨的声音在门外响起来:"刘加,菜凉了,要不要热一热?"刘加把一个圣女果塞到嘴巴,像含一口甜甜的血,边嚼边出去,说:"不用了。"母亲的房间出来就是客厅,顺着客厅过去,辟出来的一角放了一张餐桌,四把棕色木椅成双成对,每次刘加坐上去,都觉得自己像一个第三者。这是几个月前,她让刘阿姨去家具店买来的。这新家具,让这宅子老木抽新芽。她从电饭煲打了碗米饭,饭温着。刘阿姨过来坐在她对面,看着她一口一口地吃,问她味道怎么样。

她夸张地说:"你要去开饭店客人绝对挤爆。"

刘阿姨心思却不在上面,那掠过的笑容被下一句话取代,说:"你要理解你妈妈。"

她手一停,刘阿姨往她碗里夹了一块瘦鸡肉。

从她有记忆以来,母亲就是疯疯癫癫做事乖张的人,稍不如意就和父亲吵闹。父亲的关节贴满膏药,瘸着腿反驳——这反驳也一瘸一拐的。父母在屋里吵,她就在阳台上坐着,对吵架的内容漠不关心。对面的小楼古老得发霉,木头被过多的雨水抓出一条又一条伤痕。楼下的行人挎着菜篮子,在不那么热烈的太阳底下说着话。父亲矮矮墩墩、横向发展的声调像母鸡啄食;母亲不同,母亲的声音像一只半夜的猫发情,恐怖里夹着可怜与忧伤……

她垂眼看碗里,说:"有时我真想你是我妈妈。"

刘阿姨双手叠在桌面上,看着她炒的两盘菜堆得很满,凉掉,油脂凝成透明胶。沉默让周围的物件都有窟窿,连空气都被钻孔。刘加知道刘阿姨的专注是空心的,不在谈话上,不在房子里。刘加吃着饭,说起日货店女老板,说起自己的货物,说起在钟晓面前不轻易流露的寒碜。刘阿姨用她一贯的表情默默地听着。刘加曾问过她的一些事,她说,她的人生就是俄罗斯套娃,从小到大都是一样的,没什么可说。刘加问她从哪里知道的俄罗斯套娃。刘阿姨说以前父亲给她寄的,她父亲是从前极少的到外面闯荡见过世面的人之一,可惜很早就死了。

蓝

刘阿姨给母亲熬药。

她把罐子放在火上,慢慢地熬,将药性从植物的枝叶里逼出,从烟雾中扩散,像缤纷落下的香水。她看了一会儿火,听到水的沸腾,将火调小,便去给整栋楼做卫生。她在三楼的杂物间翻出一只蓝色拖鞋,沾满灰和蜘蛛网,是流行一时的"双鹅牌"——鞋面上两只鹅叠着,成双成对。她拿去冲一遍水,又用刷子里外刷干净。刘阿姨拿破布擦干那只鞋,便拎着去见母亲,询问另一只在哪里。在一些小事上,刘阿姨喜欢让病人做决断。母亲也很享受这个过程,这让她觉得自己不是废物。

母亲撑着床,慢慢坐起来。刘阿姨要扶她,她摆手不让帮忙。这是罕见的事。母亲的眼神有寒光,匀过来,冻白刘阿姨的脸。母亲说,这是男鞋,应该是刘安的。母亲的目光是一个谜,让人猜不透。刘阿姨垂下头,挪步坐到平日母亲吃饭的椅子上。刘阿姨听见自己的心像海浪,拍打悬崖般的身体。两个人的眼光就像玩游戏,一东一西,对话也是沿着线,分叉走。她说:"刘安是你先生?"塘县就像凭空从海面浮出的一座城,没经过驯化,多粗人,"先生"一词是罕见物,像挖到宝一样难得见一回。

母亲两耳像刀片,把话切得丝丝响。良久,母亲说:"他不中我意。"

刘阿姨松口气,海浪退了潮,复归平静,语气像捆来一束风,把她的话吹成一个圆:"当年谁不知你俩好不起来。"母亲往后躺,刘阿姨赶紧把枕头垫在母亲脖子底下。她们聊起旧日污水横陈的街道,聊起街口老牌杂粮店,蒸的毛薯真是好吃。现在卖的,不知是太多化肥还是土地不再好,再也吃不出过去的味。刘阿姨问母亲,想不想吃,想吃的话她现在可以去买。毛薯不好,番薯却粉得很。母亲说,不用了,倒些水吧。

刘阿姨拿起杯子,走到外面的饮水机旁,把杯子放在底下。她环顾四周,这栋房子是旧的,从这户人家的祖辈那里传下来,箱子、案几、柜子,陈年的旧木被油漆包住,在经年累月里失去原本的颜色。它是这街区颓废的象征,却又在并立的新式建筑中有着顽强的意志。她按下键,接一杯温水,突然想起要去看一看药罐子。她跳起来,跑到厨房关了火。

母亲突然问:"现在外面还有红糖块卖吗?"

"过年才有了。"母亲说。

以前生刘加时吃得可多了。她对过去可以自由掌控的身体与时光产生怀念。那时她像现在一样躺在床上,但躺下与起立的主动权在她手中。在她的意识深处,她仍然拒绝相信自己的瘫痪,她也拒绝照镜子,她的头发涂满白色,脖子很皱很细,仿佛随时可以截断呼吸。如果她坚持,她还是可以在别人的帮助下起来走上几步,但是,她拒绝任何有益的复健。

母亲的睡裙几天没换,黏糊糊的汗化到单薄的料子里。刘阿姨想让她换掉,她说时间不到不换。她只用舒肤佳香皂,洗澡也洗衣;她告诉刘阿姨衣服从几点晾晒到几点就要收;她吃完饭要把碗碟放上至少半个小时,让味道飘满屋子,洒溢出去——那味道能让邻居知道她活着。

母亲歪着身,刘阿姨知道母亲要独处,她拿起那只鞋走到自己的住处，放到鼓鼓囊囊的大麻袋里，下楼。那日，是一个特别晴朗的天，刘阿姨很久没见到这么湛蓝的天空，整条街都变成浅蓝色。她倚着门口，望着行人搅拌着天空落下的蓝，这种蓝就像那双鞋子还新的时候的颜色吧？

她发誓一定得把另外一只鞋找出来。

黄

刘加靠着廊柱等钟晓。钟晓出差回来，说要去她家看看，认识这么久，还没来过。他盘算着上门要买什么东西，烟酒必不可少，水果几箱是有必要的，鸡鸭可能需要一两只……刘加让他什么都不带，她母亲烟酒不沾，她也不沾，刘阿姨是一个单身女人，为了有一个稳妥的晚年，更不沾。他说这迎来送往的到她这里就转不动了。

赶早集的人三三两两地走，冬日带来的热度超乎想象，他们预测来年的清明，又是一个天干物燥的难熬之日，觅食的亡者们又会和往年一样，拖着嶙峋的骨架，咒骂天气想将他们烧得毫无影踪。钟晓的车慢吞吞，左躲右闪，老街路窄人多，很不好开。刘加看着它慢慢靠在房前。钟晓下车，绕去副驾驶座拎下一箱饮料。刘加扫了一眼周围，隔壁走廊下含饴弄孙的老奶奶正往他们这边看。刘加熟悉这种看似慈悲却想刺探一切的目光。她曾长久地活在这种目光的抚摸中，让她的发育远远跟不上年龄，因此，她长得不算高，大脑门，很瘦，唯一值得称赞的就是那头浓密的乌发。成年后，她对穿搭有一些研究，懂得用衣服掩饰身体的小缺点。回到镇上，倒是让人们刮目相看几天。

他们进屋,刘阿姨对大堂不重视,不常扫,大门日日开着,风一刮,路边的尘土就飞进来。刘加让他把饮料靠墙放着。钟晓放下,目光被墙上两幅炭画像吸引。先人的遗像挂在墙上以供铭记,但是上面的男人肖像太年轻,眼睛犀利,少见的剑眉,似怒非怒。刘加说,那是她爷爷年轻时候的样子,她奶奶找人画的。她爷爷与朋友下南洋谋生,最先在一个叫槟城的地方,寄过一次钱回来;后来再没消息,有人说他在印尼被砍了头。奶奶拿着爷爷寄回的那笔钱,藏了好久,还是拿出来给外墙贴了砖,又修了走廊外那两根柱子。

她带钟晓上楼,在二楼拐角处的鞋架上拿一双女式拖鞋给他,叫他换鞋,说男客少,将就一下。

刘阿姨正在拖地板,房间湿漉漉。刘阿姨将拖把水桶收起,叫他们去到客厅,给他们沏茶。两三个人住一栋楼,空间填不满,背阳的阴鸷便在房里长。

他们喝了几口热茶,钟晓就从二楼一路看到三楼。他进入久未居住、成了刘加储物间的客卧,目光掠过架上奇奇怪怪的东西:玻璃瓶里粗糙的沙子、某种生物硕大的骸骨、一比一复制的青铜方鼎、某条古老河道边捡回的鹅卵石……最后,他还看到墙上有张完整的狼皮。他问,为什么买一张狼皮?刘加说,父亲以前想做一件皮衣,问了店家很多细节,摸三摸四,最终还是没有买,留下了一脸遗憾。后来工作,有一次出差去蒙古国,她冲动之下就买了,过海关的时候也是费尽心思。

他说:"你爸都过世了,还买?"

刘加说:"想起他了,一时冲动。"

钟晓里里外外看了一圈,唯独刘加母亲的房没有进。她问他:"视察完了没?"他说:"从前和你玩,却没来过你家。"她说:"你说过了。"他说:"没有。"她说:"那我怎么好像听过好多遍了?"他们往阳台去,街上的声音像一根刺,一路飘过来,从阳台翻身进屋,把屋子的紧绷挑破了。

钟晓倚着栏杆,老式的阳台,没防盗网,自由的视野,想往哪看就往哪看。他的车就在街边,刘加就是见了他的车,才确定成年的钟晓与她是同类。此时的街上拥堵不堪,小贩叫卖声此起彼伏。刘加盯着钟晓修长洁白的手指,他的手颇为女性化,为什么不是她有这样一双手?

钟晓说:"你家有股中药味。"刘加说:"我妈每天都要吃药。"他问:"开销大,钱够吗?"刘加说:"不够你给我吗?"

他说:"这根本不是问题。"

刘加说:"还没到危急关头。"

实际上,她攒下的积蓄已所剩无几。美妆店的生意虽然稳定,但利润也仅够支付日常开销。周延有时会跟她打听,钟晓是不是在店里入了股。她说,小本生意根本不需要。周延狐疑,觉得她说场面话,却不好再追问。换谁都会那样想,毕竟这个小家庭的支出稍微一算就知道开销巨大,一个瘫痪的人,月月吃药,还雇了个保姆,这一个小店怎么能撑得起这么庞大的支出?

她勾住他的小指。

他问:"看电影吗?"

刘加说:"什么时候?"

他说:"现在。"他拿出手机,把小花盆当手机支架,点了下

193

载好的电影,是一部超级英雄电影,轰轰炸炸的。刘加说看过,故事忘了,可以再看一看。他把一支耳塞递给她。

刘阿姨给他们拿来两瓶矿泉水,问这样不累吗。刘加说,年轻人不怕累。刘加似乎听到母亲醒来的声音,瞥了下钟晓,准备独自去看看。刘阿姨朝她努嘴,示意她安心陪客人。看完电影,太阳高升,给对面那排房屋抹上胭脂,插上头饰,让它们看起来像一群咋咋呼呼赶着去演出的小姑娘。

聊了一会儿电影,钟晓说:"站累了,有椅子吗?"刘加进去拿了两把出来。他坐下,抬头看倚着阳台的她,抓起她的手闻了闻,说:"用的什么护手霜?真香。"她说,原来用欧舒丹,现在是批发市场上进的杂牌,几块钱一大瓶。他说:"改天我送你。"停了一会儿,他轻轻问:"你喜欢和我一起看电影吗?"她说:"我喜欢电影,如果电影好,我就喜欢和你一起看。"他说:"有一件事我想告诉你。"她说:"好事还是坏事?"他说:"对于我来说是坏事,对于你来说……"他停顿了一下:"很有可能也是。"她说:"不想。"他说:"可我还是要说。"她说:"那你说吧。"

他站起来,靠近她,又后退:"我在安宁疗养院住过一段日子。"

刘加未想到,她与钟晓的沉默,久到可以长出老年斑。

……

她往后退了几步,手肘碰到那盆黄菊,从没有围栏的阳台掉下去,砸在钟晓的车顶上。那朵黄,像车顶上的裂纹。

他说:"我不想骗你。"

她说:"你走吧。"

他低着头，双手插到裤子的口袋，东张西望几下，消失在楼梯口。

白

那盆花被钟晓放到柱子旁，除了撒掉一些土，盆没碎。钟晓的车顶却可能要修一修。刘加在阳台上俯视现场，想，要是他叫她给修理费，她是不会给的。她坐了一会儿，感觉自己像没收拾过的屋子一样乱糟糟。她决定去找刘阿姨，就去了父亲的房间。她在安静中看到显眼的大袋子，之前她从没注意它。她走过去，看到一双蓝色拖鞋，旧的，却被洗得一尘不染，她把鞋拿起来，扔到地上，把袋子里的东西都倒出来。有两本《佛山文艺》，破了封面，父亲清瘦的钢笔字似乎刚写上去，这让她觉得父亲死而复生。

有人叫她。

她回头，那瞬间，刘阿姨脸上的皱纹挤在一起，像一朵开得过久的花，层层叠叠的花瓣风干了，掉不下来，只能半死不活地吊着。刘阿姨把东西往袋子里面捡。刘加说："这是我爸的。"刘阿姨的声音很陡峭："你妈让我随便处理。"

刘加是个聪明人，突然意识到，那段感情并未随着父亲的离世而消失，而是从多年的众生喧哗中冒尖。

刘加慢慢站起，说："你是不是刘朝颜？"

《佛山文艺》的目录页上有这三个字。父亲把她抱在大腿上，教她读，她稚嫩地念：刘朝颜。那时她并不关心拥有这个名字的人。父亲的笔迹，将这三个字在印刷品的空白处无中生有，终于，生成了眼前这个人。

刘阿姨说："是。"

她留着他的东西，包括她们丢掉的遗物，全部被她捡回去，保存在她独居的房子里。

刘朝颜坐到床沿上，把鞋子脱下，搓着脚，说："刘加，如果你不信，我不干也没关系。"她不觉得愧对任何人，她称心称职。她面庞柔和，脸上闪耀动人的光辉。

床上的被套，是父亲的。刘加无法说话，只能摇着头，流着虚汗，她依靠这些汗，把房间里遗留的爱情痕迹洗刷。

刘朝颜说："我现在走吗？"刘加依旧只是摇头。刘朝颜站起，取过角落的东西，说："你想清楚再来找我。"

刘加眼睛发痒，拼命地揉，模模糊糊之中，她看见一个完整的父亲。累像一个茧，把她包住。她躺到床上，床角的棉芯刘朝颜没取走。她也不想盖。新闻说明天开始降温，最低十八度，提醒人们做好御寒准备。这天气，突然就坠落十几度，看来是下决心让冬季回到正轨。她小憩一会儿，还是挣扎起来去刘朝颜经常买早餐的饭店打包了两碗粉条汤。

她叫母亲起来。母亲还是如往常一样，拿起汤勺吃了一口，却说味道不对。一天为数不多的起身，让她的苍白褪色，面容看起来舒服很多。刘加坐在她对面，往前倾，看着上面浮着一层油，几根青菜吸满油水，像在一个大池子里畅快扑腾，说："是那家早餐店买的，怎么会不一样？"母亲问："刘阿姨去哪了？"她说："请假了。"母亲说："不是她买的，味道不对。"

她象征性吃了几口，又回到床上去。

196

刘加实话实说，刘阿姨不干了。母亲说："为什么？"她说："她以前和爸爸在一起过。"母亲漠然地盯着她，说："那又如何？你爸都死了。"她说："你知道？"母亲说："我坏的又不是脑子，去叫她回来。"

刘加将食物收起，拎着下楼。楼很空，空得她使劲走路，也踩不出超过房子面积的声响。她把食物丢弃到楼前的垃圾筐，隔壁的老奶奶仍旧用警惕的目光打量她，身体里的骨头习惯性躲躲藏藏。

她避开老奶奶，两手空空去了店里。

周延拿着一袋"猫耳朵"过来，放在柜子上，拿一个放到嘴里清脆地咬着，虽然周延老是嚷着怕变胖，可就是爱吃热量高的食物。

她掏出钱给刘加，又是帮她卖货的钱。

刘加觉得把刘朝颜的事迁怒于介绍人周延是不对的，但她还是忍不住把事情说出来。周延的笑容从脸上往后退，慢慢地，只剩下端正而严肃的五官。周延不知道刘朝颜与刘加父亲在一起过。她只是听说刘朝颜的父亲去过国外，好像是一个叫印度尼西亚的地方，比塘县还要热。刘朝颜父亲刚去时，觉得自己也是热带的人，很快就能适应。谁想到，那里的树木比这里更加繁茂。这里有火山，人家那里也有火山。刘朝颜父亲不知在外待了多久，反正回来后就得怪病死了。

周延又说，钟晓的女朋友在青岛冲浪被大海卷走的事在镇上早已众人皆知，钟晓的隐疾估计就是因那事患上的。她见刘加与钟晓好，觉得过去的事不该告诉她，何况这也都是听来的，不一定是真的。

197

粉

  有海风从遥远的地方过来，奔跑过密林，来到这里气势已弱，却仍是热的。刘加却丧失掉对热烈的知觉，这是一种感官麻痹症。她穿一条粉红V领衫，一条到膝盖的蓬松的欧根纱灰裙子，看起来微胖。

  钟晓打开车门走出来。刘加在里面喊："往前开一点，你这样全拦着没法做生意了。"钟晓只好又钻进去，以墙柱为中心，横跨两个门面房。刘加说："你来干什么？"他说："来看看你。"刘加说："这不看到了？"他又安静了。刘加转向外面新栽的树，铺上水泥的路面跟它争土地的营养，让它难以真正深入地下，不知能活多久。钟晓说："我们一周没见了。"刘加想，是有一周。作为俗世中人，感情也是以柴米油盐做主食的，一周不吃，面黄肌瘦。

  钟晓说："给我洗下脸吧？"她把他当客人，叫他去床上躺好，便过去，在脖子底垫了块毛巾，叫他闭眼，拍他的脸。她把洁面乳倒在手上，起泡，往他脸上涂，心里想，他家有没有精神病遗传史？她把两个人的结局想了许多遍，次次不同。她觉得如果是她得病，一定会被母亲藏起来。钟晓的话像细水长流，在刘加娴熟的指法中出来，他觉得自己的内心有大洞，再厉害的机器都缝不密。他依靠心理治疗，才学会如何面对这个洞口。

  刘加帮他洗完，问他要不要敷热毛巾。钟晓说不了。他睁开眼睛，看到刘加伸过来的脑袋。四目相对，刘加有些意外，眼睛真是一个奇妙的世界。从眼睛钻进去，能抵达神秘莫测的人心？

钟晓坐起,把自己的手掌放在她手背上。她有生理上的暖,内心却毫无感觉。这双一年四季都保持温润的手,多少次触碰过在北方海边死去那个女人的身体?北方的冬天那么冷,他们又喜欢去海边,那边的海和这里的海是不一样的,那里的海冷峻无情,寒冷席卷一切,就算他有这双热乎乎的手,也无法抵抗吧。

　　钟晓说得很诚恳:"我有压力,不过我想可以克服。"

　　刘加说:"你知道人们都怕什么吗?"她没说将来可能会被他杀死。这种虚构出来的后果不仅仅让她,也让每一个人都感觉到害怕。他说:"你的手能让我安静下来。"

　　刘加抽回手,把隔间的布帘拉开,取了薄荷香水喷雾,往四周喷了一圈。她不想让自己闲着,人一闲,脑子就乱动,许多好的坏的念头就四处奔腾,她控制不住。她看到周延往这边探,就喊周延过来。她俩面对面,钟晓站在帘子前,听着她们说一些不相干的事。周延说刘加太操劳,身上的肉都跑光了。刘加才想起,要去找刘朝颜谈一谈。她问钟晓,车子能不能借她开去找人。钟晓把钥匙塞到她手心,说:"送你都可以。去吧,我帮你看店。"

　　刘加一路往刘朝颜的村里去,说是村,其实是县中心不远的城郊。那村庄似乎是未赶上城镇化的进程,偏安一隅,人却都一个一个往中心挤,所以,满目的楼房看起来却像一个掏空的南瓜,虚有其表。

　　路越开越宽,车渐渐稀少起来,大片的农田两侧都是波罗蜜树,夹着一些木麻黄,各种叫不出名的野花野草漫山遍野。刘加从路边的加油站往右拐,看到雄伟的村门,觉得就像古代的贞节牌坊,有种不伦不类的感觉。

刘朝颜家是一栋两层小楼,中间敞开的厅堂只有逢年过节才会有人烟香火。宗族人不怎么待见她,叫她挪到偏室,她性子倔,死活不搬。刘加在门外叫了几声,没人。

她打听好一会儿,才知道她给市郊小学的一名老师帮忙照看中风的老人。刘加在人家屋外把她叫出来。刘朝颜跟主人说了几句话,就对刘加说:"来,去我家吧,那儿方便一些。"

刘加怀着心事,步伐便有些虚,想,反正没仇没怨,她收集的东西也是家里不要的,母亲都不介意,作为小辈,自己何必斤斤计较呢。

推门而入那栋宅子,干干净净,明明亮亮,和刘加所想象的压抑完全不同。刘加坐在堂屋的炕案上,觉得刘朝颜这么快就找到了活,可能不回去了。她正寻思一个更好的开头,刘朝颜却主动提起正在照看的老人,她的口气既不生气,也毫无意外,刘加来找她仿若在她的意料之中。她说,那老人快死了,人临死时,都要把身上的脏东西排干净,也就这礼拜的事了。

在自己家里,她很轻松自在,刘加也不时附和几声,气氛渐渐融洽。刘朝颜自己照顾过的濒危病人,一个挨着一个,留着最后一口气,被亲属手忙脚乱地送回祖宅。有些撑不过,半路断了气。据说若过了时辰,灵魂离了身,迷了路,招魂幡也招不回。刘加也跟她说起自己以前在外晃荡的经历,跟她讲沙漠里的骆驼棘,讲鬼故事,两个有巨大年龄差的人又唏嘘了一番生生死死,这态度也是极为罕见了。

刘加不知道的是，刘朝颜从老人的身上想到二三十年后的自己，如果有一天，她动不了，会不会独自在床上饿死？刘朝颜清楚记得，这种念头第一次出现是在父亲死那天。父亲把流言从国外带回，有好事之徒跑来告诉她，说她父亲是一个叛徒，为了活命，出卖同乡。刘加的奶奶来过一次，想证实一些传闻。父亲颀长的身体躺在窄短的床上开不了口，没有人知道父亲的舌头被剪断了。她给父亲喂饭，父亲张嘴，她看到空洞的里面，不知道父亲是否还能享受到食物的美味与快乐。

她没再说话，屋子很静，静得放大了穿堂风。

刘加摸了自己的脖子，不知为何出汗了。

她们走到屋外的空地上，四周都是零零散散的果树，阳桃的酸味飘飘荡荡。刘加油然而生一种亲切，这亲切像一个秘密，只有与刘阿姨相处时才体会得到。于是，她把钟晓的事告诉她，她感觉到疼就像这村子那样空荡宽阔，愈合都不知从哪头开始。刘朝颜说她都知道。

缓了好久，刘加才说："我妈还是希望你回去。"她说这话时心里很没底气，仿佛是利用她对父亲的余情未了勒索她。刘阿姨盯着郁郁葱葱的树林，说："过几天我就过去——得等那老人走了……快了。你妈也是一个可怜人。"

五　彩

钟晓向刘加求婚，是在他把店里的玻璃柜砸碎之后的第七天。

有个怪念头忽然从钟晓的头脑冒出，他很想试一试这玻璃是不是坚硬到足以防弹。拳头捶打下去第一下，并未立刻碎掉。他捡了一块石头，和另外的拳头一起冲锋陷阵，玻璃碎了，显出一柜子晶莹剔透的货品。各种色号的口红、粉饼、四合一的化妆盒，五彩缤纷的颜色被他手上滴下的殷红覆盖，像一床缩小版的大红喜被。

他还给刘加一个更新的店铺。

刘加穿过一楼那排机器，熟练的工人正把布片放在机器上压花。钟晓家安在五楼，三百多平方米的空间被隔成四室两厅。这是她第一次进入钟晓的房间，一张床，三面墙放满可移动的木衣柜，却都是空的，到处都闻到浓郁的巴宝莉香水。原来他对香水有一些癖好，可能是死去的女人培养起来的一个爱好。刘加决定回去后把架上的香水全扔了。塘县的人都很不喜欢香水，真是奇怪，可能常年的风把人的体味都刮走了。

钟晓的手伤得不重，除了留下一些疤痕，活动自如了。刘加坐在软皮沙发上，看着他在她面前演示石头剪刀布，做得很灵活。

他收紧拳头，作势朝她出拳，说："我要给你钱。"她面不改色，说："好啊。你屋子什么都没有，就是为了把钱省下来给我呀？"他说："是啊，我什么都给你。"她说："好啊。"他说："我要娶你。"她照旧面不改色，说："好啊。"他语气有纯真与惊喜，说："这么快答应了？"她说："没反应过来。"他说："不得反悔。"

钟晓张开双臂，用升高的体温抱住她，她则像个偷窥者，双手插入他浓密的黑发，她看到他的缺陷，看到一个活生生、有血有肉的人。他们一起下楼,走去店里。钟晓换了一个全新的玻璃柜台,给她添了个激光美容仪,摆在美容床旁边。周延说刘加因祸得福。

刘加说:"还要不要和玻璃比拼一下?"他摇头,吃了药,他与常人无异。

这晚,钟晓在店里留宿。星光从小窗上透过来,刘加却失眠,她摸了一把他熟睡的脸蛋,掀开被子,坐起来。钟晓的钱包放在桌子上,她拿过来翻了下,许多张卡片,还有一张小照片,一个女人跳在沙滩的上空,洋溢着欢乐的神情。前段时间,他们去城郊一家有名的酒店泡温泉,东南亚风格的园林温泉池,私密性很好。黏滑的水在她的轻拍中四溅,对面的钟晓,有云蒸雾罩的朦胧。他有些慌张,叫错她的名字,虽然立即改口——这照片,就是他不经意喊出的那个人吧!

钟晓迷糊地叫了一声,是梦话。她在昏暗的光中看他,这是一个她认识很久的人,拥有一副与她亲密无间的身体。她回到床上,把被子拉开,他只穿一条黑色内裤,赤裸着褐色的胸膛,他比不上那些运动健将,但她仍能在他呼吸中感受到男性的力量。她的指尖从他的脖子一直滑到肚脐,沾了他的温热。

他感觉到痒,伸手一挠,抓到她的手。

刘加心里想着这一年,所谓的日复一日,年复一年,对于她来说,却只是重叠的一日而已。是白天耗光了宝贵的意志,把他们本该七拐八弯的情欲拉成一条直线。他察觉到她的异样,醒过来,温柔地问怎么了,她说大姨妈要来了,情绪不好。他搂紧她。她终究问出口,他是真的想跟她在一起,还是想跟一个女人的影子?

　　他松开她,仰面躺着,睁大眼睛,并未立刻回答。这犹疑让她不舒服。她翻身坐到木地板上。他把脸转向她说:"不是影子。那天,你知道,在温泉里,在水中,我想起一些事。"她把窗户打开,对面的破楼有影影绰绰的光,两具人形纠缠在一起,似乎察觉到什么,分开,其中一具把灯熄灭。她的目光落入夜色下的街道,一片斑驳与灰暗中。

　　他把她的脸扳正,说:"我喜欢你乌黑的头发像夜晚一样漂亮。"她说:"我喜欢你夜晚危险的身体。"他说:"我喜欢你的真实,虽然真实不一定让人舒服。"她说:"我喜欢此刻一切都死了,只有我和你活着。"他说:"我喜欢你胡说八道眼不红心不跳的傻样。"

绿

　　刘加用刀子,给自己削一个青苹果。她是讨厌吃苹果的。但是,在母亲的骂声中,她无事可做,只能连皮带肉地把苹果当成一个新鲜的玩具。刚刚,她把打算和钟晓结婚的事告诉母亲,母亲反对。

　　"你怎么能和一个神经病结婚?而且……而且……"她喘着气,说不上话。空气停止流窜,悬在半空成了一名认真的旁观者,期待着母亲窒息的演出。旁边的床头柜上有几块赏玩的鹅卵石,母亲拿起一块,朝窗户扔过去,玻璃裂开,但没有碎。她那口气终于缓过来,倒在柔软的床垫上,一切似乎都是为她这一跌做准备。

刘加瞅了一眼母亲，刘朝颜在门边，露出上半身，轻轻叫："刘加，出来。"

母亲吼："都给我滚。"

刘加把刀子、苹果都放到桌上，走出去。刘加想，没有人能阻止她的任何决定。夜晚未彻底遁去，太阳却从河目江上即将升起，昼夜交替，出现了白日月光，真是难得的一天。

母亲自生病后第一次起身，拄着拐杖沿着楼梯慢慢下来，去见钟晓的父亲。她目睹了他变成现在这个模样，岁月对他太宽容，他胖了，可看起来更高大。刚开始做生意没多久，他便学会开车。那时，她总是算准时间走到河目街去，河目街还破破烂烂，却有兴盛萌芽。她看到他弯腰钻进车子，摇下车窗，一路沿着河目街开开停停，把往省城做生意的人拉上满满一车，驶离了看似毫无尽头的去往外边的路。他会在傍晚回来，哪怕背对着街，她也能听出哪辆车有他，或许，喜欢一个人时，会调动所有的知觉像对付猎物一样对待心上的人。可他从没正眼看过她。唯一的一次，是她终于拦下他的车，花了几块钱跟着一车人去了省城。那时真傻。母亲惊异于自己这段刻骨铭心的记忆，这让她有些欣慰，虽然身体坏了，但脑子还没有破损。

一双花卉刺绣的尖头平底黑鞋，在她的脚上走得歪歪扭扭。她停下，颇为慌里慌张，觉得这样的面目去见他不合时宜。他会不会看不起她？这日头多么明亮，她却活得昏昏暗暗。不过，他有什么资格嘲弄她呢？他儿子是个神经病，她的女儿是一个正常人——她占了上风。反正，他儿子是不能娶她女儿的。旧日爱而不得的绝望激发了她的求胜欲，她要赢。她又开始艰难地往前走，一个人走出大军压境的气势。她能感觉到路人诧异的目光肆无忌惮地扫射她，歧视与好奇在浓厚的空气里并存。她构思着见到他应该怎么说，她准备许久，走到那里时已胸有成竹。那栋很大的楼房，有笨重的铁门虚掩着。她进去，看到一排工人忙忙碌碌，报出老板的名字，得来的是冷淡的回应：老板不在。

这时，她才想应该给他打个电话。于是，她问管理人员要他的电话。人家推托不肯给，她便破口大骂。管理人员怕她一气，死在这里，软下来，说："我给你打。"电话接通后，他把电话递给她。她听到他的声音，心里一颤，那是少女才有的心情，她的嗓音几乎要把空气咬破："我是杜眠琼。"接着说起刘加和钟晓的事。

那边惊诧地问起情况，她回着。

最后，像打了一场艰难的战役，像度过了两个截然相反的季节。在忽冷忽热中，母亲把电话扔给管理人员。

她心中涌上一股热，毕竟，在这一点上，钟晓的父亲和她是意见一致：反对。

母亲全身疼，这种疼是久未行走的疼，匍匐在全身的皮肉里。半边身子毫无知觉，让她对另一边的疼痛更加敏锐。刘朝颜拿着经络油，帮她涂抹，问是不是血脉又不通了。母亲没答话，而是望着那扇将碎未碎的窗户，经络油的味道给房间浇上压抑与沉重。

刘加望着窗户，想着过两天要找人来换上，不然碎了到处都是玻璃碴。母亲说:"你还是要和他在一起吗?"无声即是回答。母亲见她丝毫不理,叫她滚出这个房子。刘加毫无怒气,她看着手机,下楼。钟晓说他父亲叫他即刻去广州,认识一些合作的客户。很突兀。她知道怎么回事,她相信钟晓也会很快知道。刘加边走边打量每一个行走的人,每一栋静静伫立的房子,每一棵高耸骄傲的树,每一辆泊在路边被阳光打扫的汽车……它们都变成母亲身体废墟上的张牙舞爪。

还是在店里安全,那里是堡垒。从周延的口中,她知道,镇上人人都已知晓母亲去了钟晓家。

周延说:"反对你们结婚,又不是反对你们在一起,两回事。"

刘加想,钟晓会不会因水土不服头痛?他说脑袋面积太小,挤得痛。每次一痛,他就躺在美容床上,刘加用中医指法给他按摩头皮、揉太阳穴。结束后,他给她钱,她接过,说这是服务费……她的手指忍不住跳动,她问周延:"你想做面部清洁吗?我给你洗,免费。"

周延惊喜地撩开布帘,躺到美容床上。

此时,屋里只有刘朝颜与刘加的母亲,两个同龄人,气氛相宜。刘朝颜说:"你有私心。"母亲已经重新变回一个冷静的老妇人,她说:"至少在这件事上,我与他是一致的。"刘朝颜知道她说的是钟晓的父亲。刘朝颜见过他,青年时是瘦高个,现在是一个壮硕的男人,理着平头,开一辆商务车,早上出去,傍晚回到镇上。刘朝颜不觉得他好,看似友善,内里藏着戾气。

刘朝颜坐下来,摸了一下小圆桌桌面,每天擦,还是落下油污。母亲的目光也死死盯着那张桌,好像它能把她带到她想去的任何地方。她想起自己引人注目的样子,那是畸形的注目,幸好没被他看到,不然就破坏她在他心目中的形象。母亲想,如果刘加与钟晓结了婚,她就没了希望。她一定要熬到他也残的那一天。如果那时她还走得动,她可以去找他,给他削一个梨,不,不能削梨,要削苹果,再用榨汁机打成汁,用吸管吸,他会念起她的好来。

刘朝颜说:"你们不同意也没用,年轻人想在一起你们也拦不住。"母亲说:"没有父母祝福的婚姻能幸福吗?你就等着那小子发疯吧,我看刘加怎么受得了!"刘朝颜绕开话题,去给母亲煮一杯热牛奶——刘朝颜觉得喝热的能散火气。

看着喝完牛奶的人重新躺下后,刘朝颜坐在椅子上,什么也不想——其实,她也想,只不过,她觉得她想的无人能懂。在别人眼中,她永远温和,永远懂得人心与世故,可她连自己的心都不懂。她住到刘加父亲的房间里,把那双旧鞋找齐。他曾在杂志上写上她的名字,她住在他早已不在的空房间里,盖着他曾盖过的被套,总会有那么一刻,她感觉他是在的。她和他沉默相对——其实,是镜子的反光照出的幻觉。她和这镇子上所有的男女一样,都是一只只蜗牛,一辈子爬不出小镇四周遮天蔽日的绿。

道具灯

一

路两旁是无所顾忌的热带植物，数万年前喷发的火山灰滋养了这一带。牧师每天都会骑着他那辆掉漆的二十八寸凤凰牌自行车，在阳光穿透植被的明明暗暗里，走上十来公里路，来到塘镇——教堂平日的清洁和养护归他管。塘镇太多的宗庙祠堂，供奉的香火熏得镇子整日烟雾腾腾。闻惯了硫黄雄黄和劣质烧香，这里的人染上了爱打哈欠的毛病。牧师每次经过镇中心都会想着怎么治好这个镇子的流行病，不过，来到那隐秘在小树林中的小教堂，面对一帮老头老太开始"喔……哦……啊……"地唱歌后，他就将这件事给忘了。有时，他也会忍不住地打上几个哈欠。打完后他会摇摇头，自顾自苦笑，被塘镇给同化了。

牧师老了，愈发慈眉善目。北中街上摆算命摊的张瞎子和他是老相识，常开他的玩笑，说他越来越有佛相了。虽然小教堂离女儿阿青的家不远，但他却从来没去过。女婿丑丑倒是见了几回，他待女婿也算和善，但对他却怎么都喜欢不起来。反正阿青也老了，三十岁的女人哪那么容易找到什么完美男人？这样想时，他便宽慰许多。关于丑丑是神经病的传闻他并没少听到，但为什么还是依了媒婆的愿，将阿青嫁给了他，说实在的，他也弄不清楚。媒婆也曾在他那里嚼过舌根，说丑丑经常讲一些别人难以理解的话。比如他说要去一个叫温斯堡的地方，在上工的人家那说了一次又一次，又说自己一定会造出光来。也许是最后那句话打动了牧师，《圣经》写道：上帝说，要有光，就有光。

张瞎子曾给阿青算过命，生辰八字在他的手上过了一遍后，他叮嘱牧师，阿青命不好，要给阿青改命，往小一岁去。牧师一想到这，心里就不畅快。他不仅是一家之主，还是教堂管事的，那帮每周日来做礼拜的老头老太们都管他叫牧师，因为他被委以教唱圣歌的重任。年轻时唱戏的身份让他谋得了这个职位，不必像镇上那些七老八十的人为了每天的一口饭，还要顶着大太阳下地干活。至今，寒来暑往，他从家里到塘已经好几年了，却仍不知道牧师是什么职业。塘镇上，可信的东西太多了，反倒让人无所适从。

牧师很早就听说了丑丑的故事。丑丑是一个发明家，自从小时候看见来到镇上的马戏团徒手表演出烟花之后，他就发誓要成为一个发明家。后来，他从小男生长成了并不魁梧的男人，依然对这个梦想执着不已。

丑丑说他最想去温斯堡。这话让人不懂，温斯堡是什么地方？有人去问镇上最博学多识的老师。老师也说不清，但为了掩饰自己的无知，只能含含糊糊地说："是断桥吧？镇尾废弃的断桥不是有个桥墩吗？那像个堡垒。"

这个四十岁的男人终于在夏天的尾巴上结婚了。牧师站在八仙桌前等着前来拜祖的丑丑，暗暗叹了口气，他背着一个牧师的身份，本想移风易俗的，但拗不过族里的力量，还是接受了丑丑拜祖的事实。

阿青三十岁了，比丑丑小十岁，一个娶不进，一个嫁不出，也就算门当户对了。茶楼里的闲人们分析丑丑娶不进的原因，一是穷，二是所有的钱都扔在所谓发明上了。从小学四年级开始，这么多年，他砸了不知多少钱进去，什么都没发明出来。在这方面，他确实毫无天赋。阿青的问题就简单得多了，因为她是牧师的女儿。人们将那所躲在林子里的带着红色十字架的房子视为邪门歪道，总觉得那里装着说不清道不明的东西，一看到新娘就心里不痛快，唯恐避之不及。

丑丑给自己的新房刷白色油漆。丑丑有一个兄弟，早已结婚生子，和丑丑分了家。丑丑那间青色火山石盖成的瓦屋是一个异类，孤零零地夹在清一色的两三层楼房之间，没有任何的修饰，水泥糊成的墙面用后背一蹭，呼呼地往下掉。丑丑一个人住在这所房子里，打散工赚来的钱全部买了工具——他有一整套木工、铁匠、泥瓦匠的工具。隔壁街坊的大妈每次提起他，都会摇摇头，觉得此人不行了："你说，现在家家户户都用上电灯了，他还硬要去发明什么'光'呢，吃米吃傻了啊。"镇上人家一遇到盖房装修等事，都会想起这个全能手。他要价低，干活实在，不拖拉。丑丑的真名叫郑宏略，不过很少有人喊他的真名，大家都叫惯丑丑，改不过来了。

丑丑买的是最便宜的油漆，他自己懂刷漆，在人工费用日益昂贵的今天，丑丑的手艺派上了用场。他将门廊左边的椰子树砍成了一个树墩,又在右边种下了一株会发臭的印度紫檀。没几个星期,印度紫檀就由一根光秃秃的枝干长成了一棵茂盛的大树。

——这时,新娘阿青来了。

阿青不苟言笑,嘴唇紧闭,不是一个新娘子该有的愉快表情。她的眼睛细长,眼珠子很黑,塌鼻梁,这让她的美貌丢了几分。不过总体看来,阿青的长相还是过得去的,化过妆之后显得美艳动人。看热闹的都觉得丑丑哪来那么大福气,娶得这样一个美娇娘?

二

阿青卸妆之后终于露出了三十岁的姑娘面目,从不保养的脸老气横秋了许多。两个人骑着一辆被踩躏了无数遍的破摩托车噗噗地回门去。阿青指使着丑丑,往这走,往那走。摩托车闪闪躲躲,她不想让人看到她。一大早起床洗漱,她就在门口的水龙头边上听到对面的人家正在谈论着她和丑丑。她耳尖,将事情听得一清二楚,她没想到自己竟然嫁给了一个只会异想天开的人,有了掉进狼坑的感觉,有点儿怨恨起牧师来。虽说在这事上,并没有人勉强她,她只是暗地里自己小赌了一把,不想在自己镇上听到关于她的闲言碎语,只要嫁到别的镇就好——可谁想到,塘镇同样是一个话多的长舌妇。

车子骑到半路上,阿青让丑丑减速,贴着他的耳朵大声喊:"你为什么要去温斯堡?为什么?我讨厌你说这些莫名其妙的话!以后不要再让我听到别人议论这个事。"

她的声音飘进了丑丑的耳朵,丑丑突然觉得全身燥热,阿青凶悍的语气被这呼呼而过的风声给吹没了。他突然想笑:"说说没什么,我又去不了。"

阿青说:"你有钱再说吧,不要提什么堡了。镇上那座碉堡你看看,变成什么样子了?"阿青又想起了牧师的那座教堂,那座教堂很像一座城堡,一座唱圣歌的城堡。

丑丑来到了娘家,见了牧师老丈人,在牧师热情周到的招呼下吃了热乎乎的饭菜,然后将带回来的红梅烟挨个送完后,又载着阿青噗噗地回家了。北街的张瞎子看到他,喊他下车过来坐一坐,丑丑理也不理便加大油门哗啦啦就到了家。

丑丑的房子所在地,原来是镇陶瓷厂。那些眼巴巴望着能一辈子干到退休,然后过上有保障的晚年生活的职工在1998年全部下岗了。宣布破产的陶瓷厂走上了私营的道路,下厂区也被镇上出去的一名炒地皮的地产商花钱买下,按平方米出售宅基地。丑丑的父辈在合作社时期死都不肯签的协议,如今有了意义,但在地产商的压力下,丑丑两兄弟最终妥协换得了两块靠内的地皮,面积比以前少了一半。

丑丑娶上媳妇没几天,丑丑的父亲就因为高兴得多喝了两杯酒,一命呜呼了。丑丑只能跟和他早成了陌生人的兄弟联合起来操办父亲的丧事。丑丑在白天里拎着自己手工制作的一盏道具灯过来了,那是他用废弃的木块雕成的。从小就喜欢临摹的丑丑美术功底不错,动手能力又强,雕得像模像样。不过,丑丑的哥哥横竖看那盏根本点不着的灯不顺眼,他还以为那是个细长的酒壶,酒壶上盘踞的蟠龙仿佛随时能吐出酒来。哥哥问:"你拿这干吗?"

213

"烧给爸,让他在夜里好看路些。"

屋里简陋的灵堂点着长明不灭的烛火,木棺里放着两兄弟瘦小的父亲。指点各种风俗仪式的先生是北中街的张瞎子,他依然挂着他招牌式的淡淡笑容,虽然是在丧礼上,但大家已经见怪不怪。

阿青在铺就的草席上靠墙坐着,她被这亮着的烛光闪得已经一天一夜没有合眼,累得什么都不想说,累得她有股冲动想吹灭了这些摇摇晃晃的烛火。

丑丑将灯放在一边,说:"阿青,吃饭了。"他的眼睛红红的。生死有命,他自以为能淡然处之,但当真正来临时,他感到头上的云压着房子,越来越低,将他压弯了腰,直往横着去,气都喘不过来了。

张瞎子插话说:"先给你爸盛饭,要记住,三天。"

丑丑对张瞎子并无多大的好感,这个靠给人算命主持红白事的生意人老是一副洞悉一切的模样,老是鼓动别人摊开手掌让他算上一卦,这让他厌烦。丑丑最喜欢做的事就是制造那些永远点不亮的灯——他最终的目的是造出光来,让那些光来点亮那些灯。

阿青摇摇晃晃站起来,一句话也不说,像个木头人走出门去,张瞎子在她背后喊:"千万不要走错门,七天不能进别人家门。"

阿青一眼看到了旁边的瓦房,想,怎么可能走错门,整条路最破的房子就是她家的。她回到家,并没马上盛饭过来,而是立马倒在了床上。她连灯都没有开。满屋子都是木头香,熏得她的鼻子发痒,她挠了挠,突然想到温斯堡。她的手碰到了一盏木刻的灯,她觉得里面住了一个地方叫温斯堡。

睡一觉醒来,阿青看到丑丑,说:"我去买点东西填下肚子。"丑丑说:"你不用买给爸了,哥他已经给爸吃了。"阿青不理会他,穿着那双破拖鞋就去了杂货店。睡得太沉了,醒来时有点头昏眼花,就连那些木灯都变得重重叠叠了。

路口的杂货店总有一群帮人卸货装货的挑担娘,闲时,她们会在那里打团结牌。杂货店的老板娘是短发,与众不同,老公在镇上的机关工作,她总是把头抬得高高的,盛气凌人。她没事就喜欢嗑葵花瓜子,一边嗑,一边望着隐隐约约的教堂方向,不住嘴地说着嫁来的阿青,也不知她从哪听来的,她把阿青叫作衰货,语气既同情又充满高人一等的不屑。

公公的头七还没过。阿青进不了别人家门,但生意人就不一样了。杂货店她还是能去的。她知道这老板娘对她不怀好意,每次一进去买东西,她立马板起了脸,将牧师从小教她的与人为善的格言置之脑后。长大后,她发现,会唱歌的牧师对她格言教条般的教育都一败涂地。将她摆在镇上的任意一处,她都不具有任何优势,不论是从长相还是能力来说。

阿青一进杂货店,就感觉到了气场陡然生变,老板娘有意无意的问话有探询的意味。阿青买了一袋面包,付了钱,走出去,闻到了油漆和布匹的味道。杂货店的旁边,是一栋三层楼的房子,里面是一个服装加工厂。她听到身后有人说她,结婚不久就克死了自己的公公。阿青的眼泪控制不住,像长串的珠子吧嗒吧嗒地落在了地上。她看到那些流光溢彩的人在她面前跳来跳去,

215

她突然感到惶恐,多少年来从未感到恐惧的她顿觉后背发凉。

家里残存的那点喜庆的气息早已消失殆尽。丑丑正坐在地上,用刻刀雕着一盏未完成的灯。一屋子都是灯,木的,纸的,陶的,应有尽有。刻多了,丑丑长得也和那些凹凸有致的灯一样了,脸庞棱角分明,是一朵璀璨的花。丑丑看到阿青,瞄了她一眼,又低头继续刻着,那细微的声音在冷寂的屋内格外响。他是用这些来打发困意呢。

丑丑刻了好几个小时,阿青竟然也坐了几个小时。夜色包围了塘镇,阿青的种种不如意也跟着浮上来了。牧师骑驶过旷野的车铃声……张瞎子严肃的算命之音……往小一岁去……她听见了,这么多年,一直在她耳边回环往复,这种种杂音混杂的结果,是她嫁给了塘镇上的一个精神病。

阿青终于爆发了。她本就因为父亲莫名其妙的职业而毁了青春,这次,又因为这场婚姻而将要毁掉一生。她看到眼前和未来,她的歇斯底里被这场死亡给激发了。"我让你弄,我让你弄……"她叫嚣着,将那些精美得无与伦比的手工木灯全部砸碎了。丑丑愣了半天才觉醒过来,慌乱抢救。她说:"你还抢,你还抢,你这个神经病,整天做白日梦,就该去信教!你上过几天学?你懂个狗屁太阳能,懂个狗屁发光原理,你不过是一个打杂的,你看到了吗?"

秋风似剪,将丑丑多年来的坚持剪成了碎片,他哇哇大哭起来,哭得左邻右舍的灯全亮了。这个四十岁的男人一瞬间变老了。阿青为了他的老去,耍了什么阴谋诡计呀。啪嗒,他看到外面的光亮,隐隐约约,像裁开的白布,将黑夜包住了。突然,他像个醉汉倒在了地上，呼呼地睡着了。

刚刚发生的，不过是一场马戏团上演的滑稽剧。

三

阿青是牧师的私生女。

牧师年轻时是一个风流种，每到一处演出总会和当地的女人勾搭上。阿青便是那三十年前一场演出后野合的产物。女人抱着阿青来到他家找他时，他刚给妻子办完头七。当时阿青才出生七天，眼球已完全会骨碌碌地乱转了。牧师本要拒绝承认的，但膝下无子的他在看到阿青的一瞬间，突然改了主意，留下了她。阿青的生母却不被接纳，被妻子的族人给赶了回去。

阿青来后，牧师便改行了。原来一起唱戏的一个女演员因为歌喉不错，被请去塘镇教别人唱歌。那时崭新的教堂还没建起来，在北中街的一个破屋子里，一群人挤在里面，门也没关，参差不齐的歌声就从里面飘到了街上。后来，女演员要帮丈夫打理镇上的服装店，恰闻牧师有改行的念头，就把他介绍了进去，这一做就是三十年。

阿青曾问起母亲的模样，牧师支支吾吾答不上来，岁月将往事洗得一干二净，他甚至想不起来那个女人的名字了。当时他刚种下一株印度紫檀，待几个月后长得枝繁叶茂时便可和阿青一起在树下乘凉，看那些砸落在地的阳光。这里的夏季长得让人心生厌烦，阳光过分充足，树木长久浓绿，以致不少人染上了色盲症。

印度紫檀抽出的嫩芽发出腐烂之味，阿青捂着鼻子大声问

217

他。他心一横，随便说了几句搪塞了这个早熟的孩子。往后的岁月里，阿青绝口不再提她未曾谋面的母亲。她将这个仅仅在她出生后七天就与她分别的女人轻描淡写地遗忘了。

　　牧师待人走光，将教堂里里外外打扫干净后，锁上门，会在门廊边坐上一会儿。从疏密相间的小松树林望出去，看到成排的小楼房背对他，阿青新安置的家就在那些小楼房的对面。他经过那里，知道那间房子长什么样子。但不知怎么的，他并不想踏进那里。丑丑是一个什么样的人，他知根知底。

　　丑丑喜欢穿一件白衬衫，一条短裤，一双拖鞋，拿着他的工具箱行走在塘镇的那几条街道上，有时会接到村里的活，他也不骑车，还是走路。走路所花费的时间能让他想很多事情。塘镇上认识丑丑的人看他低头走路，都知道他正在想什么——那些道具灯呗，永远不会亮。有的年轻人看过周星驰的《国产零零漆》，总喜欢把他比作电影里研究手电筒的那个神经兮兮的达文西。

　　杂货店老板娘跟丑丑买过一盏灯，作为装饰店面之用。她是丑丑的第一个顾客，她将灯摆在收银台边上，那盏灯抄袭了招财猫的经典手势——灯柄可以来回摆动。老板娘就是看中了这点。只是，在丑丑的父亲去世后，她就将那灯收起来了，打算等这段晦气过后再拿出来。

　　丑丑上工去了，阿青嫁给丑丑没几天，里里外外将家里收拾整齐之后，进了附近一家服装厂当缝纫学徒。以前倔强，为了让自己不至于落入和那些姑娘们一样的平庸境地，阿青死活不去工厂，靠着牧师养了她整整三十年。出嫁时她身无分文，嫁妆钱还是牧师给她的。

牧师知道阿青的时间规律。阿青进了工厂后，他通常会踱步到杂货店来，一来二去，和杂货店的老板娘熟了，偶尔会说几句好话讨老板娘开心，让他待在店里久些。用老板娘的话说，这老头抠门，坐上半天都舍不得花上一块钱买瓶水喝喝，就那么像个呆人木木地坐着，坐久了都不知道人是死是活了。

牧师望着外面空荡荡的街道，突然想起妻子的墓地，他还来不及迁坟，轰隆隆的推土机就铲平了那个小山丘。省内最大的航空公司以建设航空学院的名义圈了整个村子的地。从不吸烟的他在近几月学会了抽烟。人们劝他，他吐了一圈烟雾后慢条斯理地说："别管那么多清规戒律了，人一死，还不是什么都没了，看到我家婆娘没，落得这样下场。"他说得轻描淡写不痛不痒。当别人提着锄头镰刀和拆迁队对峙时，他正在小教堂里唱歌，世界太平。

阳光将他晒得昏昏欲睡，梦中他用一把长刀杀死了一只麻雀，显然，他忘记了这座潮湿闷热的镇子并无此类飞禽。

中元节要到了。阿青提前两天到市场买了两个大椰子。为了阴间的亲人能在抢男孙时不至于在你推我搡中渴到没水喝，她在挑选上大费苦心，从十几家的椰子摊上一圈下来，才挑中了那两个。这个临时的椰子集市，是在四天前起来的。对于种有椰子树的人家，每年这个时候，唯一拿椰子换钱的时候到了。阿青百思不解，塘镇没有那么多的土地大面积种植椰子树，却为何会兴起这样一个用椰子祭祀的鬼节？她曾问过号称百事通的张瞎子，张瞎子也只是支吾着，估计也不知晓其中的来龙去脉。罢了，管这

219

破事干吗,挣钱要紧,没肚皮就要有铜板,这才硬气。"

算命的张瞎子最近收了一个徒弟,正为徒弟积累实战经验而四处拉客。他在市场的米行铺子遇见了正在看珍珠米的阿青,立马走上去,鼓动她去算一算。阿青抓了一把米,放到鼻子边闻了闻,没说话。这珍珠米据说黏性太强,煮干饭容易烂,容易嚼,不好吃,却卖得比本地米还贵,这让从没吃过珍珠米的她有些好奇。她望了一眼旁边的东北米,这两种米长得不一样,但据吃过的人说,两者吃起来都是相同的味道。张瞎子等她把米放下,又将话重复了一遍。

阿青最后还是买了本地一年三熟的米,她对老板娘说:"给我来十斤。"接着扭头对张瞎子说:"不了,我不算,你以前不是给我算过吗?"一句话堵得张瞎子哑口无言,他心里觉得奇怪,她怎么知道,牧师这大舌头也将这话和她说了吗?张瞎子讪笑:"我徒弟和我不一样,你试试。"他说得委婉。阿青付了钱,拎着米一步跨过那两级虚伪的台阶,面无表情,又说:"我没空。"

在农历七月死去的公公,能够参与到这一年一度的游戏中来,对于还没有怀孕的她可能是件好事情。虽然公公下葬了,灵堂也撤了,但还没上宗屋,祖屋的右边角落里还有他的牌位,逢年过节,香还是要上的。

阿青的孤僻在这几个月中已传得众人皆知。镇上还有过关于她和丑丑房事的传言,说阿青死活不从,在午夜时分差点拿菜刀砍死了丑丑。这些不怀好意的话语,阿青是知道的。她心里清楚,那些传言肯定是那天晚上来听房的好事之徒传开的。她瞬间对这个镇子充满了仇恨,这里的人怎么这么恶毒?她拎着两个椰子，走到屋前，望了一眼那堆木头，觉得连木头都对她充满了恶意。她扭头，望了一眼教堂的方向，不知道牧师是不是已经回去了。自从结婚后，她再也没去过那里，以前还会跟着牧师过去帮忙打扫卫生，现在，她连踏入都不想踏入了。她隔多久没去那里了？她算了算，还是没算清时日。自从回门之后的那天起，她就再也没见到牧师。她没有电话，她和牧师的关系也仿佛就此终止。

她把米放到米缸里，走出来，来到杂货店里，要了一个五毛钱的黄面包。她咬了一口，还香着。老板娘站在柜台里边，坐在一张高脚凳上，一会儿望望她，一会儿又将目光安回到对面的电视机上。两个人就那么坐着，无话。老板娘想，她还真像她爸。阿青在啃面包的一刹那，突然觉得老板娘长得很像一个她认识的人，她三十年的梦中经常出现一张脸，那张脸和老板娘的相似度几乎达到了百分百。

七月十四那天的阳光很长，照进了店里，将人脸烧灼了。阿青摸了摸自己的脸，走出去却忘了付钱。老板娘在柜台里边朝她喊："还没给钱呢。"有人惊讶老板娘的记性怎么变得这么好了。

老板娘在多年前就被城里最好的医院诊断为患上了分离性遗忘。这个新颖的名词塘镇的人都不认得。她从医院回家时，有人打量她健康如常的身体问她得了什么病。她支支吾吾说不上来。她的病历本在她的小包里，她认得诊断书上的那五个字，却不明白是什么意思。"应该是无关大碍吧，"她说，"就是记性差了，可能是做生意做出了贫血。"

临近节日，虽然是鬼节，街上依然比平时热闹一些。阿青烧菜做晚饭时,她还能听到街上传来的脚步声,脚步声像匀速的雨滴,落下,弹起,落下。这些天来,她第一次觉得可以好好地吃一顿饭了。

所有与死亡有关的仪式都会在中元节之后暂告结束。

外面的天色还没完全黑透,江边的晚霞依然可以清晰无比地看到,但屋里的光却已经挂上了。丑丑在昏黄的灯光下打起了手电筒,他悄悄瞄了一眼阿青,见阿青没拦着他,便战战兢兢地拿过一盏未完成的木灯雕起来。他沉迷在这刀工嘶嘶的声音中,刀工嘶嘶引他进入了属于他自己的世界,他来到了温斯堡。丑丑没念过什么书,却知道温斯堡在什么地方。有街坊问过他:"那是什么东西?"他抿着嘴巴闭口不言。他怕一旦开口,那个地方就会像玻璃那样被炸碎了。他不说。

很快,饭菜烧好了。阿青打开那张黄色的折叠方桌,朝丑丑喊:"吃饭了。"她的语气没有任何的感情,这让娶了老婆之后愈加胆小的丑丑有点害怕。他放下手中的活,取了碗,盛好饭,和阿青面对面吃了起来。阿青抬头望了那盏灯,都什么时候了还安黄灯泡,这线路该改改,换灯管了。

四

农家乐兴起后,临河而建的镇上开始有三三两两的游客。没活干的日子,丑丑会搬出自制的矮凳,在家门口对着那些小木头精雕细琢。他的眼睛越来越不行了,略通医术的张瞎子警告他,再这样下去就成瞎子了。他笑,说:"你还叫瞎子呢,你怎么没瞎?"张瞎子回:"那是别人取的,说明我灵验。"丑丑停了手中的活，望着张瞎子拐上了北中街，心里想着自己会变瞎的事情。他觉得要趁着还能看到的时候多造几盏出来，因为不知道哪盏会契合那些还未发明的光，哗啦一声就惊喜地亮了起来。这样或许他还能看到自己造的光。他因为自己可能变瞎的事情有些伤心，也不敢想更远的以后，但想到成功的惊喜，他就感到全身的毛孔都要飞起来了。

印度紫檀的气味在农历七月越发浓郁。张瞎子神秘兮兮地告诉所有来他摊子上算命的客人："这树是通灵之树，你想见谁，只要在树下施点小玩意，就可以见到了，想不？我给你优惠些，我徒弟对这行熟着呢。"这话，丑丑在自家的屋前也听了张瞎子说了两次，一次是对他说，一次是对看着他雕刻的一对年轻的情侣游客说。游客很礼貌，朝张瞎子一笑，就半蹲下来说想买丑丑的木灯。丑丑有点惊愕，他抬头望了望那对生得俊俏的城里的游客，又低下头，不发一语地又动起手来，他的手粗糙，长了一个接一个的老茧，扎得人疼。摸过他的手的人对这双手是怎么在阿青的身上游走充满了好奇——这或许是丑丑结婚那晚听房传统又在塘镇复归的原因之一。

张瞎子觉得这门生意可做，决定帮丑丑一把，在丑丑的一言不发下，张瞎子做主帮他将不能发光的灯卖掉了。那对游客抱着灯，心满意足地致谢后便高兴地朝江边走去。那里有一个水塔，在水塔边上，可以望见对面郁郁葱葱的岸边森林，那里成了来塘镇一日游的旅客必到景点之一。张瞎子望着他们，说："那有什么好看的。"他将钱放到了丑丑旁边，怕纸币被风刮走，用一块木头压住就返回了北中街。

丑丑和张瞎子的关系开始缓和，是在父亲的丧礼之后。他之前讨厌张瞎子总是在每次见他时鼓动他算命。看来张瞎子的生意并不如他吹嘘得那么好，不然怎么会想赚他那十来块钱呢？丑丑离群索居太久，不知道塘镇有预测命运的风气。父亲去世的那七天里，由于他是主持先生的关系，张瞎子和他来往频繁了些，兴趣转移到了他那堆木灯上。这让丑丑对他产生了好感，迄今为止，看到这些木灯的仅有两人，一个是阿青，一个便是张瞎子了。当丑丑开始在这条通往江边的街道上做他的私人活计时，绝没有想到这东西竟会有游客看上。

丑丑的线条刻歪了，他停下来，盯着地上那张纸币，他的眼睛像一束激光，直往地底钻去。一切变得和他的想象完全不同。他的记忆还停留在三十年前的塘镇。当时的这条街道还是一片陶瓷作坊，父亲手里的泥巴变成了实用的器物，他会往太阳底下的这些成品撒尿，很快，阳光将它们晒成了一片影子。哥哥拿着泥巴往他这边扔过来，扔了几次，没扔中。他的目光回到纸币上，那张薄纸让他产生了一种疏离感，他有些哀伤，哀伤自己活了那么些年月却一事无成。他看着自己的手，有光落在手心，他握紧了，不想让它流泻而出。他想到了温斯堡。

下午的时候，太阳的光弱了些，风也没那么大了。老板娘瞅着来店里买水的客人，觉得她胸前的灯怎么这么刺眼。她想起自己以前那盏，店里货物太多，到处放，到处扔，自从那天收起来后，她就记不清放哪了。于是，进城的时候，她便买了一只招财猫回来，那只猫带有感应器，只要有人进出，就会用普通话尖细地说："欢迎光临……欢迎光临……"

这只招财猫还成了一味药剂，喂醒了她的部分记忆。她在猫的叫声中不断想起那盏丢失的灯。就是那时，她突然变得悲观起来，她拆了一包饼干，嚼着，听着旁边的牌局声声入耳。这段时间，牧师都没来店里坐一坐，兴许是要避开亡人的灵魂。

　　牧师再没来到这条无名街道的无名店铺也是事出有因。见多了老板娘的眼睛，让他想起了许多年前在那场暗夜发生的事。本地的乡村树木众多，随随便便都可以找到一处地方野合。当时他连妆还没卸，只是摘了头饰和脱了鞋子，就和女人匆匆忙忙往戏台后面一钻，前台的喧嚣便隔断了，世界上只剩下野草的芬芳和蚂蚁爬动的声音。

　　来教堂的人越来越少了。那些忠实的信徒正在不断地被死神夺去，新的生命却没有补充进来。门前的那些小松树长得越来越高，但从门口依然可以望见那条江水，那条淹死过许多人的河流。

　　他老了，他感到自己的衰老源于他对年轻的回忆越来越多。他想起自己养育阿青的三十年。人说和孩子亲近久了，两人会长得越来越像，阿青却反其道而行之。他突然怀疑，阿青真的是他亲生的吗？这或许将永远成为一个谜，他这辈子都没有时间去寻找答案了。他对阿青依然牵挂。他知道这个女儿的性子，倔强，不听任何苦口婆心的道理。他和张瞎子没什么区别，只有死亡和需要解决难以解决的事时人们才会想起他来。早年和他一起演出的戏子们各奔东西，不相往来，没有人记得他的嗓子了。现在，他正被老去腐蚀着。

对于阿青做出嫁给丑丑的决定，他并不感到意外。阿青的特立独行被人诟病太多，她急于逃离这种风言风语，便用自己的婚姻做了赌注。她不相信丑丑是一个神经病，虽然传闻中他就是那样。

牧师并非没有特意去打听过丑丑的底细。塘镇人说他脑子有点毛病，但不失为一个勤劳的男人。回门那天，阿青给他带了一盏丑丑刻的灯，那盏灯模仿了寺庙里长明不灭的煤油灯的造型，那一束木造的光让他产生了荒谬之感，这个世界和他的过往都变得荒唐可笑。

从阿青来到他家开始，他便开始了在教堂与老年人打交道的生活。他们离世之时，他都去看了他们。他是无限接近死亡的。有一个五保户，半夜起床拉尿时摔成了骨折，和她一样年迈的丈夫照顾她，最终两个人都在一个阴雨绵绵的夜里死去了。正是那次，让他意识到阿青在他生命中是多么重要，他打消了去查实阿青是否是他亲生女儿的念头。

这些天，他都在教堂边上观望。在那里，可以望见那些房子的背面，他对塘镇的所有街道都记得一清二楚。他知道那些房子中哪间是杂货店的，哪间是阿青所在的工厂，也知道从路边拐进去，阿青的夫家在第几间。他发现，阿青结婚后，他和她疏远了，但他依然能在风的气息中捕捉到阿青的怒气冲冲。他的女儿在成年后总是心怀怒气，他不知晓她的怒气从何而来。

这些天，他听闻了关于阿青的种种传言，这些负面消息加重了他的心理负担。这阵子，女婿每天早出晚归，进村给人家刷油漆了。葬礼过去了，中元节也过去了。热闹后的镇子又恢复了往常的模样，街头巷尾又到处充满了印度紫檀腐烂的气味。

五

丑丑的交际能力非常糟糕，除了与他的工作相关，他几乎不懂得跟任何人说上一些使人开心的客套话。阿青比他强上那么一点儿，家里便事事由阿青做主。哥哥嘲笑他被婆娘骑在了头上。他面对哥哥并不友好的挑衅，并非无动于衷，他涨红了脸，手劲更用力了，他正在雕一盏精美的灯。这灯在哥哥的眼里，不值一文。哥哥会和嫂子吵架，为父亲死后和他争家产的事。嫂子认定了他这辈子就算结婚也不会有个一子半女，总是挖空心思想把他和阿青赶出去。房子的隔音不好，哥哥家的门又开着，吵架的内容时时刻刻传入了他和阿青的耳中。当时，他抬头看了阿青一眼，发现阿青只是冷峻地在桌边坐着。没一会儿，阿青就走了出去，他听到阿青的嗓子在隔壁盖过了所有人。等她回来时，隔壁已经静悄悄了。从那之后，只要有嫂子在场，哥哥再也没搭理过他。

中元节之后，各种禁忌解除了，丑丑的活渐渐多起来。阿青也每天按时去厂里，在缝纫机上踩踩剪剪。天气依然闷热，只有下午的时候才有那么点儿可怜的风。阿青和他开玩笑，如果风能收集储存起来，等热得不行再放出来，那多省事。他忍不住笑了。他笑的时候，心里总是不轻易滑过"温斯堡"三个字。偶尔，他会去江边钓鱼，钓上的都是一些罗非鱼，阿青把鱼煎得很香，不知不觉他的饭量都比平时增大了。结婚后，他看上去倒是比婚前年轻很多，也白了许多。他去杂货店买日用品时，老板娘都忍不住打趣他，家里有个人气色就是不同呀。他的人生在四十年后貌似回到了正常，屋前那棵被锯掉的树抽出了几根嫩芽。

塘镇的集日非常热闹，但这热闹和他没有关系。他依然沉默寡言，心静如水。阿青发脾气臭骂他时，他也不动怒，只是手里会拽着一盏木灯，那灯有安神静气的力量。

婚后，丑丑享受到了家里有一个女人的好处，他越来越喜欢这个镇子的一草一木了。以前，他会去江里游泳，现在，阿青不让他去了，说那条江有不少冤死的水鬼。他持续了许多年的事情便是刻灯，但阿青却让他在这件事上有些意气消沉。在大大小小的吵架中，最先遭殃的便是跟随了他许多年的灯，至今为止，这众多的灯中仍没有一盏能发亮。哪怕一盏也好啊，只要一盏，他就不会再无止境地投入进去了。

母亲说，温斯堡有光，母亲曾给他讲过温斯堡的故事，所以，他知道，温斯堡在一个叫俄亥俄的地方。他不是没想过要逃离塘镇，他所有逃离的念头都来自早逝的母亲，只是他不知道该用什么态度面对温斯堡，要逃，也只能逃到温斯堡呀。母亲的坟墓在一条乡村公路的旁边。公路两边长满了野生的飞机草，空气里弥漫着风油精的味道。许多年过去了，他的父亲也死了，他再也没有感觉到死亡的恐惧。

他正在给别人上梁，热闹隆重的仪式早已办过，他突然就想起了母亲。他面对着别人家的宗屋神龛，一块木牌就装满了这家人的先祖们。旁边是染红的小包子，叠成了三角形，红烛的火被风吹得歪歪斜斜，他瞅着这光，叹气地闭上了眼睛，然后又睁开了。

丑丑回到家，是晚上七点多钟，阿青正坐在饭桌前等他。他看到被他修复的那些灯，满心欢喜的同时有些痛苦。因为母亲的身体多年之后又回到他的记忆里。他坐下来，用沉稳而略带哀伤的语调和阿青说起了自己的母亲。他一边说，一边看到饭菜的养分滋润了桌子，桌子长出了密密麻麻的飞机草，土堆不断地垒高，一副白骨和牙齿躲在那隆起的土地里。

阿青发现，丑丑的灯在这段时间里竟然售出了很多。一大早，她准备去斜对面的工厂踩缝纫机时，望着早已在屋前开始用各种工具进行木刻的丑丑，心下突然有了主意。她返身又进了屋，没一会儿就拿着一张大红纸出来了，用糨糊糊在了自家屋前。丑丑问："你这是干什么？"阿青说："卖你的灯，卖了才有价值。"此时，她对钱充满了无穷无尽的渴望，她对自己做的事多么兴奋啊。阿青看着丑丑那张充满反对的脸，开始苦口婆心地劝他，她说丑丑有这门手艺，却从没想过创收，家里的电线、家具和房子，又破又烂，要想在街坊邻居中抬得起头来，必须要盖一个霸气的小洋房，而盖小洋房的钱太多了，不是走街串巷三天打鱼两天晒网的活计能赚得来的，那还不够两个人的伙食费呢。再说了，将来有了孩子怎么办。她摸了摸肚子。

丑丑抬头盯着她的肚子，问了句："有了？"阿青摇摇头，说："快了。"丑丑既不妥协，也不拒绝，只是说："你看着办吧。"他起了个小心思，将他最钟爱的灯藏到一个难以找到的地方。他确实藏了那么几盏，但大部分还是被阿青卖掉了。

阿青在自家门口支了个摊子，专门卖丑丑的手工艺灯。靠着以前积攒下来的,能将两平方米大的摊子摆满。起先,买的人不多,后来口碑渐渐传开了,加上手工艺在城里越来越昂贵,价格也跟着水涨船高。那些或完好或破损的木灯,都被人买走了。城里的人就喜欢这种手工艺品。丑丑本来不想卖的,但城里人大方,开的价格令他怦然心动,他还在犹豫时,阿青却已经果断地帮他做了决定。慕名而来的却越来越多,丑丑的生产却跟不上了,而这恰好造成了奇货可居的效应。

　　阿青空闲时,也会想把牧师叫过来帮忙。转念一想,牧师要忙着管理教堂的事,哪能抽出这么多时间来呢?算了,以后再说吧。

　　陆陆续续开始有人找丑丑做宗庙的活了,宗庙的活繁重复杂,方圆百里能做好的人不多。不仅有木雕、绘画,还有捏陶的活。丑丑问阿青:"这活接不接?"他心里忐忑,这是第一个大工程啊。他怕自己能力不足最后没法交差,那良辰吉日人家都是算好了,误了人家的事麻烦大了。阿青鼓励他:"接吧。你没问题,干不完我帮你。"阿青控制和统筹大局的能力正逐渐显露出来。阿青的愤怒在这日忙夜忙中消失了许多。

　　牧师没来,张瞎子倒是来过几次。他一直觉得这是他的功劳,他可以耗上半天时间和阿青絮絮叨叨,有时会很隐晦地暗示如果不是他当年提出的给阿青改命的建议,她不会有现在越来越顺畅的生活;也会说如果不是那天他帮丑丑卖掉了那盏灯,阿青也不会想到贩卖这些小玩意的主意,更不会财源滚滚。

　　阿青开心,口才也变得出奇地好,和张瞎子开玩笑似的斗起嘴来。她微笑着,心里想着"往小一岁去"怎么会让她听到了呢，怎么会让她记住了呢？中午了，外面那条主干道的行人越来越稀少，渐渐散了去。路口那家茶店还有不少小年轻，他们通常早上喝茶，中午就在茶店随便再点个炒河粉又继续往下午里去。阿青瞅着他们时，总会疑惑这样无所事事真有意思吗？她是一个闲不住的人，她千方百计找来活做，不会让自己歇息，她得和时间赛跑。

她觉得张瞎子在这耗太久了，将张瞎子赶回北上街："你跑来这里，你摊子谁看啊，生意上门了谁帮你接啊，回去吧。"

张瞎子盯着众多灯中的一盏，又瞄了一眼阿青。他希望在他说了那么多自己的功劳之后，阿青能送他一盏，他可以放在自己的长方桌上像杂货店的招财猫那样招揽客人。虽然人们认为作为一个算命先生并不需要这些小玩意来助力，可是，他还是渴望拥有一盏。但他见阿青对他明显的暗示无动于衷，他也不好拉下脸面去跟阿青讨要，有点惆怅地回到了北上街。他想：婆娘就是不好说话，等丑丑上工回来跟他讨一盏。

丑丑没活干时，就在阿青每日的催促声中沉默寡言地在屋前做灯，引来了越来越多游客的围观和拍照。正是在这些游客的推波助澜下，丑丑在塘镇之外打开了知名度，找他的人多了，订单也多了。在每日的雕刻中，丑丑新婚之时的返老还童褪去了踪迹，回到了从前沧桑的容颜。

他感到迷茫，他藏起越来越多的秘密，秘而不宣。

六

教堂新来了一个神父，牧师原来所兼任的职责被神父取而代之。自从他变成教堂的清洁工后，他再也没听到塘镇的哈欠声。那几天，他坐在空无一人的大堂里，望着成排的空椅，怀疑自己失聪了。风从江边蜂拥而入，他慢慢走出去，关上了一屋子的风声。

第二天，他没去教堂；第三天，他没去教堂；第四天，他还是没去教堂。他搬一张矮凳，整日坐在自家门前的印度紫檀下晒太阳，身体被太阳晒得空空荡荡，他感到无比舒坦。他和塘镇多年的来往也仿佛在此刻失了踪，想捡拾也捡拾不回来。这时，他发现自己对女儿牵挂满盈。他找到了自己不去女儿家的原因，他怕自己在跨过门槛的时刻会一脚踏空，跌进到一个无底洞中。这是他年轻时做过的一个梦，这个梦对他影响甚深，多年之后他依然能将梦境绘得清清楚楚。

第五天，他推出了那辆掉漆的自行车，骑往塘镇。经过北下街时，他瞅见阿青正将摊子收起。他想，该找个时机看看了。

这天是市日，少了赶集的人们，这镇上也便寥落不少。阿青收好摊子，走进屋准备烧饭。

饭烧好后，丑丑也快回来了。他正给村里的神庙刻一个木龛。这木龛其实是一个佛堂，涂上了棕红色的油漆。木料是波罗蜜木，虽不名贵，但用上百年绝没有问题。木块渐渐在他的手中现出了形状，这个细致的工程，至少要花两个月才能完成。后来，观音迁入新佛堂那天，庙里办了不少庆祝活动，不仅连演了几天的木偶戏，还在村里放了几场电影，从十里八乡来参拜的人们络绎不绝。

庙前有一棵遮天蔽日的大榕树，虽然已进入秋季，天气却没有转凉的迹象。丑丑干活累了，会在树下歇一会儿，喝上几口水。有认识他的人让他也去拜拜观音，说保证心想事成。他喝着水，撩起衣服露出半个胳膊，笑着说："这观世音忙你们的事都忙不过来，还顾得上我呀。"来人说："你是有功之臣啊，没有你，观世音菩萨就没地方住。"他不接话了，又进去干活了。只有在木头的世界里，他才感到充实。

牧师打扫完教堂，从教堂出来，到了张瞎子的摊子上。他想重新给阿青算命，评估她和丑丑的未来走向。他对过去不感兴趣，对之前的预测"往小一岁去"也心怀疑虑。

窸窸窣窣的声音从树上传来，那是尺蠖爬动的声音。张瞎子摊子的旁边是一座老房子，老房子的新主人为了表现出与众不同，在家门口种下了一株不合时宜的苦楝树，苦楝树生尺蠖。这种有时会吐丝吊在半空的虫子经常会让不注意的人撞上。

牧师坐在长凳上，看着那株令人讨厌的树，转过头对张瞎子说出了他的感觉。张瞎子说："就是往小一岁去才成就了她的今天。所以，还是要继续这样。虚假的生辰八字在别人家的米缸埋了三天，这是事实，你还想怎么样？"

牧师却觉得不踏实，既然是假八字，那不是说明阿青还没真正嫁出去吗？不久前意识到这种矛盾的牧师，苦于无法找到解决的办法而失眠多日。张瞎子觉得牧师太过钻牛角尖，他举了好多例子来证明牧师的担心过于多余。他这几十年中，替许多人改过命，过得好的，过得差的，都有。他说，不是说改命了一切都会好的，但阿青变得更好，却是无疑的。

牧师一脸发愁离开了张瞎子的摊子。他在那条无名街道边停了下来，却没有拐进去。他望得见杂货店里的老板娘，她正聚精会神看着电视。牧师眼前闪过三十年前那张黑夜中模糊的脸。

七

随着塘镇成为旅游示范地，游客逐渐增多。在工厂里吃了不少的针线屑，也吃了不少猪血去除肠胃里的脏东西后，阿青终于下定决心离开了服装厂，一门心思经营起丑丑的木灯生意来。她将过往的不快也淡忘了，原本晦暗的气色渐渐亮了起来。作为曾经的雕刻之乡，有着精湛手艺的丑丑成了省级非物质文化遗产继承人，每年有五千元的补助，陆陆续续外地的一些宗庙美术工程也开始找上门来。阿青俨然成了丑丑的经纪人，和来人进行价格谈判。街坊邻居谈起阿青，也会在显示傲慢态度后悻悻补上一句：没想到阿青这么能干！

现在，镇上也有人跟她买灯了。有人问丑丑，这生意好了，这温斯堡也不找了，光也不要了吧。丑丑变得严肃，沉默许久也不回答这些问题。有光才能照亮去往温斯堡的路，母亲说。她点着一盏木刻的煤油灯，摇晃的烛火在通往温斯堡的路上将灯染成了黑色的灰烬，眼前豁然一亮，终于抵达温斯堡……他在沉默中想起母亲染黄的身体，母亲是因为梗阻引起肝功能衰竭而来到了她的梦境。丑丑想起了母亲的遗言，三个字——温斯堡。

阿青偶尔会去杂货店跟老板娘称上一些散装咸瓜子，没人的时候就会嗑上好久的瓜子。她在学杂货店老板娘的神气，同时也学会了老板娘的一手好算盘。有时，阿青会在自己租的加工坊里望着忙碌的几个青年工人，回想自己刚来到这里时的岁月。那岁月虽然刚走不远，却让她有重生之感。她往自己的内心走去，发现仍然满载着痛苦，物质的丰盈好像也填不满她的空虚……

第三年的夏天，丑丑和阿青重新翻盖了房子，两层楼，层高稍微比他哥哥家高出了一点。在阿青的操持下，这个家赚到钱了。丑丑的嫂子进进出出时，会瞄一下工程的进度，见到阿青在时，会冷嘲热讽几声，最后会用不大不小的音量恶毒地说一句："盖得再好，没个一子半女有屁用。"阿青耳尖，自然是听到的，可这生意迎来送往做下来，竟将她的戾气给磨掉了，也不驳嘴。她嘴角抽搐地笑了下，心里想着是不是要给加工作坊里再找几个年轻的临时工，这样可省下不少的工钱。

在盖房的忙忙碌碌中，阿青早已将丑丑是神经病的传闻忘得一干二净。她千方百计阻止丑丑想要造光的荒唐念头，却会哄骗引诱他继续雕刻那些点不着的灯。杂货店的老板娘有些怅然若失，她摊开手，仔细看着上面的纹路，想着，命改了真的会好吗？她悄悄去找张瞎子再给她看，说看能不能改命。张瞎子就笑了，说："你都嫁了多少年，才想起这事，现在改，没用了……"她就长叹一声。可没多久，她又再次去问张瞎子。她的头部动过刀，记忆也被手术刀割掉了，她记得一些事，也忘记一些事。

房子建好，是要择吉日进宅的。为了让家里人气财气两旺，阿青还是请了一些人，包括街坊邻居和一些不甚相熟的亲戚，都

——邀请了。丑丑曾阻止她:"叫那么多人来,不仅辛苦你,人家还要给你包个红包,以后怎么还这人情。"

阿青板着脸,说:"你懂个屁,刻你的灯去。这人气旺房子旺才能事业旺,事事顺利,懂不?"她将丑丑赶去切鸡肉了。

张瞎子和他的徒弟也来了。徒弟在他的精心栽培下已能独立做法事了,大有青出于蓝胜于蓝之势。徒弟能喝,张瞎子也高兴,倒了酒,就跟牧师碰杯。牧师和他坐一桌。虽说是喜事,牧师的脸上却看不出任何喜悦的表情。哪有人会读到他的心里去呢,他正想哭呢。他想哭,是因为他给女婿找到了一块荧光石,兴许那石头能治女婿的病。

张瞎子一口喝干那一杯地瓜酒,一个劲儿地自我表扬:"我当初的建议,是对的吧?你可以说我张瞎子一辈子算命不准,但在阿青这事上,我是百分之百对的。你说你的上帝准,还是我们祖先的看相准?……"

牧师也无话可说。很多事情,少年时一旦刻入身体,是一辈子也改变不了。他在这片火山灰滋养的土地上出生,很多东西已经烙入骨血,即便他教别人唱了多年圣歌,他终究也无法在内心真正信仰起上帝——这也是他有时午夜梦醒时难掩的悲伤。他注意到丑丑缠着纱布的手,活动不便,却依然硬撑着给人们端水送菜。

牧师帮着她收拾席卷一空的餐桌残局。一次性的碗筷被一次性的桌布一裹,扔到了那个硕大的红桶里,那红桶还装着废弃的木屑。他对阿青说:"我给你一个红包,还给了丑丑一个物件。"阿青边忙边问:"什么物件?"牧师不说。阿青忙着收拾,也没追问。

夜色越来越深了,阿青关了白炽灯,点起了两盏煤油灯,玻璃灯罩挡住了细微的风,光笔直地立着,像一棵年轻的树。她将那本采访丑丑和她的杂志摆在了床头,她不忘对参观的客人介绍并宣传那些灯。

兴奋过后终于感知到了身体的疲倦,她躺在床上,刚闭上眼,丑丑却突然说:"那是什么?"阿青没睁眼,心想,难道又有人像新婚那夜一样,俯在窗外偷听?她睁眼,眼前并没有多黑,顺着丑丑的手,她看到房内另一个角落里,有一个东西正发着幽幽荧光,不是太亮,像是萤火虫身上发出的光。阿青说:"那不是我爸叫你刻的吗?你还没给他?"

丑丑说:"给了,今天他又带来了。"

丑丑突然有了崩塌的感觉。他的眼前一亮,被子盖住的身体突然难以抑制地颤抖起来,这多像通往温斯堡的路,这是母亲走过的路!牧师不仅给他找来了材料——石头,还给他买了几把刻石刀。石刻的力度第一次他没掌握好,弄伤了手,但岳父交代他的事他不敢怠慢,还是硬着头皮将这盏石灯给做完了。哪承想,这盏灯是他为自己而做呢。这不是他多年来一直追求的光吗?这盏他刻过的最粗糙的灯,却是他刻过的唯一通体发光的灯。是的,所有的光,就从石头灯上幽幽散发。这些光,是为了继续照亮母亲留在温斯堡生活的光啊。他知道,母亲既不是下地狱,也没走奈何桥,更不是上天堂,而是居住在一个叫温斯堡的地方。他的光,不仅给母亲,也是给父亲。但是父亲没给他什么启示,至今,他都不知道父亲离开这条街道后迁居在哪了。

237

牧师骑着自行车，穿过塘镇的街道，驶向回家的路。他心里想着那盏石灯，它应该会亮吧。他太了解丑丑了，这个看似老实巴交的男人一直在忍耐着，他看不到光出现的一天绝对不会死心的，长久下去，说不定哪天就会崩溃了。为了女儿的将来，他做了一个决定。凭借他对河边周围的记忆，他托附近的捕鱼人给他留意能发光的石头。

也就在一个多月前，一个捕鱼人兴冲冲拎着一块石头来找他，说："你要找的，是不是这种？"牧师在灯光下试了试，吸了光许久，也才能亮个两分钟就暗下来，不是太如意，但也只能这样了。他付了钱，将这块石头带回了家，牧师不知道这块丑石能不能把丑丑那个多年的妄想真正点亮，这算是丑丑造出来的光吗？丑丑能因此就不那么痴迷了吗？谁知道呢。

牧师借着零碎的星光，骑着那辆摇晃作响的自行车，穿过这片茂密的被火山灰滋养的亚热带植被。路上暗黑一片，但往来多年的牧师熟知这漆黑中的每一个拐弯和坑洼，他觉得自行车前，想要有光，就有光。